卢文芳◎著

群众出版社

图书在版编目（CIP）数据

红土春秋 / 卢文芳著 . —北京：群众出版社，2022. 12

ISBN 978-7-5014-6276-6

Ⅰ. ①红…　Ⅱ. ①卢…　Ⅲ. ①散文集—中国—当代　Ⅳ. ①I267

中国版本图书馆 CIP 数据核字（2022）第 246559 号

红土春秋

卢文芳　著

出版发行：群众出版社

地　　址：北京市丰台区方庄芳星园三区 15 号楼

邮政编码：100078

经　　销：新华书店

印　　刷：天津盛辉印刷有限公司

版　　次：2022 年 12 月第 1 版

印　　次：2024 年 9 月第 2 次

印　　张：10. 5

开　　本：880 毫米×1230 毫米　1/32

字　　数：244 千字

书　　号：ISBN 978-7-5014-6276-6

定　　价：56. 00 元

网　　址：www. qzcbs. com

电子邮箱：qzcbs@ sohu. com

营销中心电话：010-83903991

读者服务部电话（门市）：010-83903257

警官读者俱乐部电话（网购、邮购）：010-83901775

公安业务分社电话：010-83905672

序　言

梁路峰

《红土春秋》是一部描写红色记忆、抒发生活感悟的散文集。作者卢文芳祖籍赣州，却是土生土长的遂川人。她熟悉遂川的山水草木、风俗人情和历史文化。她用真诚书写红土地上的故事，她用真情讲述家乡的人和事，浓烈的情感蕴含其中，字里行间充满着对生命的敬畏和对美好生活的向往。

卢文芳出身于书香门第，她的父母都是人民教师。她从小学五年级开始，就在遂川中学的校园里生活，从小被琅琅的读书声所熏陶。卢文芳从泰和师范学校毕业后进入遂川的教师队伍。教学生涯从小学到初中，从初中到高中；从乡村到县城；生活的磨砺使她慢慢成长为一名多才多艺的优秀语文教师。多年的语文教学生涯滋养着她的心灵，让她在文学的世界里寻找多彩的春天，能够从简单的生活里发现人生的美。

与卢文芳的结识，是在一次春季举行的文学活动中。那时，她告诉我，她写了一百多篇文章一直没有发表，想发几篇给我看看。看完她写的文章，我不禁眼前一亮。我向她提出了几点修改意见，她欣然接受，不到几个小时就将其改得利落明了。之后，她将稿子投给几家报刊，文章相继被刊发，从此佳作不断。

卢文芳的散文充满了阳光气息，读后让人有所思、有所益。她的文字里饱含着情感，叙说了她的岁月不居，描绘了生活的艰辛与快乐。她的散文有温度、有灵性、有深度，且富含哲理。无论是歌是泣，都饱含着她对生活的无限热爱与追求。

卢文芳生长在红色的土地上，有着浓厚的红土情结。她童年和少年时代，曾住在罗汉寺街的张家大院和康家大院。罗汉寺街是一条百年老街，是毛泽东同志带领工农红军战斗和生活过的地方。她熟悉罗汉街、西路街、文献街、名邦街的一砖一瓦。她用脚丈量了每一条街，对于脚下的沙石、泥土、青砖和瓦砾，都能数出个子丑寅卯来。那一条条古老的街巷，有她朝夕相处的乡邻，有她生活的轨迹。于是，我鼓励她写红色历史故事，写老街的岁月更迭。随后，她接二连三地写出了《红土老街》《西路街春秋》《悠悠泉江河》《最忆罗汉寺街》《古朴的邱家厦所》等作品。一篇篇脍炙人口的红色散文脱颖而出，其中凝聚了早已融入她血脉的红色情结，记载了许多鲜为人知的人文掌故。

散文的精髓在于“真情”，这二字也可以分开来讲：真，就是真实，不能像小说那样随意虚构；情，就是要有抒情的成分。

卢文芳的散文创作不是简单地叙述，而是以情感人、有感而发。如《我永远的外公》《卢家大宅院》记叙了卢家两代人几十年来在一个宅院中的恬淡安宁、幸福美好的生活，表达了对已逝时光的深深眷恋，对逝去亲人的深切怀念，情感真挚、结构精巧。《卢家大宅院》于篇首娓娓道来“卢家大宅院是爷爷在1922年花巨资亲手建造的”，到结尾处“我仿佛听到了从遥远的天际飘来了爷爷当年那铿锵有力的话语：不要怕！天塌不下来！”这种叙述可谓首尾呼应、意蕴深长。她的《父爱如歌》《老照片的故事》中饱含着对父爱的深情赞颂，可敬可爱的父亲形象跃然纸上。

卢文芳的文风朴实无华、亲切感人；文字简洁流畅、清新绚丽。整齐的句式、明快的节奏、和谐的音节，使她的散文具有诗歌一样的韵律感，读起来朗朗上口。卢文芳的散文同时具有丰富的想象力，能把人带入美的时空，读完眼前仿佛展开了一幅美丽的画卷。如《桃源梯田美如画》《天下最美白水仙》《龙泉公园览胜》等作品，读者读后往往对文中提及的美景心驰神往。此外，卢文芳的散文还具有一种含蓄美。她用形象来说话，能将深邃的思想寓于具体的形象中。总之，卢文芳的散文言简意赅、自然流畅，不烦冗拖沓，往往寥寥数语就能描绘出生动的形象和动人的场景，营造出深远的意境。

我以为一篇优秀的散文，应该同时具备以下三个元素：一是文学作品所特有的艺术品格；二是较强的现实意义；三是具有振奋人心的力量。卢文芳的散文立意积极，有艺术品位，能够反映社会现实，情感丰富且能引起读者共鸣，具有鼓舞人心的力量，堪称难得的佳作。

是为序。

（作者系中国作家协会会员，全国公安著名作家，鲁迅文学院二十三届高研班学员）

目 录

一、红土足迹

二、亲情世界

红土春秋

三、说古道今

四、绿色生命

五、感怀人生

一、红土足迹

悠悠泉江河

遂川，古称龙泉，位于井冈山下的江西省西南边界，东邻万安县，南界赣州市下辖的南康区、上犹县，西连湖南省桂东县、炎陵县，西北接井冈山市，北抵泰和县。遂川又称为“南井冈”。

遂川自东汉建安四年（公元 199 年）建县，至今已有 1800 多年历史，是江西省 18 个文明古县之一，是井冈山革命根据地的重要组成部分，毛泽东同志曾多次在遂川指挥战斗，并亲手创建了第一个红色政权——遂川县工农兵政府，开辟了第一个红色圩场——草林红色圩场，第一次提出了“三项纪律，六项注意”。朱德、陈毅、彭德怀等老一辈无产阶级革命家都在遂川留下了光辉的战斗足迹，许多遂川儿女为中国革命献出了宝贵的生命，仅土地革命时期有姓名可查的烈士就有 1547 人。

遂川县地域有两条河：遂川江和蜀水。遂川江在县治南门，源出左右两溪，至城西南李派渡合二为一，绕城东下，历八十四滩入赣江。江袭县名，古称龙泉江，亦名泉江河。泉江河的右溪，又叫大坑河、北支河，发源于湘赣接壤的万洋山，一路流经营盘圩、戴家埔、七岭、滁州，再经下七到大坑、盆珠，最后与左溪河汇合。左溪，又叫草林河、南支河，发源于湖南桂东县的白沙坳，流经高坪、汤湖、左安、南江、草林、珠田，最后与右溪河汇合。之后，泉江河向东北方向流经泉江、瑶厦、枚江、于田至万安县桂江乡水背洲出境，在罗塘注入赣江，全长 43.5 千米，其中境内 23.5 千米。

自古一方水土养育一方人。泉江河静静流淌了几千年，它潺潺的流水声传递着远古的清音，它用老者身份见证了一切的过往。

晨光熹微，河面上的雾气氤氲开来，林立在河边的吊脚楼若隐若现，河面上隐约有几张竹排。竹篙在水的柔波里漫溯，鸬鹚施展矫健的身手，竹排上的鱼篓记录着渔人一天的生活轨迹，他黝黑又矍铄的脸上写满了岁月的沧桑变化。渔人靠泉江河水养活全家，眼神里充满了对水的赐予的无限感恩和满足。

小时候，泉江河是孩子们的乐园。夏日放学后，小伙伴们便不约而同地奔向泉江河岸边，书包一放，小衫一脱，哧溜着身体鱼儿一般跃入水中，顿时，一个个化成水中的精灵。孩子们在河里尽情嬉戏，仰泳、蛙泳、自由泳、狗刨式……恣意又随性。

那时，泉江河南北两岸最便利的交通要道是靠近郊区的一座铁桥，原名遂川大桥，离县城中心较远，人们都习惯走中渡浮桥。

中渡浮桥，因曾架设在遂川县城水南上街“中渡”河面上而得名。它始建于宋仁宗景祐（1034—1038）年间，初名“遂江桥”，后又名“济川桥”。1973 年以前，中渡浮桥是连接遂川县城一河两岸的重要纽带。1928 年 1 月 2 日，毛泽东率领工农革命军攻占遂川县城，当天上午遭到当地恶霸肖家璧反动势力的阻挠，红军先遣部队侦察连长发现中渡浮桥码头有可疑人员，立即采取措施控制局面，将二十余名土匪一网打尽。当天下午，毛泽东率领的红军部队顺利通过中渡浮桥来到了罗汉寺的邱家厦所安顿下来。

中渡浮桥，将十几只小船用竹缆连接起来作浮动桥墩，上面架木板，人在桥上走，影在水中晃。孩子们的手大多被家长紧紧地拽着，也有几个胆大的独自小心翼翼地过桥。虽是浮桥，也一样热闹非凡：有挑着大箩筐提着大水桶的，有推着自行车的，有拖儿带女的，黄发垂髫并怡然自得。阳光明媚的日子，湛蓝的天空下，河水清澈见底，如一块碧玉藏于河底，静水深流。水草在水中摇曳生姿，如一群绿衣舞者在轻歌曼舞。倘若偶尔有人一不留神掉进河里，大凡也都有好心人出手相救，遂川老表历来都是乐于助人的。若逢河水暴涨，浮桥便会拆去船上的木板，把小船拉回岸边避险。

遂川依山傍水，山清水秀、人杰地灵、物华天宝。自古遂川产木材，每逢杉木从山上砍下，木材商们通常都选择走水路运出山区，水路十八弯，浩浩荡荡地漂向外面的世界。遂川江是唯一的水路通道。八九根木头并排拴在一起为一斗，每个放排人大约四斗木排，四斗木排首尾相连。每当无数串联起来的木排长龙般从上山顺水而下时，声势浩大，蔚为壮观。东方泛白，木排在烟波浩渺的水上乘风破浪，掩映在青山绿水中，有如一幅清新淡雅的水墨画挂在天际，令人神往；黄昏日暮，冬日的夕阳慵懒地发出橘红色的光亮，木排在光影相接、薄雾笼罩着的遂川江上徜徉而下，在朦胧间闪着金光，有如一幅色彩斑斓的水彩画，煞是好看。

老县城人的老人们常说，当年上山下来的木排长龙经过中渡浮桥时场面尤其惊险和精彩。每当上游木排即将经过渡口时，很多县城的老百姓都会情不自禁地放下手里的活儿去围观，他们把每次的长龙木排过浮桥当作一场盛大的表演。每当木排从远处飘荡过来时，远远望去木排像一条水上的长龙，见首不见尾。每四斗木排的距离都站着一个放排人，最牛的是木排上的第一个掌舵人。眼看着木排要靠近浮桥，一个个放排人手疾眼快，一个鲤鱼打挺，拿着竹篙轻巧灵便地一跃跳上浮桥的木板上，还没等观看的人们看清楚那个人的长相，放排人又轻快地快速跳回湿滑的木排上。双脚下去，尽管木排湿滑，却没有半点儿摇摆和惊慌失措。更有甚者，技术更是让人啧啧赞叹。木排一到浮桥下，放排人不跃到浮桥板上，而是蹲下身体或者立即趴在排上径直从浮桥板下顺利通过。这是排上没有竹篷的木排过浮桥的情形。遇到木排上有竹篷，就会提前通知守桥人提前拆下几节浮桥木板，长龙木排便能很契合地从两船之间的浮桥木板上通过。放排是体力活，更是技术活，他考验放排人的技术和灵敏度，更考验放排人的团队配合精神，能这样熟稔地过浮桥，每个放排人没有十年八年的实践经验是做不到的。木材商们凭借木材发家，放排人凭借娴熟的放排技术和惊人的勇气得以养家糊口。河水不言，所有的感怀都融在清澈甘甜的泉江河里，一首泉江河水的赞歌顿时响彻遂川县城，如梦如幻、如诗如画……

1973 年 6 月 1 日，在泉江大桥通车典礼热烈火爆的鞭炮声中，遂川县城中渡浮桥退出了历史舞台。但老百姓不会忘记中渡浮桥古朴的容颜，不会忘记中渡浮桥的每一次荣光。中渡浮桥在宋景祐年开建，历经岁月的洗礼，经常被山洪冲垮，或因战乱被炸毁，但县里的老百姓都会在第一时间捐款捐物及时修补。清乾隆九年，县里的有识之士为了浮桥的重建，捐款高达四千多两银子。

泉江河滚滚而来，又翩然而去，滋养着河两岸勤劳的遂川老表、庄稼和森林，同时也承载了很多磨难。老县城的人说：也许是天意，泉江河有一个老规矩，每隔十年左右就要涨一次大水。每当山洪暴发，浑浊的河水犹如一头猛兽咆哮而来，混杂着泥浆奔涌而下，夹杂着大木头、连根拔起的大树、大箱子、肿胀着大肚子的大肥猪，甚至还有溺水者的遗体………

泉江河日夜流淌，在斗转星移与日月星辰间感受时代的变迁、社会的进步。

如今，一座龙泉大桥贯通泉江河的南北两岸，不管你是徒步、骑自行车、骑电动车，还是开小车都十分便利。这座桥使整个县城又重新焕发出无限的生机和活力。

前几年，政府又专门把泉江大桥修葺了一番。崭新的桥身，桥面中间的隔离带里栽满了各色鲜花，姹紫嫣红、娇艳妩媚。每逢夏夜，南北两岸的居民穿梭于此，回一趟娘家、去一趟大超市、看望一下朋友……人情的美因为一座桥而源远流长。

而今，泉江河的水依旧是激荡的、清澈的。她用自己的温润与丰腴滋养着世世代代生活在这里的遂川人民。

最忆罗汉寺街

在井冈山下遂川这片红土地上，有一条红色古街——罗汉寺街。

罗汉寺街南邻东路大道西段，北至人民广场，东与“县工农兵政府旧址”相连。宋嘉熙元年（1237 年），有僧侣募捐资金在此建了一座寺庙，因寺庙内安放了十八罗汉菩萨，故得名“罗汉寺”。而后，清咸丰六年（1856 年左右）罗汉寺毁于战乱，之后陆陆续续有民众在此建宅居住，形成街道，故取名“罗汉寺街”。

罗汉寺街的街面并不宽阔，与其说是街，不如说是一条典型的南方县城的小巷。老街一直以巷的姿态绵延着岁月，只有街上的青砖黛瓦似乎在诉说着曾经的繁华。

春日，阳光碎金般洒落在老街的各个角落，捉迷藏般带着我走走停停，岁月洗礼，老街依旧，黛青的屋瓦还留着典雅的气息，瓦缝间还流淌着古老的叫卖声，翻新的青砖墙面，刷着红漆的镂空的格子窗棂，几根红柱撑起的老屋的檐廊，古朴间添了几分明媚。夏日，许多老街孩子童年的记忆里，一场滂沱大雨后放学回家，戴着斗笠，打着赤脚，雨水在小腿处嬉戏，深一脚浅一脚，积水泛着波纹，嬉笑声响彻老街。冬日，小雪飘飞，柳絮般洋洋洒洒，惹得整条街都热闹起来。

老街上的老屋，前院不大，却春色满园，草木茂盛，争艳的桃花，素雅的李花，还有围墙下碧绿的菜畦，最亮眼的是围墙角落的迎春花。亮黄色的迎春花，在阳光下跳跃，一朵朵赶集一般缀在翠绿的枝枝蔓蔓间。跨过老屋的高门槛，我走进一栋老屋，宽堂屋，老式的摆钟，贴满奖状的墙。堂屋大厅里的钟摆“嘀嗒嘀嗒”，堂上横梁的燕巢里两只雏燕在呢喃。后院修葺一新，太阳花恣意地开着，几缕阳光照进那幽暗深邃的古井，井口由麻石条砌成，井壁布满青苔。一块块新旧交替的青石板铺满古井四周。若从井里打水上来，掬起一捧水，放到嘴边，喝下，清凉甘甜，还是曾经的味道，时光流逝，岁月沉香。我抚摸着老屋的砖墙，记忆的扉页是那般透明，深沉的古韵之美在春风里漫溯。老屋承载着悲欢离合，老街记录着历史的变迁。

我是土生土长的遂川人，童年大部分时光都在罗汉寺街度过，这条小街留给我太多的回忆。

罗汉寺街的原住人口主要是康姓与张姓，以及黎姓和冯姓、卢姓、刘姓等几户散户人家。百年老街，在此居住的居民繁衍生息，上演了一首首酸甜苦辣的里弄生活交响曲。罗汉寺街虽称作街，不如说是一条小巷，街面不宽，也几乎没有店铺，记得最早在罗汉寺街南段和西边横街里弄里有过一个皮革厂，七八十年代很吃香，南段的皮革厂是私人小作坊，西边横街的是公家生产厂家，之后随着经济的发展，皮革厂慢慢地从人们的视线里消失了，至今也很少有人记起。

我家最早在罗汉寺街最北边的张家的侧巷里租住。一年后，全家又搬到了罗汉寺街最南边的教育局隔壁的康家大院里租住。

从张家搬出来时，我才三四岁，两个妹妹还没有出生。那时家里穷，搬家几乎不请人，一来舍不得花钱，二来家里东西不多。搬家那天，天气非常好，夏天的早晨阳光很灿烂，从街边屋瓦上斜射下来，洒在街上的青石板上。父亲和母亲一起抬着一个小衣柜，很吃力，没走几步就大汗淋漓，幸亏邻里大妈大伯帮忙才稍微透了一口气。姐姐跟在母亲后面，手上妥妥地端着一个小抽屉，抽屉里东西不多，但也足够累着姐姐的小手。我当时还是一个小囡囡，什么也做不了，只能跟在姐姐后面，手里拉着父亲从老家赣州买回的颜色鲜艳、样子逼真的木鸭子玩具。穿着小裙子的我拽着木鸭子的线，小裙子在风中飞扬，小鸭子也“嘎嘎嘎……”地跟着我往前走。风很凉爽，心很快乐。这场景就跟电影《瞧这一家子》里那家人搬家的场景几乎一样。而今，人到中年，经历了许多是是非非、沧桑变幻之后，才真正明了“少年不识愁滋味”的内涵，拥有一份简单快乐的生活似乎成了一生所求。

在康家大院租住的日子很快乐。康家大院大，几家租户都有年纪相仿的孩子们一起玩耍。可以和秋香、红香、合香姐妹们一起扒柴、偷枣、踏青……最有趣的是除夕晚上跟她们几姐妹打牌。除夕晚上除了吃团圆饭，就没有什么活动了，大人们宅在家里收拾东西，洗衣、擦灶、整理房间、预备大年初一的年果子……孩子们则无忧无虑地尽情玩。我和姐姐来到秋香家玩耍，几个小学生一见面自然欢心，大家大声嚷嚷要打牌，扑克准备好，又开始商议是打“五十K”还是打“吊主”。几个人争着发表意见，突然我姐大声说：“那就打吊主吧。”大家立刻响应：“那就吊主吧。”因为家乡话把“吊主”说成“吊鬼”，秋香妈在一旁听到，立刻放下脸来正经地说：“三十晚上，好事好头，吊什么鬼呀！唉，小孩们别乱说话。”听秋香妈一说，我和我姐立刻不好意思地伸出舌头，放低八度说：“轻一点儿，轻一点儿，你妈妈会骂。”

那是一个有皎洁月光的快乐的除夕夜，几个小伙伴经常互相乱抢牌或者藏牌，有趣的争吵声和赢后开怀的笑声，成了那个除夕夜里最有趣的声音。那时，秋香的父母都非常年轻。秋香妈留着一头整齐乌黑的“八二”分齐耳短发，然后在一旁的耳际边夹两只黑色夹子，大大的脸庞闪着一双精明的大眼睛，说话温和亲切，有时又神神秘秘，但生气时拉下脸的样子我们都很害怕。

秋香家当时算是有钱人，她父亲是街上的老木匠，因为手艺好，在县里上请下迎。木匠家的房子自然会做得比一般人家好，她家在街边自家的空地上做起了房子，装修也很时尚，令我们很是羡慕。最喜欢他们家红得发亮的大门，宽敞的大厅，可以上楼下楼，还有那么多房间，几兄妹都可以拥有自己的房间，这在当时算是很奢侈了。不比我家，租住的地方狭窄阴暗，我们几姐妹一直只能住经常漏雨的小阁楼，睡在床上可以看见阳光从瓦缝里射进来，很刺眼；下雨天，阁楼各处雨水滴落，成了让人无奈的水帘洞，雨水滴滴答答，被子浸湿，地面积水。我当时不觉得居住条件多不好，甚至很开心，帮着父母拿着水桶、脸盆、漱口杯到处接漏水，忙得不亦乐乎，忙困了，倒在床上不知不觉就睡着了。一觉醒来，雨停了，被子也被自己的体温焐干了。而今，秋香她们几姐妹的母亲已经年迈，她们的父亲都已作古几十年了。

康家大院有一个院门，院门外是街道，人来人往的，走路的居多，骑自行车的也不在少数。那个年代倘若哪家有一辆“永久”牌自行车也算得上富裕了。那年代，女人的发型极其简单利索，上了年纪的女人大多是齐耳短发，或者扎个短麻花辫，发尾也不流行打碎，扎好的头发如一把整齐的短刷子搁在脑后。小姑娘几乎都是短发或者小麻花短辫。

冬日，罗汉寺街最不乏晒太阳的老人，老爷爷们穿着厚重的棉衣、棉裤和棉鞋，戴着棉帽，坐在小巷的屋檐下，眯着小眼，哼着小曲，右脚踏着地面打着节拍，坐着的小椅子也“嘎吱嘎吱”应和着。老奶奶们，三五成群地聚在小院里，手里纳着鞋底，时不时把手上的细针往头上划几下，太阳的圆晕照在鞋底上纳的红色的太阳花上。老奶奶也会时不时抬头眯着眼望一望天，伸一伸脖颈子，嘴里念念碎：“今冬天气好，马上又要晒腊肉、香肠了……”

街上熙熙攘攘，非常热闹，大妈大婶们有事没事都会聚在一起东家长李家短地拉家常。那时的人们衣着朴素，没有什么色彩，更不花哨，卡其布和棉布算是最日常的布料，灰色是我见过最多的颜色，衣服款式大多是西装或者中山装。当时人们特别渴望能穿上一件能发出“沙沙沙”声的“的确良”衣服，街上遇到哪个有钱人家穿上这么一件衣服那便是大新闻了。黄昏饭后，怎么也要三五成群地跑到人家家门口去晃几眼或是用手捏几下，才算是见了世面，没有“的确良”衣服上身也无妨，做一件“假的确良”衣服穿穿也可以过足瘾。

那年夏天，母亲给我做了一件“假的确良”衣服。那是一件全身写满“ABCDEF……”二十六个英文字母的橘黄色新衬衫。上学前，母亲一再叮嘱：“这是新做的衣服，千万要爱护，不要扯烂了。”我不住地点头，因为我也很喜欢这件衬衫，可是一玩起游戏母亲的话我就全丢到脑后了。战斗游戏在紧张地进行着，我作为攻击方使出浑身解数从中间过道往下冲直捣对方的老巢，不料，防守方有一个力气特别大的重量级女生，用尽全力拉住我的衣服往左边一扯，“嘶”，顿时我的衬衫所有扣眼处都被拉破了。回家后，母亲的一顿教训自然是逃不过的，但第二天早上一起床，我就看见写满英文字母的漂亮衬衫静静地躺在我的枕边，喜悦之情溢于言表，原来是母亲连夜给我缝补好了。

当年，罗汉寺街的北边是县教育局的办公地。童年，我家住在教育局隔壁的康家大院里。那时条件差，家家户户基本没有电视，我们一般都会在晚上去教育局的楼上看黑白电视。因为教育局的电视室位置有限，所以每天晚上六点多各家各户就会派一个成员去教育局占位子。每次姐姐都会说："妹仔，你跑得快，你先去占位置吧。""好的！"我二话不说就向教育局电视室冲去。院子里的小朋友看到我去了也不甘示弱，我们各显神通，最终就看谁跑得快，先到的就可以给家人占到前排的好位子。我充分发挥运动健将的优势，一转眼就跑到电视室，把几个小朋友甩到后面了。电视室空无一人，我毫不犹豫地直奔第一排中间位置，占了五个位子。不一会儿，其他小朋友也来了，他们也立马来到第一排，见状我马上顺势侧身躺下，手伸直说："我家的位子！"他们无奈，只好另寻位子。由于罗汉寺街的小伙伴们个个是运动健将，今天我家占第一排，明天他家占第一排，后天又是另一家占第一排，没想到看电视也是风水轮流转，连教育局的领导们都拿我们这些孩子没办法，只能摇摇头，谁也不想跟一群七八岁的孩子争长短。等到七点左右，家人们都来了，全家人就坐在第一排乐乐呵呵地看电视，什么《十五贯》《张志新》《红灯记》《地下武工队》等电影大多都是那时看的，至今记忆犹新。

罗汉寺街度过的日子是我人生的瑰宝。五年级那年，我家搬进了县一中宿舍，之后我住进了独家院落的别墅，而今住着电梯房。即便这样，罗汉寺街的小巷生活一直没有远离我，闲暇时，我会骑上电动车在小巷里转悠一圈，寻找过去生活的影子。

一条老街，一段记忆，一份情怀。老街里的故事每天还在上演，但永远不变的是人们对老街深深的眷念之情。

罗汉寺街的余音

“卖豆腐啰，卖豆腐啰，卖水豆腐啰，卖水豆腐啰。”

每天晨光熹微，我就能听到老街上清脆的叫卖声。叫卖声一落，罗汉寺老街上的人便陆续多了起来：有穿着拖鞋、睡衣，蓬乱着头发匆忙赶来的中年女子；有运动刚回，满面红光的中年男人；还有拄着拐杖蹒跚走来的老年人。他们个个一手攥着零钱，一手拿着搪瓷碗，赶集一般聚拢在卖豆腐的人身边，一边彼此寒暄，一边买豆腐。“我要买五分钱水豆腐”“我要买三块豆腐”“水豆腐多舀一点儿”……

夏日的中午，每当罗汉寺老街拨浪鼓的声音远远传来，孩子们便都放下手上的活儿，不约而同地奔向卖货郎。

卖货郎是一个中年男子，他皮肤黝黑，瘦高且精神矍铄，总是操着一口半生不熟的普通话沿街叫卖，洪亮的声音很撩小孩子的心。他一手扶着担子，一手摇晃着拨浪鼓，慢悠悠地踩着青石板路，游走在生活的光里。

卖货郎一进老街，街上的狗便立刻疯狂起来。最初是一条狗吠，惹得整条老街的大狗小狗都瞪着眼睛咧着嘴跟着一起凑热闹，狗吠声充斥着街头街尾。卖货郎倒也不惧怕，许是习惯了这种环境，每当一条胆大的狗一边吠着一边冲过去想咬他时，他便会淡定地亮着嗓子，中气十足地冲着狗大吼一声。顿时，领头狗就被吼住，灰溜溜夹尾而逃，其他的狗也偃旗息鼓，一齐逃窜，立在远处继续嘶吼，直到卖货郎离开。

老街里的孩子们聚拢到卖货郎身边，有钱的买了小东西便蹦蹦跳跳回家了；没钱的便请求卖货郎等着，跑回家死缠烂打向父母要钱；父母坚决不给钱的，就只好站在货郎担子前用乞求的目光看着轻轻地问："我可不可以拿家里的鸡毛、牙膏皮、废皮鞋底和鸡肫皮来换东西呀？""可以的，都可以。"卖货郎温和地一口应允，孩子们便拔开双腿飞奔回家，把父母在窗台上一直晒着的鸡毛、鸭毛、鸡肫皮和用完了的牙膏外壳等小东西一股脑拿来，换得自己喜欢的毽子、橡皮筋或弹弓，满足和喜悦都融在额前的小汗珠里。

老街里的叫卖声总是充满诱惑。雨后，彩虹挂在空中，卖麦芽糖的吆喝声如山歌一般，唱得孩子们心里甜滋滋的。"叮当、叮当，卖麦芽糖，鸡毛、鸭毛、用完的牙膏壳子、鞋底皮、鸡肫皮换麦芽糖。"哪家的锅烧烂了，剪刀菜刀不锋利了，大人们就非常期待抑扬顿挫的"补锅头，补锅头，镔锡补锅""磨剪子嘞，锵菜刀"的吆喝声出现。老街就像是一个回音壁，各种吆喝声经常弥漫在老街的各个角落，余音袅袅，至今还回味无穷。

"崩爆米花，崩爆米花……"这是我童年生活的老街上最深刻、最美好、最有趣的记忆。傍晚时分，当那个有点儿沙哑又有点儿磁性的声音在老街回荡时，整个老街都沸腾了起来。崩爆米花的师傅穿着泛白的灰黑色衣服，很旧，很脏。他参差的银发在风中凌乱，脸上和眼角的皱纹很深，如残冬里凋零的菊花。月色渐浓，昏暗的路灯下，崩爆米花的师傅聚精会神地盯着崩爆米花的机器，左手往崩爆米花的机器下加柴，右手不停地 360 度地转动爆米花机。爆米花机黢黑黢黑的，呈葫芦状，鼓鼓的肚子里装满了孩子们喜欢的爆米花。当我还在无限地遐想时，突然听到师傅大声说："熟了，熟了，要崩了。"这时围在四周的大人和孩子一瞬间就散开了，有的捂着耳朵远远地躲着；有的躲进了父母的怀抱；有的忍不住尖叫，嘴里还大声叫嚷："要崩了，要崩了……"不一会儿老师傅右手转动机器的速度渐渐慢了下来，然后放开手柄站起来，把那黑乎乎的家伙从架子上取下塞进准备好的袋子口。随着地面"嘣"的一声巨响，一阵烟雾腾起，白花花的爆米花呈现在面前，诱人的香味扑鼻而来，弥漫了整条老街。老式崩爆米花锅飘出的米香味是旧时光的味道，这味道深深地藏在了我的心田。

童年，在罗汉寺街度过的日子是我人生的美好岁月。而今，我还经常去老街转悠，寻找老街旧时的余音。我的耳边似乎又响起了歌手李荣浩《老街》的歌声："一张褪色的照片，好像带给我一点点怀念，巷尾老爷爷卖的热汤面，味道弥漫过旧旧的后院……"

古朴的邱家厦所

遂川县城的罗汉寺街是一条见证了井冈山革命历史的红色老街。街内有红色遗址——邱家厦所。邱家厦所始建于 1926 年，是一幢仿西欧教堂的三层砖木结构建筑。

邱家厦所有庄重气派的门廊。一楼设计由三个肋拱门连接一个宽大的走廊。中间拱门最大，和正大门相对，正大门较外拱门小一点，门上方有镂空的雕花木窗与玻璃装饰，两个小拱门与一楼两个半弧形小窗相对，给人以端庄典雅之感。房屋二楼设计有阳台式的走廊和三个拱形窗。三楼设计由中间的一个大拱形窗和一个小阳台构成。整个建筑古朴庄严，宏伟壮丽。走进屋内，典型的田字房屋的格局呈现在眼前，每层四个房间都带一个客厅。主建筑后面的小院落里，厨房、膳厅、浴室、走廊一应俱全。邱家厦所的每一个拱门、拱壁和每一处圆顶支撑都做得精巧至极，经受住了百年的风雨沧桑。

童年，我一直住在罗汉寺老街，从位于邱家厦所左侧的张家小院住到邱家厦所右侧不远的康家大院。邱家厦所是我和小伙伴经常捉迷藏的地方。岁月交替，涛声依旧，邱家厦所带给我许多快乐。走近它，我仔细端详它的容颜，轻轻地抚摸着它泛旧的青砖墙面，顿时思绪万千、眼眶湿润。

邱家厦所是一个红色故地，在遂川开展革命活动期间，毛泽东在邱家厦所一楼南边后间居住了一个多月。那时，毛泽东总是穿着一件灰色的短薄棉袄、一条灰布军装单裤和一双草鞋。他每天繁忙又紧张地工作，经常忘记吃饭和睡觉，伙食也和战士们一样。邱家厦所里的桌、凳、床等见证了一切红色的过往。在这里，毛泽东首次制定了“一、上门板，二、捆铺草……”的六项注意。这期间，毛泽东带领红军在邱家厦所检阅了六支枪的革命活动，还亲自领导遂川工农群众打土豪分田地，指导成立了中共遂川县委，开展了枪杆子里面出政权、实现人民当家做主等具有原创意义和深远影响的伟大革命实践。后来，邱家厦所因此更名为“毛泽东旧居”。

邱家厦所是老街孩子们心中的向往之地，可大人们却告诉我们，这是毛主席曾经住过的地方，不能随便靠近，更不能损坏墙面。那一块块青砖成了我心中的神秘符号，每次经过我都会放轻放慢脚步，总是忍不住偷偷往里瞧上一眼。黑色的铁栏杆、紧闭的门窗，让我心生几分遐想：白天，毛主席一定在里面开会或伏案办公吧；夜晚，毛主席一定还在彻夜工作。微弱的灯光洒落在墙壁上，照着毛主席清瘦的身子，他手握着钢笔，神情自若地奋笔疾书，书写着他的家国千秋梦。

而今，每每经过邱家厦所，还是会禁不住驻足，雨水与风霜的侵蚀使邱家厦所的青砖已经慢慢变旧，门前走廊上的黑色铁栏杆也布满了锈迹，即便这样，毛主席的光辉形象仍在我眼前闪耀。伟大领袖毛泽东，他从韶山冲蜿蜒崎岖的山路上走来，他从八百里井冈层峦叠嶂的红土地上走来，他从“十送红军”的五斗江圩场四周山走来，他从“一览众山小”雄踞赣湘第一峰的南风面走来，他从他亲自命名的“戴家埔”的阡陌上走来，他从黄洋界保卫战隆隆的炮声中走来，他从万里长征第一村的横石村走来，他从罗霄山脉丛林中的“运筹帷幄”中走来。他昂首挺胸地走来，他气宇轩昂地走来，他的精神指引全中国人民走向继往开来的新中国。

红土名邦街

从毛泽东旧居“邱家厦所”往南走三十米东侧拐弯，就来到了名邦街。

宋代龙泉（今遂川）人郭知章、孙逢吉在朝为官，享有盛名，随后分别谥为“文毅”“献简”。人称“郭文毅”“孙献简”。后来为纪念他们，便在县衙前建造了一块高大的牌坊，上书“文献名邦”四个斗方大字。邑人为了纪念郭文毅和孙献简，同时也为了纪念这件事，干脆将“县前街”改称为“文献街”，把建有牌坊的那条街称为“名邦街”。

名邦街东起文献街，西至罗汉寺街，长一百米，宽四米，始建于南宋。在名邦街东面与文献街的交接处，立着一块高大古朴的牌坊，上书“文献名邦”四个大字。

遂川县工农兵政府旧址位于县城名邦街，原为万寿宫，是一幢庙宇式的清代砖木结构建筑。它坐北朝南，面宽 17 米，进深 55. 2 米，占地面积 1352. 9 平方米，建筑面积 1613 平方米，旧址共占地 2000 多平方米，是遂川县城最大的古建筑。为国家 AA 级旅游景区、江西省文物保护单位、红色旅游经典景区。

旧址内有前、中、后三进三厅，第一进为戏台，两旁为厢房；二进为大厅，两边为六间住房；第三进为水晶殿和魁神楼。

走进大厅，四周屋檐相连，门楼与两厢栏杆相接。沿左右楼梯而上为戏楼，再往上为拜厅，厅左右为厢楼，各厅之间都有天井相连。门楼造型古雅，木质斗拱支撑起高大屋顶，飞檐翘角，柱子是巨大实木，实为壮观。大厅里的木窗的花鸟人物浮雕、镂空雕，工艺精湛、栩栩如生。

工农兵政府旧址的前厅到中厅之间有一个院落式大天井，中厅到后厅之间有四个并排的小天井，后厅门口有两个天井，厢房两边的门口各设计一个天井。天井用条石或石板铺成，结实耐用，年年岁岁经受着阳光雨露的洗礼。石砖上除了长了一些青苔，完好无损。大殿因为天井的存在，让殿内取光、通风、集雨和排水都非常好。天井是藏蓄之所，是财禄的象征。以养生气，体现阴阳交融之美。天井式住宅的屋顶内侧坡的雨水从四面流入天井，所以这种布局俗称“四水归堂”。

1928 年 1 月 24 日，毛泽东亲手创建的第一个红色政权——遂川县工农兵政府成立，这是湘赣边界的一面旗帜，也是井冈山革命根据地红色政权建设的典范。

工农兵政府整个大厅宽敞明亮。首先映入眼帘的是一座巨型的长方形大理石雕刻，内容是“遂川县政府临时政纲”。大厅天井两边矗立着十多尊革命先烈的大理石上身雕像，他们是郭永秀、王次淳、王佐农、蒋世良、曾保华、陈正人、王遂人、王次楱、张龙秀、张文溥等。大理石雕像栩栩如生，让人们一一忆起他们惊天地、泣鬼神的革命故事。他们视死如归的革命精神，激励着我们不断地前行。

沿大厅往里走，盆景植物的掩映中，大厅正中矗立着高大的毛泽东铜像。他左手拿着一个斗笠，右手握着一卷书，神情专注，意气风发。大厅两侧的陈列室，包括遂川县早期革命运动革命故事、红色政权的建立、红色政权的巩固与发展三个方面的内容，其中重点介绍了红六军团横石出发、遂川军民浴血护政、会师首捷五斗江、王次楱巧夺六支枪、遂川县工农兵政府扩充赤卫队训令等革命故事。

陈列室的玻璃橱窗里，静静地陈列着一本泛黄的册子。封面上赫然印着“共产党宣言”几个红色大字，大字上面一行印着“马克思・恩格斯”的小字，封面下方小字落款“人民出版社”。这本珍贵的书里写着救国救民的方略，承载着共产党人的信仰，凝聚着奋斗的力量。中国百年的历史，记录着无数革命英雄的故事，我们如今能幸福地活着，是千万革命志士用生命换来的。英雄的赞歌在心中响起，英雄的气概荡气回肠，英雄的精神流芳百世。

两侧厢房里设立了“遂川县工农兵政府旧址”陈列展示馆，通过蜡像馆情景展现工农兵政府时期的场景。蜡像生动逼真，讲述着当年毛泽东带领遂川工农红军闹革命的英雄故事。1928 年 1 月 5 日，毛泽东率领工农革命军首次攻占遂川县城。在整整一个月的时间里，毛泽东大力经营遂川，亲手创建了遂川县工农兵政府，并设立了五部一室（土地部、军事部、财政部、裁判部、文化教育部和秘书室），使之成为第一个具有实质意义的工农民主专政的县级政权。

通过讲解员的介绍，可以了解毛泽东如何领导工农革命军三占遂川城，剿灭大土豪、大恶霸肖家璧的匪巢，创建工农兵政府，主持制定《临时政纲》，实行土地革命，亲手创造了第一个红色政权的始末。

西路街春秋

井冈山下的遂川县西路街始建于南宋中叶，长约二百七十米，宽约七米，距今有八百多年的历史。街道建成之初因横跨古龙泉县衙之前，始称“横街”。千百年来一直是遂川县城最繁华的街道之一，也曾是水北主要商业区。新中国成立后根据地名划分统一管理，“横街”以木匠街为划分线，分为东西两街道。因西路街位于木匠街西侧遂名为“西路街”。

历经岁月的淘洗，老街以独特的风味，默默地记录历史建筑风情、民俗生活和市井文化。西路街有一百多户居民，他们的居住地大多保留了前店后坊的商住两用模式。西路街前店后坊是最古老、最传统的一种经营模式，宋代出现雏形，兴盛于明清时期。这些店面多为单开间，底层门面采用木排门，卸去排门，店堂宽敞明亮。

临街建房，前院为店，用以售卖商品，后院更大的空间为生产作坊，是中国自给自足的自然经济的缩影。古老的前店后坊模式，伴随着老字号一起兴起、一起消亡，如今再次兴起。西路街的街面不大。百户铺子紧紧夹着一条青砖和麻石条铺就的老街。店铺紧密地挨着，红烧鸭子、煎鸡蛋、煎南瓜米果、煎香酥肉等美食。香气满街飘散。谁家婚宴嫁娶，唢呐声一响，一条老街都在乐曲声中跃动。还有孩子们的嬉戏、打闹，年轻夫妇的打情骂俏，男人们的喝酒划拳，女人们的私密话，邻里之间为了一点儿芝麻蒜皮的小事争吵，都常常被隔壁邻居听了去，成了大家茶余饭后的趣闻和谈资。

夏日清晨，朝阳铺洒在老街上，生机无限。檐牙高啄，青砖黛瓦，光怪陆离。站在老街上遥望，灰蓝天空下的老街宁静祥和，两侧店铺上倒三角的红色小旗帜在风中摇曳，光影下仿古的骑楼门柱耸立在门前，威武气派，门楣上的镏金招牌流光溢彩、古色古香。鸟儿在檐牙上飞来飞去，叽叽喳喳欢快地歌唱，歌声清脆悦耳；人们在睡眼蒙眬里开始了一天的生活，先是一片一片卸下木门板，店主们整理了店面，准备一天的营业。穿堂风吹过，凉爽舒适；阳光像是长了脚，挪移到了敞亮的店堂，温馨和谐。

老街慢慢热闹起来，卖豆腐的、卖年糕馒头的、卖河鱼的、卖青菜萝卜的……他们一边走一边吆喝，时光在买卖声中流逝。

日暮时分，西路古街华灯初上，光影迷离中的烟火气息充分展现了遂川民风民俗的独特魅力。老街高高挂起的大红灯笼与落日余晖交相辉映，构成了一幅美丽的画卷。夜色渐浓，西路老街迎来了一天最美的时刻。古街如深闺里的大家闺秀般气质绝佳，华美又不失庄重。在大红灯笼的映衬下老街呈现出一份朦胧美，让人仿佛穿越了时空，回到了旧时光。

漫步古街，不禁浮想联翩，期待着与一个身着旗袍的曼妙女子的邂逅。她撑着一把黄坑的油纸伞，袅袅婷婷地走在迷蒙的老街上。她的容颜如盛开的莲花，她的心如三月的细雨，街道向晚，直到马蹄声远去，她才终于明白，等来的不是归人，而是过客。

在老街上继续前行，似乎有噼里啪啦地拨打算盘的声音在风中回荡。我在风中寻找记忆中的秤店。秤店依旧保留着从前的模样，只是店老板甘柳根由一个翩翩少年变成了一个白发稀疏却精神矍铄的儒雅老人。谈笑间，他依旧不失少年心。

在甘柳根的家中，珍藏着一杆有七十年历史的大秤。这杆秤能称三百斤的重量，长约一米七，秤星镶嵌银子，秤钩、秤砣是全铜的，秤砣的四面雕刻着“盐业公司”四个大字。这杆秤是遂川县盐业公司于 1952 年专门在南昌定制。磅秤出来后，这杆大秤就慢慢退出了盐业公司的历史舞台。四年前，甘柳根听说了这杆精美的长秤，于是花三百元从盐业公司买回。只可惜，前年，草林镇一个梁氏同行又看中了这杆秤，于是花一千元又从甘柳根手中买走。这杆秤不管花落谁家，能一直传承下去就是人们最大的心愿。

甘柳根 1947 年出生，十五岁时师从万启发。万启发 1937 年因战乱逃难到遂川，经营秤店生意，做秤、卖秤、带徒弟。秤店生意兴隆，门庭若市。1972 年，他因眼疾导致视力微弱，于是回了南昌老家。

甘柳根说起自己的学徒生涯无不感慨。他说学徒虽苦但他不觉得，即便每天晚上都要工作到 12 点，但内心感到很幸福。这是因为遇到了好师傅，又赶上了好政策。学徒三年期间，他开始时在自己家里吃饭，之后在师傅家吃饭。万启发第一年给他每个月十元的生活费，第二年每个月给他二十元的生活费，第三年每个月给他三十元的生活费。看似几十元钱，但在 20 世纪 60 年代却是大数目了。当时物质水平低，物价便宜，一个鸡蛋才三五分钱。甘柳根最早是在手工业联社学徒，在当时也算是铁饭碗。之后，手工业联社学徒有机会转型为大集体职员，但是甘柳根选择和弟弟个体经营秤店。做手艺虽然辛苦一点，但自己经营秤店三年后，月收入可达四五十元。20 世纪 80 年代，改革开放后放开市场，做生意的人多，秤店生意非常红火，城里的生意人需要用秤，农村的生产队也需要秤来称稻谷、大豆等农副产品，那时的月收入可达一百多元，足够养活一家大小。因一杆秤，改变了甘柳根的生活。最早他租住在县城黄田庙，现东路居委会所在地，之后租住在县城沙湖里和木匠街。1982 年，甘柳根在水南上街松林做了一栋二层一百五十多平方米的钢筋水泥的房子，造价虽近一万元，但当时也没有欠多少债。近十几年来，随着电子秤的广泛运用，手工秤就慢慢不再那么吃香。而今，甘柳根仍旧喜欢每天按时到西路老街上班，在他工作奋斗了六十一年的老街上享受宁静时光。交谈间，七十六岁的甘柳根皮肤白皙，满脸红光，亲和儒雅，口齿清晰，比实际年龄年轻太多。甘柳根的妻子胡桂英，今年七十岁，是一个做裁缝的手艺人。他俩共同生育了三个儿子、一个女儿，儿女们全都安居乐业。

甘柳根的秤店生意不是祖传的。他的父母亲都是樟树人。祖上早年迁居遂川，他家是医药世家，先是在大汾开药店，他的父亲继承祖业，在大街上开了一家公私合营的药店——福春药店。他的父亲 1975 年因心脏病过世，他的母亲 2006 年八十岁高龄时过世。1968 年因政治变革甘柳根的父母被遣送回樟树下古山种田，十二年后落实政策，1980 年举家又迁回遂川县城。他家虽是外乡人，却把遂川当成了故乡，把一片热血都献给了这个山清水秀的偏远小县城。一路走来，风雨兼程，不变的是甘柳根两兄弟与秤结缘对秤生意的热爱。

甘柳根说，他在西路老街上经营的秤店是老街现存最久的老字号，他在老屋的街边房里一边做秤一边卖秤。秤店生意虽然繁琐，但甘柳根一生执着于此，他成了老街的守护者。一路走来，风雨兼程，不变的是甘柳根两兄弟对秤店的热爱。年逾古稀，仍然坚持，把毕生的心血都献给秤里的公平与公正。

秤店对面是原来的老百货公司。二百多平方米的老百货公司虽人去楼空，但经修缮还保留着原有的模样，老一辈人经过此处难免记忆犹新。当年老百货公司是遂川县城最繁华、最热闹的地方。此去经年，方格木窗见证了一切过往。

秤店隔壁过去是一家老字号的钟表店。近百年来，钟表店最早是王飞和他的继父刘锦鑫开办的。王飞拜师他的继父刘锦鑫，学成后与其一起经营钟表店。由于王飞修表技术精湛，赢得很多顾客的青睐。之后冯仁民入行钟表行，跟着刘锦鑫学徒，不料，还没出师刘锦鑫就过世了。冯仁民只好拜袁菊英为师。袁菊英是当年钟表店的女师傅，她从小跟着她的父亲袁家栋学习修表技术。当时跟着袁家栋学习的还有陈普生。冯仁民出师后，就与王飞、袁菊英、袁家栋一起经营这家钟表店。这家店也是县里档次最高的钟表店。

在西路街和木匠街的交会处，也就是现在的榨油坊的位置，当年有一家全县最大的修理自行车的老字号。20 世纪 90 年代之前，由于当时机关单位每个月有四元修理费，且自行车是家家户户的重要交通工具，县里的自行车几乎都在这家店修理。自行车修理店的房东叫彭兆吾，他把偌大的店面租出去，每年的租金足够养活他全家。自行车修理店是三个人合伙开的。老板是胡子楠、陈寅生和陈淼生。陈淼生是陈寅生的小舅子。三家人辛勤地经营着修理店，生意十分红火。

自行车修理店的隔壁有一家刨黄烟丝的老字号店铺。老板姓黄。当时的人们常常把水烟筒挂在腰上，一杆水烟筒往往伴人一生。一张正方形的纸在人们泛黄的食指和中指的拨弄下，黄色的烟丝便静静地躺在纸里。烟民的手如同变戏法般将烟丝放入水烟筒里，然后用火柴点燃。顿时，眼前烟雾缭绕，土烟丝的香味弥漫开来。

西路老街上有一间老字号——冰铁店，也叫白铁店或铁皮店。由于白铁如冰一般，故取名冰铁店。当时老街上有三家冰铁店，老板分别是张品山、冯斌和万金财。1956 年，因公私合作三家冰铁店合并。而今，张品山和万金财的后人都不再经营冰铁店，只剩下冯斌的两个孙子还在继续从事白铁生意，也算是有了传承之人吧。二三十年前，过年前半个月，家家户户都会做年果子，如煎油果子、炒花生、做冻米糖等。年果子做好放凉后，会被放入预先买好的大大的白铁桶里保存。家长有时还特意上锁，以免孩子偷吃。白铁桶容量大能放置很多东西，也不怕食物被污染，而且油果子在里面不容易回潮。

秤店隔两个店面是一家老字号镶牙店。老板是广东人李锦青。牙店不光修牙、补牙，还做镶金牙、银牙等生意。镶牙店从新中国成立前到如今一直营业。而今，李锦青的儿子李国勇仍在老桥头经营着牙店。

西路老街上过去还经营着两家饭店，分别为李拜桥附近的泉江饭店和益友饭店。泉江饭店由公家经营，有二层，共三百多平方米。泉江饭店集餐饮、住宿于一体，且价格便宜。益友饭店是由上坑乡的几个村民合伙开的，店面不大，只经营餐饮。

旧时光里，老照相馆是西路老街众多店面中的一个。老照相馆叫“士云照相馆”。老板姓严，名士云。这也是照相馆名字的由来。老照相馆的建筑青砖黑瓦，由长木板一块一块拼接而成的大门早已斑驳。老照相馆地方不大，外屋开票收钱，接照片，里屋照相。里屋比外屋大很多，有各种特制的背景画。背景画色彩绚丽，以风景画居多，亭台楼阁、高山流水、百鸟争鸣，或者是纯红的一张布景……还有一把装着灯的银色铝质大伞安放在地上。

最令人瞩目的是安放在木制三脚架上的一台老式照相机。黑色的镜头四周围着一个铝质小框，小框后面套着一个很长的倒喇叭形的有褶皱的黑色收缩节，后面还有一个铝质大框，整个照相机总是被一块很大的黑色绒布遮掩着。

拍照时，摄影师会把整个头钻进黑绒布里，时不时探出头指挥照相人调整姿势，嘴里念念有词。碰到爱哭的或不会笑的孩子，摄影师就会探出头来摇几下手上的小铃铛，大喊道："笑一笑，笑一笑，一、二、三……"随即，用力捏一下手上那只连接导线的椭圆黑色小皮球，"咔嚓"一下，相就算照完了。那时候人们都觉得摄影师很神奇，那黑色绒布里一定藏着许多秘密，特别想走进去探究，可每次都没有机会和勇气。

每年春节前后，照相馆里都被挤得水泄不通。有七八十岁的老爷爷老奶奶，有呱呱坠地没几天的小孩子，有在室内或站或坐的，有在屋外等着的，等久了一家便派一个代表进摄影室问什么时候才能拍照。屋子里大人的说话声，小孩子的哭闹声，还有嗑瓜子的声音……此起彼伏，好不热闹。大家都穿着新衣服欢欢喜喜的，脸上洋溢着幸福的笑容。

之后，因公私合营，士云照相馆并入泉江饭店，成为饭店的下属单位。照相馆从私营到公营的转型过程，也见证了中国历史的变迁。历史的车轮滚滚向前，在记忆的光里，一张张老照片如一束束耀眼的光，让人们在时光隧道里思考生命的价值，体味亲情、友情与爱情的可贵。

士云照相馆隔壁是工人俱乐部。一到周末，很多人都喜欢去俱乐部跳舞。在迪斯科的乐曲声中，青春在跃动。后来，俱乐部被改成了电影院。

而今，西路街被重新修葺，韵味更浓了。老街店铺的经营范围以古旧行业为主，如酒坊、秤店、茶庄、草鞋铺、泥壶作坊等，乡土特色浓郁，极富文化底蕴。还有一些非遗保护项目和传统工艺品，如黄坑油纸伞、高坪笼藏米果、大汾折扇等。游客到此，不仅可以饱眼福还可以享受美食。红色街区集历史教育、旅游休闲、商业贸易于一体，是红、绿、古资源综合开发的典范。

红军草鞋铺里，摆放着古老的木架。木架上勒出的一道道凹槽见证了当年编草鞋时所费之力。编草鞋要先把稻草搓成绳子，编时要用力把每一根绳都拉紧，要不然草鞋一穿就会散掉。编好后要把鞋底多余的稻草剪掉，然后再用长长的竹筒子压一压，这样草鞋就能变得光滑，而且不会有刺。红色歌曲《双双草鞋送红军》中唱道："红旗满山崖，鲜花遍地开，人人都把红军爱，姐妹们送鞋来，麻窝草鞋亲手呀编……"歌声里再现了新中国成立前老百姓为红军战士送草鞋的场景。

一条老街，一段历史，西路老街真是极具烟火气的地方。烟雾袅袅，街巷喧嚣，夕阳下的灯光，人们对老街的怀旧，源于对慢生活的向往。老街是历史的见证者，镌刻着这座城市的记忆，讲述着几代人的故事。那些美好的记忆都融在老街茶馆狗牯脑的茶香里……

分水岭上红军路

在五百路井冈遂井公路的堆子前镇集龙村分水岭，有一条鲜为人知的红军路。为追寻红军战士的足迹，我一大早便驱车前往。在一座石拱桥边停车，村支部书记卢海云早就在遂宁井公路旁等候了。

一下车，凉风习习，清新的空气扑面而来，浸透心扉，有心旷神怡之感。极目四眺，远山如黛，掩映在云雾缭绕间，如仙境一般。云雾散开，宛如画卷。大片的金橘树林，安卧在乡村公路的一侧，长龙一般，郁郁葱葱。深绿的叶子光滑细腻，数不清深绿的小金橘捉迷藏般躲在枝叶间茁壮成长，淡淡的清香味在空气中弥漫。

在村支书卢海云的带领下，我们来到了遂井公路旁的一座石桥边游览。这是一座明清时期修建的单拱石桥，由青石块和石灰混合垒起。古桥倒映在水中，如短虹卧波，又如一轮圆月，一半空中，一半水中。古桥斑驳，像一个饱经风霜的老者伫立在小溪上，等待有缘人前来倾听古桥的沧桑故事。尽管桥身一角的石块已经坍塌，但这并不影响古桥屹立于世。曾经，这座明清时期修建的百年古桥掩映在大片稻田里，春风翠绿大地时，古桥和绿油油的稻浪一起吟唱，期盼丰收年；秋收时，古桥和黄澄澄的稻谷一起欢庆，分享满足与幸福。古桥走过四季，桥面的斑斑痕迹有老人的沉吟、孩子的欢笑、女人们的秘密。遥想，某一个黄昏日暮，抑或是月朗星稀的夜晚，一对青年男女坐在石桥的一隅，倚靠在一起，诉说衷肠，四周蛙声一片，稻花香里情意绵绵。

这是一座古桥，也是一座红军桥。曾经，古桥上有血染的红旗飘扬过，有红军战士坚定的脚步踏过，有追求正义的集龙村老百姓心心念念过。

在石拱桥旁，隐藏着一条约五华里弯弯曲曲伸向远方的红军小道。小道一侧是小溪，一侧是金橘地。小道路面约一米宽，地基是取用河里普通的大小石块垒起的。沿着小道前行，小道被杂草湮没，只有零星的几块鹅卵石嵌在小道的泥土里。两侧草木茂盛，芦苇微微。路旁小花星星点点灿烂着，红的、黄的、紫的……小路旁有一条小溪蜿蜒流淌，溪水潺潺，小鱼儿在溪水里游弋，斑驳的光影折射在溪水里，几片黄叶飞落，贴着水面悠然而去。

这条江西通往湖南的小道，看似普通却历史久远，自清朝初期就存在，之后在革命战争年代更发挥着极其重要的军事作用。据说毛泽东、朱德等红军将领都曾走过这条小道。

集龙村是井冈山革命根据地的红军将士到草林红色圩场的必经之地，由于路途遥远，一般都会以集龙村作为中途休息点。

草林红色圩场位于遂川县城西北二十三公里处，是湘赣边界四县较大农村集镇之一。历史上有五条街，一百七十多间店铺，常有广东、湖南、福建等外埠商人来此经商。1928 年 1 月，毛泽东率领工农革命军占领遂川后，打掉了遂川靖卫团从黄坳到草林约三十五公里路上的五道税卡，并在圩上万寿宫召开群众大会宣布了党对待工商业者的政策，从而把一个陈旧败秃的、被豪绅地主垄断的圩场改造成为新的、有利于革命经贸的红色圩场。草林圩场在井冈山革命斗争时期，为井冈山军民提供了食盐、棉花布匹、药材、红糖等许多根据地非常缺乏的物资。从井冈山革命根据地到草林红色圩场的古道都是山路，山路崎岖，有悬崖绝壁，有深山老林，有野兽出没，几十里的盐麻道一般一天走完，有时也会在集龙村卢家屋场休息一晚。由于当时条件艰苦，红军战士为了节约口粮，经常风餐露宿，累了困了，放下扁担在路边的草地上歇息一会儿；渴了饿了，就捧几口山泉水解渴，摘几颗路边野果充饥，或者将自己挑的米伴着小溪里的泉水吃。小道上一块块光溜溜的石头见证了红军战士们当年的足迹。

集龙村这条红军小道还保留着当年的原貌，只是看不到红军战士穿着军服或便服挑粮、挑盐的场景了。一根小小的扁担打破了万恶的旧时代，挑出了辉煌的新时代。

革命战争年代，红军还在集龙村卢家屋场设置了两处炮楼，一个在红军小道旁不远处的稻田里，另一处设在距离拱桥两公里的山顶上。红军战士们每天都要经过古桥，往返两座炮楼。两个炮楼遥遥相对，互通消息，里应外合，高大坚固的炮楼如钢铁战士一般保卫着这片红土地。

那是一个月朗星稀的秋夜，临近深秋，凉意很浓，万物都瑟缩着。山谷里死一般地静，村里人都早早关门入睡。突然，几声冷枪声划破了夜的寂静，紧接着就是一阵“砰砰砰”的枪战声，国民党一股部队趁着夜色偷袭红军山顶的炮楼，战争持续了一个多小时，枪声交错，硝烟弥漫。守楼士兵奋力反击，用尽全力保护炮楼，打退了国民党的部队，但红军战士死伤也非常严重，几十个红军战士牺牲。那夜，山谷哭泣，松涛阵阵，天地动容。之后，集龙村的老百姓强忍悲痛，流着热泪，自发地在炮楼的山脚下挖了一个大坑，埋葬了保护他们的红军战士。他们都太年轻，十五岁、十六岁、十八岁，他们都还是孩子。但是，就在那个夜晚，他们悄然离去，连同他们的名字和籍贯一同埋进了那个大坑，无处追寻。也许，他们冥冥之中原本就属于这片土地，要和这片红色的异乡土地永远共存。而今，山谷里杂草丛生，树林荫翳，英雄们的尸骨早已化成了一抔抔黄土，只有清风明月和没了踪迹的炮楼遗址陪伴着他们。起风了，山谷里星星点点的野菊花在摇曳……采朵野菊花别在衣襟上，当作我们的祝福与怀念，咫尺天涯，天涯咫尺……

据村民卢泮绪回忆，1928 年 8 月，毛泽东、朱德等带领工农红军秋收起义的队伍在堆子前镇集龙村驻扎了好几天。他说，自己曾见过父亲当通讯兵时戴的袖章，上面绣有“中国工农红军苏维埃区政府通讯兵”字样和镰刀铁锤组成的旗帜图案。据集龙村的老人们介绍，当年，集龙村卢家屋场经常出现红军战士的身影，小部队来时红军战士们大多穿便服，大部队来时红军战士都统一着军装出入。因为村里经常有红军来，所以经常受到国民党军队的围攻。最让集龙村老百姓激动的是，毛主席也曾来过卢家屋场，据说还住过一个晚上。

而今，红军将士的足迹早已远去，但这条伸向远方的红军小道上的故事却永远流传。

冰趟子泉前的遐思

初到北安，既陌生，又熟悉。北安的一草一木、一山一水，北安人的豪爽热情，都给我留下了深刻的印象。但是，我始终忘不了一眼清泉——冰趟子泉。

来到北安的小兴安岭密林里，沿着蜿蜒的山路下到山坳平地，在林立的松树间，在稀疏的杂草丛中，赫然呈现一眼山泉。在山泉的出水口有几块大小不规则的灰黑色岩石块，隐约可以看到不大的泉水从石缝里汩汩而出，溪流顺着小水沟静静地流淌着，因水流不大，露出水面的石头上依稀地长着一些青苔，小水沟两边零星地长着一些不知名的绿色小植被。如果不是导游介绍，我真的会忘记这眼山泉的存在。也许我只知道它就是一眼泉，一眼不起眼的山泉。

同行的当地文友告诉我们，这眼泉曾经非常风光，当冰雪消融夏日的阳光普照大地时，泉水烟波蒸腾，雾霭弥漫，云絮缥缈，犹如轻纱罩在水面上。缝隙中细流脉脉、如线如缕。一道看不见的泉水断断续续地流着，好似脉管的跳动：忽而微弱，忽而剧烈。泉水明净碧绿，流淌下山的泉声叮叮咚咚，清脆悦耳。

这是一眼常年不冻的山泉，冬季泉水从山上流下来，在山路北面泉水流结成很宽的冰坡，高低不平，当地群众称为“冰趟子”。这里就是著名的冰趟子战役的原址。

红土春秋

这是一眼不寻常的山泉，如果想了解它，就必须停下来，才能懂得它的悲壮与亘古。

我忍不住特意来到泉边，用手掀开苔藓，轻轻地掬起一捧泉水，饮下。泉水滋润着我的肺腑，清醒了我的头脑，我在唇齿之间回味，品尝到了它的甘甜和清凉，更喝到了悲壮的滋味。

顿时，一个个高大的身影、一群英勇的光辉形象立刻呈现在我面前，让我顿时肃然起敬。那是一群怎样的人啊，大江东去也不曾淘尽他们的英姿，如今，他们依旧在历史的星空中熠熠生辉。

在那个寒冷的冬日，在冰趟子泉上进行过抗联战争史上较为著名的以少胜多的冰趟子战役。1936 年，东北抗联军长赵尚志率领部队与数十倍于己的日伪在通北小兴安岭的冰趟子交战。面对四百多装备精良、气势汹汹的日军，赵尚志利用有利地形巧妙设伏，把日军引到冰河上，趁其立足未稳纷纷滑倒之际，给予致命打击，取得了歼敌三百余人的辉煌战绩，并缴获大批枪支弹药和米肉、服装、军毯等物资，为继续西征开辟了通道。

抗战期间，由于战争环境残酷，敌人的封锁和在人烟稀少的山林行军，部队补给十分困难，战士们每人只能带着四穗苞米作为口粮就出发西征。在西征途中，战士们感慨："哪怕嘴里含颗盐，也能再走十里八里。"有多少东北抗联的将士在西征途中病饿而死，有的战士甚至倒在离营地只有几百米的地方。

站在冰趟子泉边，我思绪万千，英雄的足迹早已远去，留下的只有荡气回肠、可歌可泣的英雄故事。正是因为这种伟大的爱国主义精神和崇高的民族气节引领着北安人民走向富饶，走向辉煌。

而今的北安，到处一片祥和太平。白云蓝天清澈透亮，大道旁一片的柳树、白杨树、白桦树，一望无际的玉米地、大豆地、稻田尽收眼底。那满眼的绿意，美丽的格桑花，让人心旷神怡。漫步北安的大街小巷，整齐的街道上高楼林立，和善可亲的出租车司机，热情爽朗的东北大妈，昂扬向上的劳动者都在为这座英雄城付出自己的辛劳与汗水。夜色里街灯璀璨，与天上的星光交相辉映，天地交融、生生不息。

冰趟子泉还在流淌，泉眼无声，但她就是见证人。她见证了北安那段金戈铁马抵御外侵的革命斗争历史，也见证了而今北安的繁荣与富强。让我们永远铭记英雄的故事，让英雄的精神代代相传。

“红军粮仓”石燕洞

从井冈山茨坪往北行五公里，便到了梨坪村。沿着石阶上山，在茂林修竹的小道步行十分钟，便来到了石燕洞洞口。

石燕洞也叫红军洞，有仙福洞、双福洞、栖福洞、赐福洞、海福洞、通福洞和锦福洞等七个洞，洞洞相连，上下融通，曲折幽深，全长一千多米，堪称天下奇观。

通过狭窄石燕洞入口进门，沿着狭窄平坦的巷道进入洞内，常年摄氏十五度的洞内空气清新、舒适宜人。洞内泉水叮咚，清脆悦耳。洞内小路曲折迂回，时而平坦，时而陡峭。沿着护栏一路前行，溶洞奇幻异常，纵横交错，怪石嶙峋。一滴滴水珠从洞顶滴落，似千年的心音，余音绕梁。这里的钟乳石姿态万千，有石树、石柱、石笋等。有的钟乳石似仙、似人、似刀、似戈、似兽物，形态逼真、呼之欲出；有的如贵妃出屏、千年老人、烤鸭出炉、大象情侣、观音坐莲、三娘教子、幼鹿吮乳、天鹅曲颈、玉如意等，精巧玲珑、栩栩如生。

借着五彩的灯光，我仰望洞顶，风光绮丽多姿，那不知垂挂了多少个世纪的巨大的钟乳石鳞次栉比、参差不齐、长短不一。有的像定海神针，有的像昂首狂嘶的骏马；有的像倒垂的莲花，有的像狼牙犬齿，还有的像飞瀑，姿态万千的钟乳石给人以无限的遐想。

走进仙福洞，水帘洞瀑布从七八米的高处滴落，水花飞溅，声音如大珠小珠落玉盘般悦耳。不远处的钟乳石如姜太公端坐在清浅的泉水旁垂钓。姜太公身穿蓑衣，头戴斗笠，凝神屏气间气宇轩昂，好似心中藏着千军万马与万千韬略。弹指一挥间历史已经模糊，仙人们的身影却留在千万亿年洗礼过的光怪陆离、形态各异的钟乳石上，让时空相接、古今交会。

双福洞的结构比较特别，分为上下两层。“翡翠白菜”晶莹剔透、美不胜收；“金鸡报喜”更是气势夺人。目不暇接中，“观音菩萨献身”普度众生，让观赏的我们多了一份放下世俗恩怨的佛缘。缘生缘灭尽在观音的莲花一指间，当圣水洒落，万物皆生慈悲之心。那潮湿的石阶上顽强生长的一丛丛、一簇簇的苔藓，也给人一份“白日不到处，青春恰自来”的努力活着的感慨。

洞内百折萦回，宽窄不一，有的可容纳很多人，有的仅容一个人通过，高大一点儿的人必须低着头，不然会碰到头顶的钟乳石。我仿佛置身于一个陈列着无数艺术珍品的宫殿，大自然的鬼斧神工让我流连忘返。

洞中小道边的岩石上布满了大小不一、形态各异的钟乳石，像极了诸葛亮垒石摆出的八阵图，于运筹帷幄间克敌制胜。更像神态各异的兵马俑，有的神态肃穆、凝神屏气，好像在思考什么；有的眼神迷茫，望向远方，像是在思念家乡；有的神情镇定，蓄势待发。

踩着狭窄的石头，来到了栖福洞。抬头仰望，左边溶洞最高处射出一道亮光，这是一个蝙蝠进出洞的通道。我很想遇见一只蝙蝠，只可惜它昼伏夜出。可以想象夜深人静时，蝙蝠家族的聚会十分隆重盛大，一个个黑色的精灵仿佛一个个恪尽职守的夜的守护神。蝙蝠在古代被老百姓称为鼠仙，是寓意吉祥的动物。蝙蝠也是井冈山人民的吉祥物。

迂回曲折中，不知不觉来到了赐福洞。姿态各异的钟乳石拉开了一次规模宏大的王母娘娘的蟠桃盛会的序幕。王母娘娘上了金殿，面向东而坐，她身边立着几个大蟠桃。她身后垂挂下来的钟乳石恰似当年的昆仑山的层城，清澈见底平静得宛若一面镜子的泉水如王母娘娘的瑶池。仙乐四起，四周千姿百态的钟乳石如一个个天阙仙人纷至沓来，彩彻区明，于云雾缭绕间接受王母娘娘的仙桃恩赐。

移步换景，拾级而上，亿万年的钟乳石笋突兀在眼前。一根粗大的石笋从岩壁顶倒挂下来，水滴“滴答滴答”地落在它身下的石笋上。地面这根粗大的石笋仰视着正上方的石笋拼命地向上生长，吮吸着它每分每秒滴落的琼浆玉液，配合得如此默契，爱在滴水之间流淌。

在溶洞出口的“锦福洞”上写着“红军粮仓”四个大字。1929 年 1 月，朱毛红军主力离开井冈山征战赣南，红五军和红四军三十二团坚守根据地。守山军民在黄洋界、桐木岭等五大哨所与敌人鏖战。扼守桐木岭哨口的是红五军第九大队和梨坪乡赤卫队，他们把粮食和食物运进石燕洞储存。这些粮食对于守山军民坚持了三天三夜的保卫战起到了重要作用。战斗中受伤的战士转移到这里，红五军军长彭德怀还亲自来到石燕洞，慰问红军伤病员。

走过红军粮仓，我突然听见了那首悦耳的《红军阿哥你慢慢走勒》的歌声：“红军阿哥你慢慢走嘞，小心路上就有石头，碰到阿哥的脚指头，疼在老妹的心里头，红军阿哥你慢慢走嘞……”

井冈山上杜鹃美

杜鹃花一直被世人喜欢，是由于它的美。美丽的杜鹃花绚丽于山野，装点于园林，自古以来就备受人们的青睐。

“人间四月杜鹃红，最红不过井冈山。”井冈杜鹃久负盛名，每到三四月，艳丽夺目的杜鹃花在五百里井冈竞相怒放，犹如一颗颗耀眼的碧玺，镶嵌在一望无际的青山绿水间，置身其中，如同游走在人间仙境。

井冈山，一座神圣而雄伟的山，坐落在莽莽苍苍的罗霄山脉中段，绵延五百里，群山环抱，峰叠连绵。

每年春风四月，家乡的杜鹃花就开始活跃了，漫山遍野的艳红，怒放着生命，无拘无束。杜鹃花是大气的平民之花。它朴素中多了几分端庄大方。它没有牡丹的雍容华贵，没有水仙的清雅脱俗，没有含笑的馥郁芬芳，但它是花中的花木兰，爱红装也爱武装。它与清风流水相应和，与松涛鸟鸣做邻居，在幽静的山野里默默地绽放，不争春，不炫耀，小小的身姿告示天地山川它来过。因为杜鹃花很美，爱花人士自然给它冠了很多好听的名字，映山红、山踯躅、红踯躅、山石榴、山鹃等。

杜鹃花品种繁多，各具风采，有的娇小玲珑、婀娜多姿，有的娇艳欲滴、顾盼生姿，有的硕大豪放、雍容华贵。花色有红色、淡红、杏红、雪青、白色等，尤其以红色居多，因此俗称映山红。传说古有杜鹃鸟，日夜哀鸣而咯血，染红遍山的花朵，因而得名。自古花与鸟虽有连带关系，但像杜鹃花鸟同名，最为难得。唐代大诗人白居易曾有“杜鹃花落杜鹃啼”之句，马孟容画杜鹃和杜鹃花题诗也有“诉尽春愁春不管，杜鹃枝上杜鹃啼”之句，文字朴素，却别具风味。唐代李商隐“望帝春心托杜鹃”之句就赋予了杜鹃花浓郁的神秘色彩。

童年，艳红的杜鹃花是我心中的花。家乡人俚语称“山野人花”，又叫映山红。每当春回大地，万物复苏，油菜花开的时节，杜鹃花次第开放。山野春游，一路上映入眼帘的杜鹃花宛如一片火红的朝霞，又如山野奔放的舞者，轻歌曼舞于平地间、山坡上、山涧下、山坳里、路边灌木草丛中、岩壁上。那一株株或粗壮或俊秀的枝干上缀满了浓密青翠的绿叶，在那层层叶片之上簇拥着一朵朵吐着蕊的艳红的映山红。举目四望，一棵多枝、一枝多花，棵连棵、枝连枝，一簇簇连成了花海，美丽夺目，用火一般的热情召唤着山野。走近，盛开的杜鹃花像一个个俏丽的小仙女，穿着小喇叭似的红纱裙，在阳光下翩翩起舞，舞姿曼妙，美丽可爱。凑近一闻，一股淡淡的甜蜜味清香沁人心脾。

杜鹃花的艳红成为我心中永远的色彩，源于童年时看过的电影《闪闪的红星》。当潘冬子的母亲为了掩护乡亲们而被敌人用大火烧死时，乡亲们哭了，我也哭了。那时，电影影像中慢慢呈现出潘冬子的母亲牺牲前被熊熊的烈火包围，声音嘹亮地歌唱《映山红》时的画面。电影院里一片窸窸窣窣的哭泣声，与其说是画面感动了我们，不如说是歌声感染了我们，脑子里顿时浮现出漫山遍野艳红的映山红的场景，就在那一刻，映山红便成了我心中最美的花。潘冬子的母亲用生命在等待红军的到来，她心中的信念告诉她，当山上的映山红开遍原野的时候，红军就一定会回来的。虽然她牺牲了，但是她的内心是充满希望和幸福的，那抹灿烂的映山红永远镌刻在她心中。潘冬子用自己的坚强勇敢等来了自己的成长，等来了红军。当红军们再次来到潘冬子家时，战士们排着整齐的队伍来到映山红的花海中。乡亲们都在花海中欢呼雀跃，手捧映山红，涌到红军面前。此时，熟悉的歌儿再次在我的耳边回荡，荡气回肠、斗志昂扬。只要信念在，等待就是有价值的。“夜半三更盼天明，寒冬腊月盼春风，若要盼得红军来，岭上开遍映山红，岭上开遍映山红。夜半三更盼天明，寒冬腊月盼春风，若要盼得红军来，岭上开遍映山红，岭上开遍映山红。”

杜鹃花海美如画，最红最艳的当数杜鹃山了。杜鹃山位于井冈山主峰的五指山西南，离茨坪西南二十公里，海拔一千三百五十七米。因峰峦的十七座峰次第排列，形同笔架，故也称作笔架山。杜鹃山景区举世罕见的十里杜鹃长廊，绵亘十七座山峰峰脊之上。杜鹃花树高一般有六七米，有的达十几米。杜鹃山共有猴头杜鹃、云锦杜鹃、鹿角杜鹃、红毛杜鹃、江西杜鹃、井冈山杜鹃等二十六个品种。四月芳菲，杜鹃山成了花的海洋。红花、淡紫花、粉红花、黄花、白花，还有三色相继的花，竞相破萼怒放，千姿百态、姹紫嫣红，把整个山峦装点得如同彩龙玉带。

斜风细雨、云雾缭绕间，杜鹃花如娇羞可人的少女，让人怜爱；艳阳下，杜鹃花如江南淑女，风姿绰约；日落西下，余光横照，杜鹃花更显得素雅娴静。美丽的杜鹃花纯净素雅，如仙子一般依附于山林石壁上，微风过去送来缕缕清香，沁人心脾。

如果你想在空中饱览杜鹃山的花海盛世，还可以选择亚洲第一索——笔架山索道。索道全长五千二百米，是世界上单段驱动最长的索道。当你乘上索道云游在山水与花海竹林之间时，杜鹃花的绚烂美景尽收眼底，顿时有一种遗世独立、宠辱皆忘、优哉游哉的超脱之感。

井冈云锦杜鹃是杜鹃花中的花王。古人热情讴歌杜鹃的美艳如西施，竟连当时的名花芙蓉和芍药在杜鹃面前都堪比丑女嫫母。闻名中外的江西坳便是云锦杜鹃之地，江西坳是五百里井冈最高峰，这里拥有我国面积最大、保存最完整的原生云锦杜鹃花群落，树龄逾百年的云锦杜鹃就有五千余株。万亩原生云锦杜鹃开在千年古道两旁，既能畅享茶盐驿道风情，又能尽情观赏花海盛况。江西坳的云锦杜鹃属常绿灌木或小乔木，每年七月孕蕾，次年三月下旬至四月上旬开花，就像人间的十月怀胎。山上的高山野生云锦杜鹃怒放，花团锦簇，漫山遍野，吸引上万名游客前往观赏。游客穿行在崇山峻岭之中，一路赏美景，闻花香，拍照留影，流连忘返。一株株千姿百态的杜鹃花绵延几个山头，形成迷人的花海，场面蔚为壮观。杜鹃花的树冠亭亭如盖，饱满圆实；枝条旁逸斜出，粗壮有力。花季一到，满树的花儿一茬一茬地盛开，硕大如碗，灿若云霞。满树繁华，一朵朵云锦杜鹃花娇羞妩媚，惹人爱怜。古人用“苍干如松柏，花姿若牡丹”来形容云锦杜鹃是再贴切不过了。

江南的烟雨隐约着飘逸，暗香的浮动染刻着红色的传奇。井冈山杜鹃花的美景惊艳于世，井冈山革命的圣火经久不息。

红土地上南瓜情

我惊叹这样的传奇，每年春风吹过，那些在乡村随处可见的南瓜，既装点着田野的寂静，又充满着神奇的魔力。

我的家乡坐落在革命圣地井冈山脚下。罗霄山脉的红土地非常适合南瓜的生长。这是一种多么顽强的生命力啊！不管土地是肥沃，还是贫瘠；不论是丘陵，还是山岗；不论杂草丛生，还是乱石堆上，只要春风吹拂，春雨滋润，一颗颗南瓜子就会冒出新芽儿，拼命生长。

它不娇气，也不强势，不用施肥，也不用浇水，在淡雅的时光里，那些不起眼儿的藤蔓总会悄然匍匐，顽强地向四周伸展。而那冷不丁冒出来的金黄色花朵，总会给我带来惊喜。虽然没有天山雪莲的圣洁，也没有格桑花的艳丽，但它却有着与生俱来的坚韧和典雅的气质。花开过后，一个个碧绿的南瓜脱颖而出，然后在风雨中不断长大，慢慢变成一个个黄澄澄的大南瓜。

在缺衣少食的贫困年月，南瓜既是自然界馈赠给人间的奢侈食粮，也是农家最实惠、最心悦的度荒食物。在那青黄不接、仓中无粮的季节，人们会从地里抱回半大不小的南瓜，洗去泥土，皮也不削，整个儿置于砧板上，“咔嚓咔嚓”切成小块，入大锅煮烂抵御饥饿。改革开放以后，富裕起来的很多乡亲“打死也不吃南瓜”

了，理由是小时候吃得太多彻底腻了。

而今生活条件好了，南瓜已从充饥果腹的食物，摇身一变成了美容保健的药膳食品。资料显示：南瓜，也称倭瓜，是葫芦科南瓜属的一个种，原产墨西哥到中美洲一带，明代传入中国，世界各地普遍栽培。

南瓜不仅含有丰富的碳水化合物、蛋白质、脂肪，同时还含有丰富的胡萝卜素、维生素 B、维生素 C、维生素 E 以及钙、钾、锌、铬、硒等多种营养物质。它不仅具有很高的食用价值，还有着不可忽视的“润肠通便、延缓衰老、改善贫血、降低血糖”等食疗作用。

李时珍在《本草纲目》中说：南瓜种出南番，转入闽浙，今燕京诸处亦有之矣。二月下种，宜沙沃地，四月生苗，引蔓甚繁，一蔓可延十余丈，其子如冬瓜子，其肉厚色黄，不可生食，惟去皮瓤瀹，味如山药，同猪肉煮食更良，亦可蜜煎。

其实，最让我惊叹的，还是奶奶在南瓜食材上不断施展的“魔法”。那时候，每当看见奶奶提着装满南瓜花和嫩绿的南瓜苗的大竹篮回家，我就兴奋不已。

一到家，奶奶立刻成了一个魔法师，不停地变幻着法术：把花柄去皮、花托去表、花朵去蕊，洗净沥干水分备用。南瓜花洗干净后放进热锅素炒，味道鲜美清香；有时也会放一点干辣椒素炒，味道鲜美清香中多了几许香辣味，这是江西人和湖南人的偏爱。

酿南瓜花是奶奶的拿手菜。先把南瓜花洗净沥干水洒少许生粉备用，然后将准备好的香菇和肥瘦相间的猪肉剁成馅，加上盐、姜末、白胡椒粉、葱花、适量的生粉和水一起搅拌均匀。然后把猪肉馅一点一点放满每一朵南瓜花里，但不要放得太满，之后装盘入蒸锅蒸十五分钟，就大功告成了。这道菜不仅软儒可口、老少皆宜，而且寓意也非常好被称作“金屋藏娇”。

后来，我长大了，跟着亲友也学会了很多南瓜的做法。只要你足够用心，一个南瓜绝对可以做出多种美味来。就拿素炒来说，一种做法是把南瓜切片后，然后放进提前放入少量油的锅里翻炒一分钟，再直接放水焖熟。起锅时放一点点盐就可以了。这种做法保持了南瓜的原味。另一种做法是，南瓜切片后放油慢慢煎炒焖熟，整个过程放一点点盐，不放水。油要稍微多一点，使其不粘锅，同时也要有足够的耐心不断翻炒。起锅后，看着一盘黄澄澄、油亮亮的油焖南瓜，忍不住夹起一块送进嘴里，顿时那甜而不腻的原始清香味和煎过之后的油香完美地融合在一起，真是回味无穷。

南瓜最原始的吃法还是煮粥。大米和南瓜按比例加水熬制，清香又甘甜。如果你有兴致，还可以尝试做辣椒酱南瓜饭。准备一个汤碗那么大的小南瓜，洗净后放在砧板上用刀按五比一的比例切开，掏干净瓜瓤和瓜子，冲洗干净后上下重合放到蒸笼里煮熟备用。

利用南瓜上蒸笼的空隙，准备家乡的腊肠一根、青辣椒半个、胡萝卜半个、黑木耳五朵、西兰花三小朵、葱末少许、米饭一碗、料酒、自制辣椒酱、白胡椒少许。腊肠、青辣椒和胡萝卜切成丁。

烧热油锅，放少许油后把腊肠丁、青辣椒丁、胡萝卜丁、黑木耳和西兰花放入锅中翻炒三分钟，然后加入葱末、自制辣椒酱、料酒和白胡椒粉继续翻炒一下放入米饭和一点点水后暂留锅中备用，最后把蒸锅里的整个小南瓜端出放进大盘里，打开上面的小南瓜盖子，把锅里炒熟了的食材一并倒入小南瓜里，一道辣椒酱南瓜饭就大功告成了。

这道色香味俱全的辣椒酱南瓜饭，先不要说吃了，就这些五颜六色的食材就已经“秀色可餐”了。当你用勺子挖了满满一勺饭菜放进嘴里时，各种味道顿时在舌尖上“施法”，让人满口留香，欲罢不能。

其实，真正令南瓜从众多的美味蔬果中脱颖而出的，不是科学知识的普及，也不是独具匠心的厨师制作的美味佳肴，而是小小南瓜在革命年代做出的可以载入史册的特殊贡献。

当年，毛泽东等老一辈无产阶级革命家在我的故乡井冈山干革命的时候，食物严重匮乏，正是这不起眼的南瓜“挺身而出”，解决了革命战士的生存问题。

“红米饭那个南瓜汤呦咳啰咳，挖野菜那个也当粮啰咳啰咳，毛委员和我们在一起啰咳啰咳，咳！餐餐味道香，味道香咳啰咳。”如今，这首《毛委员和我们在一起》还在被反复传唱，还在讲述着那段不朽的历史传奇……

客家竹筒酸菜

“百里左江连天碧，一江蜀水万古流。”这是赞美江西省吉安市遂川县境内蜀水河的诗歌。蜀水河如诗如画，日夜流淌。这条美丽的母亲河，哺育着这些在山峦之中繁衍生息的客家人。

在遂川县横岭、衙前、双桥、新江、五斗江一带山区，流传着一种家家户户都会做，有着八十多年革命历史的特色美食——客家竹筒酸菜。

客家竹筒酸菜的原材料是芥菜。芥菜家族庞大，历史悠久，变种很多。在《诗经·邶风·谷风》中就曾写道：“采葑采菲，无以下体。”芥菜含钙、铁、维生素 C、胡萝卜素等，具有清热解毒、止血降压的作用，李时珍所著的《本草纲目》记载了医用芥菜的医用价值。芥菜种子磨粉称芥末，为调味料；榨出的油称芥子油。芥菜植株硕大，其叶又绿又嫩又肥，一般每年八九月后种植。尤其是经冬季霜雪打过的，滋味更为鲜美。

传统的竹筒酸菜制作很讲究。竹筒菜是一种用干储方法制成的菜。其制作时间大多选择在当年芥菜拔节成熟后期的冬末或来年初春。选择一个艳阳高照的大晴天，将芥菜整株砍下，菜蔸做菜脑，洗尽泥沙，将菜叶置于太阳下烤晒，菜叶和阳光一相遇，渐渐变得柔软卷缩，如深巷里等不到归人失望而去的窈窕少妇。太阳渐渐偏西，菜叶也立马被请回了客家民宅。叶子晒软以手揉不断为宜，家中的门板或大木板是菜叶的最佳安放地。菜叶推推搡搡簇拥在一起，只为等待一双温柔的手为它们反复按摩揉搓。手的温度恰到好处地点到叶子的阿是穴，叶内未晒干的水分便轻轻渗出，由生叶转为半熟状。再把菜片破茎撕成碎条，将条叶做绳捆成一绺一绺，在磨篮或门板上放置一夜，上面可用板物压住，使其不返生，但不可成堆放置，以免发酵变味。

第二天，太阳朗照大地时，秉承“刚刚好”的原则，把芥菜晾置竹竿上晒至八成干左右，芥菜留些水分可以保持鲜味，水分过多则会变酸。再把绺菜结成小盘，压至竹筒内，压得越紧越好，但不可把底端的竹节压坏。在竹筒上端留几寸空间，结一稻草环塞紧，面上用松散黄泥封口，制作工序大功告成。

装菜的竹筒以七八寸圆径毛竹为好，裁成二至三市尺长，小头留一个节，大头以内铲去竹节，此种菜筒不裂不空底，可连续使用多年。将密封好的竹筒菜置阴干处保存，地上可放些炉灰吸水。过个把月就可以吃。一般是一带一小钵，开了的竹筒菜可倒置于盛水的器皿中，以免空气渗入后霉变酸臭。

成品竹筒酸菜，清香醇美，细嫩上牙，老少皆宜，兼有鲜、晒、搓、竹、酵菜综合合成的滋味。酷热严暑，拿一筒竹筒酸菜煮汤，便能胃口顿开，食欲大增。也可以热锅凉油，随后倒入细碎的干红辣椒、蒜蓉、姜丝，爆香后加入腌制过的竹筒酸菜，出锅又酸又辣，香气扑鼻，堪称舌尖上的中国美味。竹筒酸菜无油腻，在菜谱结构调整、减肥增进健康方面有其独特功效，同时填补了新老交替蔬菜匮乏的菜荒。

竹筒酸菜的整个制作过程没有添加任何防腐剂，只是保留了传统工艺：在密封的竹筒中，发酵过程不加一滴水，不放一粒盐，不含亚硝酸盐，是芥菜的汁液和竹筒沥液天然混合自然发酵出的富含乳酸菌的独特风味。所以，客家这种民间储藏方法得以流传久远。而今，客家人除了制作竹筒酸菜，还如法炮制制作了竹筒酸菜笋、竹筒酸菜辣酱等。

客家竹筒酸菜，又称“红军菜”，起源于江西遂川新江横石村——红军长征最早出发地。

1934 年 8 月，长征先遣部队红六军团，部分伤员躲藏在横石村西北牛鼻山上的一个山洞中休整疗伤，因为条件艰苦，缺水缺粮，当地老百姓便用竹筒盛水，并给他们送去些粮食和当地盛产的芥菜。红军当时为了方便储存，便留了一部分芥菜晒干后装进竹筒里，经过一段时间的发酵，竟意外做成了爽口开胃的竹筒酸菜。

这个山洞后来叫“红军洞”。“红军洞”地势险要，洞上是悬崖，下是陡壁，左右是密林，十分隐蔽，外人很难发现，有“一夫当关，万夫莫开”之势。红军洞长约四十米，最深约十米，洞高约四米，中间深，两边浅，呈弧形状，可容纳几十人。当年红军战士曾在这里安营扎寨，疗伤养病，休整部队，筹措钱粮。1934 年 8 月 7 日，休整了二十多天的红六军团从这里出发，踏上了新的征程。

红军伤愈离开时，感念当地群众的帮助，便把这种菜的制作方法告诉了横石村人。后来横石村人在制作过程中又逐步改良了工艺，做出了更加清香醇美的竹筒菜。

站在红军洞外远眺，映山红恣意地绽放在群山沟壑间，一条峡谷沿着两侧山脉伸向远方，峡谷里的古村落像一颗颗明珠镶嵌其间，阡陌交通，良田万顷。顿时，我仿佛听到了村子里的鸡鸣声、狗吠声、牛叫声，加上人们的欢声笑语，汇成了一曲生气勃勃的祥和交响曲。

山风徐徐，送来花香，还送来久远的红军歌谣：“一送（里格）红军（介支个）下了山，秋风（里格）细雨（介支个）缠绵绵，山上（里格）野鹿声声哀号……”

二、亲情世界

我永远的外公

（一）

腊月隆冬，凛冽的寒风过后，泉江河面结了一层薄冰。

乌鸦蜷缩在河岸的秃枝上凄婉啼叫，寒气和阴霾笼罩着遂川老街上空。冯氏宗祠内一片寂静，外公立在祠堂前，表情凝重，眼角还留有泪痕，他整理了一下衣服，双手合十，虔诚地双膝跪下，喃喃地告诉先祖们，他一生最挚爱的祖父，带着遗憾和不舍离开了人世，离开了爱他的家人。

这一跪情真意切，冯氏家族的人都为之动容。当年外公凭借自己的努力，年纪轻轻就获得了成功。族人都感慨：养儿需养这样的男儿。远亲近邻纷纷放下手中的活儿前来吊唁，丧宴办了一百多桌，轰动了整个遂川县城。当年在遂川老街，只要提到“明仔”，几乎老少皆知，而这个人就是我的外公。

外公一表人才，一米八的大个儿，白皙的圆脸，两眼炯炯有神，头发油亮，平时梳着流行的飞机头，着一身笔挺的中山装。当时县里人几乎没有见过自行车，更不要说骑自行车了，为了出行方便，外公特意托上海的朋友购买了一辆德国“三枪”牌自行车，光为托运这辆自行车就花去几十块大洋。每当外公骑着自行车从老街经过，街巷里的妇女们都会议论，到底怎样的女子才配得上他。

外公与外婆的结合非常富有戏剧性。1943 年春，外出做生意的外公在返程途中偶遇遂川专做板鸭生意的郭龙训，两人在火车上一见如故。交谈间，郭龙训得知外公还没成家，他道出了家中正巧有一个待字闺中的女儿。回到家后，郭龙训找媒人一撮合，一桩美好的婚姻就被促成了。一年后，二十七岁的外公正式迎娶了小他八岁的外婆。

外婆名叫郭招经，长得娇小玲珑，小圆脸，皮肤白皙透亮。她天资聪慧，受父母的影响颇懂经营之道。外婆精明能干、能说会道，出嫁后成了丈夫的好帮手。

外公娶得贤内助，又深得岳父点拨，从此生意做得风生水起。回头客一拨接一拨，不少客户从千里之外慕名而来，不管货源有多远，只要外公递一张名片、发一份电报，便会及时发货，供货商就是这样信任外公。1948 年春，外公凑足了资金，分别在西门、新泽买了十多亩田地，在赤冈买了几百亩山场，还专门雇用了从盆珠请来的一位名叫冯英珠的本家专门耕种和看护这些田地。为了让一家人安居乐业，外公还在东路大道西段的老新华书店对面买下了李氏家族的近两亩地和八间平房修建私宅，因有八间平房，也称“矮屋下”。

后来，给外公帮工的他的同母异父胞弟周遂生、堂弟冯森昭和冯英珠都到了婚配年龄。外公二话不说慷慨解囊，帮他们成家立业。有一位名叫冯贤任的叔公，虽是读书人，但收入微薄，儿女成群，家境困窘，外公一直救济他家。

20 世纪 40 年代到 50 年代初，外公的生意红红火火，积累资金已达百万元。当年外公不过三十来岁，可谓志得意满。

（二）

当年泉江镇罗汉寺街中段有一栋别致的四合老宅院。宅院建筑设计大气，工艺装饰精湛，石木雕刻多彩，院落宽绰疏朗，四面房屋各自独立，又有游廊连接彼此。院内四面房门都开向院落，几家人在此安居，其乐融融；宽敞的院落中修竹参天，几株寒梅傲然挺立，迎春花也冒着新芽。墙角建有一座假山，假山连着一小水池塘，几尾金鱼在池里自由自在地游弋。

1916 年腊月十二日夜晚，四合老宅院里一声清脆的男孩儿啼哭声划破了深夜的宁静。冯家添丁，自然是大喜事。外曾祖父冯贤萃欣喜若狂，他端详着儿子粉嫩的小脸沉思着，希望这个孩子将来能走上一条坦荡光明的人生之路，于是取小名叫“明仔”。按族谱的辈分他应属“昭”字辈，外曾祖父希望儿子将来事业有成、家业兴旺，如葳蕤林木般欣欣向荣，于是取学名“冯林昭”。冯林昭便是我的外公。

外公的祖辈当时算是县里的望族。他的祖父冯遂初时任遂川县商会会长，因在家排行老三，社会上的人尊称他“冯老三”。他家境殷实，为人豪爽，结交甚广。外公的父亲冯贤萃虽无正业，但年少有力气好游侠，结交了社会上一些武林高手，拜遂川武林大师肖氏为师，学得一身好功夫，对付三五个人也是小菜一碟。外公的母亲王科秀家住遂川县西庄，她身材苗条、容貌俊秀，喜欢穿青色绣花衣服和黑色绣花阔腿裤。她有一双裹得不太成功的小脚，走起路来袅袅婷婷，别有一番风味。外曾祖母的堂兄王佐农曾跟随毛泽东闹革命，担任遂川县委委员、共青团遂川县委书记，但他英年早逝。而今，遂川县工农兵政府旧址还立着他的大理石半身雕像，供后世的人瞻仰，这是冯家永远的骄傲。

外曾祖母一生嫁了两次，都有奇迹般的轮回。她的第一次婚姻是嫁给外曾祖父冯贤萃，婚后过着相夫教子的美满生活。不料，在外公九岁时，二十八岁的外曾祖父撒手人寰，丢下孤儿寡母相依为命。同年，外曾祖父家道中落，一家人的日子异常艰难。祸不单行之时，外曾祖母王科秀的家婆一直催促她改嫁，无奈之下她只好丢下十岁的外公改嫁给吉安县的周姓生意人当续弦，后生一子取名“周遂生”。外曾祖母在吉安生活了几年之后辗转回到遂川县城生活。不料，厄运再一次袭来，就在周遂生九岁那年，周姓曾祖离开人世，外曾祖母再度守寡。外曾祖母共生育两个男孩儿，虽然丈夫福气不足，但是子孙福气不浅，于九十二岁时安然离世。

外公的母亲改嫁他乡，十岁的他只能跟着自己的爷爷奶奶生活。当时两位老人年岁渐高又无收入，刚刚上了一年私塾的外公便辍学回家。

外公虽有爷爷奶奶陪伴，但缺失父母关爱，他内心的痛苦是难以言状的，一个人形影相吊、孤苦寂寞。每当夜深人静的时候，他都会立在堂前凝视着父亲的遗像黯然神伤。失学后的外公年纪尚小，只好在家砍柴度日，每天砍柴两三担。他每天晨光熹微便起床，去盆珠山上砍一担柴火回家。午饭后他又要进山砍一担柴回家，不论严寒酷暑一直坚持。那时外公才十一岁，时常一个人进山，去盆珠的路旁有大片的坟地，且山里经常有野猪和毒蛇出没，惶恐之心可想而知。砍柴可以勉强度日，但也不是长远之计。外公寻思，家中亲人已渐年迈，母亲改嫁，以后的日子还得靠自己，常年守在家里天上也不会掉馅饼，于是便有了自己的打算。

外公十一岁那年被疯狗咬伤，还坚持每天去砍柴，家人一直没有在意，直到他狂犬病发作才知晓。年幼的外公狂犬病发作时大声吼叫，蹦跳起来像是要冲破房顶，最后还是一位老中医用偏方救回了他的命。

当时不少赣州的商人落户遂川创业，尤其是糕点行业更走俏，给食品行业带来了生机。1932 年春节后，经人介绍外公到遂川县于田的“上元斋”饼店学徒。李姓师傅脾气暴躁，把学徒们当牛马使唤，拳打脚踢外加辱骂更是家常便饭。三年的学徒生涯让小小年纪的外公吃尽苦头，他没有学到很多东西，却把生意场上的门道看明白了，这为外公以后做生意奠定了基础。那年外公才十六岁。

三年后，外公离开于田“上元斋”饼店，开始寻找新的生存之路。生活总是给有信心和有准备的人留有机会。正当外公一筹莫展时，他意外结识了万安县做牛骨生意的刘老板。外公阅历不深，但三年的饼店学徒生涯让他有了很大的长进。之后，外公和刘老板一起做起了牛骨生意。牛骨作用大，烧成灰可以制成牛骨粉售卖。牛骨粉是一种中药材，具有补充营养、抗衰老、补钙等功效。牛角还可以做成刮痧板、按摩棒等，作用于人体有清凉排毒的功效。旧社会牛骨一般用作肥料，把牛骨磨粉撒入田地里，可给田地施肥，有利于庄稼的生长。当时，外公和刘老板在万安和遂川分别开了一个店铺。外公因此经常往返于遂川和万安两地，生意顺风顺水，收入可观。因生意上有分歧，一年后两人散伙。

（三）

散伙后，外公单枪匹马做生意。1934 年，改嫁了的外曾祖母从吉安县返回遂川，和她一起回来的还有她的丈夫和第二个儿子周遂生。1937 年外公的继父在东路大道和文献街交界处的南门口开了一家杂货店。为了生计，也为了与母亲和继父关系融洽一点，外公拿出他前两年积攒的钱在杂货店前摆了一个小摊位做小本生意，售卖一些从草林圩上贩回来的篾制器具，如篾席、浆篮、端饭篮、竹蒸笼、育幼摆笼、火熜、筅帚、鸡笼、鱼笼等日常用品，以及篾箩、畚箕、篾漏斗、糠筛、箤篮、谷箩等农用器具。之后，外公隔三岔五去草林贩运篾具，每次提货都是早出晚归。他穿着草鞋走在沙子路上，脚被磨烂了，好了又伤，伤了又好，最后脚底磨出了一层厚厚的老茧。外公一个人打理生意非常辛苦，每天天刚蒙蒙亮就要出摊赶早市。他把贩回的篾制品整齐地摆放在摊前，直到深夜才收摊，一年四季坚持不懈。外公为了确保售后服务，还担负起了篾制品的修补活儿，只要客户有需要外公有求必应，直到客户满意为止。本以为这样的日子可以一直继续，哪知两年后篾草生意不太景气，做这行生意的人又越来越多，赚的钱只能勉强度日。那时，继父对外公也不太友好，倔强的外公思前想后决定另起炉灶重新创业。

19 世纪 30 年代末，遂川时局不稳，经济萧条，老百姓的生活水平低下，大家温饱都难以解决。除了这些，外公创业还要面对资金不足、生意难做等问题。彷徨之际，外公发现遂川当时特别时兴绣花工艺，如在布鞋、缎鞋面、衣服、裤子、扇面、枕头罩布、帽子上绣花。针线成本不高，却装点了生活。深思熟虑之后，外公决定经营丝线生意，在县城城隍庙租了一间店面。

在一个风和日丽的初夏，在响彻云霄的鞭炮声中，外公的丝线店正式开张。之后，丝线生意如他所愿做得非常红火。富有经商头脑的外公又开拓市场，从吉安、南昌、上海、杭州等地购进大量丝绸和其他百货。丝线不贵深受老百姓的喜爱，丝绸是高档产品一般人买不起，有的想买又怕上当买到假货。为了进一步打开市场，外公深夜闭店后回家研究丝绸产品和其他百货的知识，白天再耐心细致地给客户详细地讲解，做到让客户买得放心。诚信经商、认真做事是外公做生意的基本原则。

（四）

古人云："穷走水一家毁。"这句话中的"走水"，并不是单纯地指水路这种交通运输方式，更多的是讲走水路做生意不但速度比较慢，而且风险大往往稍有不慎便性命难保。但是在科技不发达的那个年代，水路无疑是最方便的运输方式。外公走水路去上海提货丝绸面料，他依仗自己身材高大、身板结实又学过几天武术，便带着大量现金上路了。不料，船行驶至江中时，突遇水贼偷袭，想要逼停外公的船。突然，天气突变，下起了狂风暴雨，外公和水贼的船只都在风浪中颠簸。外公死死抓住桅杆，不料一个巨浪拍过来被卷入水中。水贼见外公被大浪淹没不禁大惊失色，也无心抢劫，只管逃命而去。外公在巨浪中挣扎了一会儿，凭借极好的体力和极佳的水性，在船老大的帮助下又回到船上，经历生死之难，外公最终顺利提货回家。

经营范围扩大后，外公一个人忙不过来，于是雇了郭忠招、冯森昭、张先、徐先几个店员，负责账房、收银、押运、送货、追款。外公以丝绸为主的百货生意越做越好，这归功于他的吃苦耐劳、灵活经营和诚信待客。随后，外公把店铺定名为“周吉记”。

外公二十七岁那年迎来了他生意上的巅峰时期。自古安福和金华的火腿都是人们餐桌上的精品美食。这一年外公到江西安福和浙江金华仅跑了两趟火腿生意，就赚下很多银圆。由于交通不便利，为了将赚回的银圆运回遂川，外公专门请了镖局的五个挑夫。这件事一时间成了人们茶余饭后的美谈。

后来，因社会变革外公沦为一穷二白的贫民，一家老小开始了漫长的艰苦生活。当时家中孩子都未成年，生活还要继续，为维持一家人的生计，外公带着外婆开始了一家人最艰辛、最煎熬的人生旅程。他们的第一份工作便是帮别人挑脚走圩。挑脚，旧时指专门替人挑担以维持生活的职业，亦称“挑夫”。全凭一根扁担、八条麻绳，靠苦力为生，寿命由脚“测量”。外公和外婆经常打着赤脚，挑着沉重的担子走村串户，风雨无阻。他俩走过荆棘，蹚过溪水，翻越高山……夏天，烈日炎炎，晒伤皮肤，累得气喘吁吁、汗流浃背；冬天，寒风刺骨，无处躲藏。之后，外公和外婆又做起了修雨伞、补鞋染布的行当，每天早出晚归、风餐露宿，几乎走遍了县里大大小小的圩场。扁担虽小，却足以压驼背，但强健了肌肉，磨砺了内心。

“山重水复疑无路，柳暗花明又一村。”1956 年，遂川县成立了公私合营企业。从此，外公有了一份他热爱的工作，虽然收入微薄，但是能勉强维系一家人的生活，外婆也慢慢摆脱了浪迹圩场的生活。好运再次眷顾外公。他在公私合营企业干了不到三年，便转编到商业局，专营布匹。1962 年又转至县百货公司经营五金，成为一名经改造守法的国家正式职工，靠每月三十八元五角的工资养家糊口。

（五）

外公枯木逢春，他格外热爱和珍惜这份工作。他在业务上精益求精，在生活中乐于助人，不管刮风下雨、严寒酷暑，他都按时上班，从不迟到早退。日常和节假日，外公最喜欢值班。他体谅同事，宁愿自己多做一些事，俨然把单位当作自己的家。外公工作过的几个部门，年年生意兴隆，深受客户称赞。工作十多年，他备受群众尊重。人们说起外公，都一致评价他：冯林昭真的是世上难找的好人。

可命运总是戏弄外公。1966 年 6 月，“文化大革命”运动波及遂川。作为被划为工商业兼地主成分的外公首当其冲。顿时，外公全家人的命运陷入艰难的境地。外公被关押在一栋老屋的二楼里受尽折磨和凌辱，两个舅舅失去升学、就业的机会，大舅舅被下放到双桥乡参加劳动改造……

在这段不寻常的岁月里，外公的心走进了死胡同，天地一片混沌，看不到人生的希望。外公被关押的一年时间里，除了可以回家吃饭，没有任何自由。每天，外婆最快乐的时间就是外公回家吃饭的几十分钟。家里再穷，外婆都会特意给外公做几样他喜欢的炒辣椒、红烧茄子。知道外公喜欢吃米果，外婆就变着花样做：煎两个红薯米果，摊三个葱油饼，蒸几个糯米米果，煮几个家乡的神仙粉米果……每天，外公拖着一身伤痛，满心疲惫地回家，一进家门他就会大喊一声："招经，我回来了。"忙碌中，外婆马上就从厨房里飞奔出来迎接，倒好一杯水递到外公手里，转身回到厨房从锅里端出之前做好的热气腾腾的饭菜。外公吃饭，外婆就蹲在外公的脚边给他按摩双腿以缓解他关节炎的疼痛。因挨打下跪，外公的双膝溃烂流血。外婆含着泪一边给外公的双膝涂药，一边问道："明仔，很痛吧？"外公回望一下外婆点点头。于他而言，妻子是他唯一的避风港。"唉！你一定要坚持，你做了一辈子好人，老天是看得到的。"外婆安慰道。外公慢慢地嚼着饭，默默地点头，眼里噙着泪水，无奈又心疼地对妻子说："嗯，没办法，这个家就辛苦你了。"饭后，外公又要被押回小屋。刚起身，外婆便不舍地拉着他的手欲言又止："明仔……""还有什么事？""家里有我，你不要担心。""我走了。"外公深情地看了妻子一眼，走出大门。冷风吹乱了他的头发，钻进他的衣襟，他不禁打了一个寒战，一声叹息，感慨万千。

后来，外公经过太多挣扎后彻底绝望了……噩耗传来，外婆带着几个舅舅跌跌撞撞地来到小屋。外婆死死地抱着丈夫的遗体，哭得撕心裂肺："明仔，明仔，你怎么就这样丢下我呀！你怎么就忍心丢下我呀！你等着我，我跟你走……"顿时，一家人哭成一团。老街上的人们都为外公的过世感到深深的惋惜。之后，外婆大病一场，不吃不喝，瘦得脱相，几天下不了床。

苍天都为他流泪，松涛阵阵换不回一生善良仁慈的外公。外公去世时家中一贫如洗，但坚强的外婆还是东拼西凑了一百元，为外公置办了一副薄棺材简单下葬，也算是一份小小的慰藉吧。外公出殡那天，下着滂沱大雨，外婆泪眼婆娑地带着他们的儿女屏住呼吸凝视远方，悲戚之情天地为之动容。外公去世后，外婆带着一家老小被下放到当时的碧洲乡栗头村灯挂面村组参加劳动改造。

“天若有情天亦老，人间正道是沧桑。”1977 年外公的问题全部得以澄清，地主帽子被摘除。1981 年，外婆怀着无比激动又喜悦的心情携儿带女回到了阔别了十多年的遂川县城。

历史的车轮滚滚向前，铭记该铭记的。外公勇往直前的奋斗精神就像一束阳光，照进后辈们的心房，烙在我们的心间。冥冥之中，他仿佛在荼靡的花丛中，用最温暖的声音轻轻地宽慰着我们：“好好活着，人间值得！”

卢家大宅院

卢家大宅院是爷爷在 1922 年花巨资亲手建造的。宅院是坐北朝南的二层砖木结构，高墙大院，气势恢宏。高大结实的马头墙，每一块精工细作的木雕、砖雕或石雕，无一不显示出当时工匠的精湛技艺。正红朱漆大门顶端悬着的黄花梨木的匾额上嵌着“卢家大宅院”五个大字。

宅院上厅、下厅正屋各四间，东西两厢各一间。宅院的上厅下厅挂满了字画。最具代表性的是宅院落成后，爷爷亲自给宅院上厅拟了一副对联。上联：学问明理忠厚传家成大业；下联：三思而行诗书礼乐儒为先。爷爷一生为人处世秉承儒家思想的诚实守信，做生意亦是讲诚信、重信誉。这副对联是爷爷的心灵独白，更是他一生做人做事的宗旨，同时契合了其名字“卢成儒”中的“成儒”二字以及他的字“学三”。

跨过下厅的木门槛，一口长方形天井立于上厅下方。苍穹之下，一缕缕光线照在地上如井水一般，小小的苔花让宅院充满了生机。光影洒在被雨水冲刷得斑痕累累的青石条上，穿越时空的古朴感顿生。古语云：“水不宜直流，水不宜出门下，皆主耗散。”与天井配套的排水方式，使水流曲折而出，敛气聚财。

中国人讲究安居乐业，房子是每个人心灵的归宿。住宅房屋需要与外界通风可以除去室内晦气，纳入自然的和顺之气，这也是天井存在的价值。风水上认为，住宅不仅需要镇守住“地气”，还得接“天气”。天井正是接“天气”的渠道。天井与天相通，与地相连。天井与宅院完美地融合在一起。吐纳阴阳，充分体现了我国古代朴素的辩证唯物主义的哲学思想。上厅和下厅的精墙由镂空雕花的山木门组成，精雕细刻着各种形状的花纹：有扇枕温衾的黄香、景阳冈打虎的武松、晴耕雨读的书生、卧冰求鲤的王祥、驰骋沙场的李广，琴棋书画、奇珍异兽、花鸟虫鱼等不一而足，各种镂空雕花玲珑剔透、栩栩如生。大厅正中摆放着神龛，是专门供奉卢氏世祖雕像的。正厅精墙有六扇花窗，镂空雕花，玲珑剔透，惟妙惟肖，显示了雕刻工匠高超的技艺。

爷爷小时候跟着他的父亲在赣州乡下开了一家很小的石头店，取名“卢万利石头店”。小时候，每逢过年父亲都会带着全家回赣州老家，那时赣州的亲戚们大多住在大新开路巷子里的卢家大宅院里。

曾祖父过世后，十八岁的爷爷接手石头店，当时全部资产只有十八元。由于石头店不景气，转行几次后，爷爷在赣州镇里正式开了一家棺材店，取名“卢万利棺材店”，店里还请了几个员工负责做棺材和卖棺材的业务。

棺材店生意还好，但爷爷发现这样的生意只能维持一家人的生计，前途不大。于是又改行做起了面粉生意，取名“协成面粉店”。面粉店经营得当，生意风生水起，成为赣州镇数一数二的店铺。

生意做大后，声望自然也就大了。1940 年秋冬时节，日本人占据赣州镇五个月。一个寒冷的冬日，一队日本兵冲进卢家大宅院，将大门两侧牢牢把守住，亮出手上明晃晃的闪着寒光的刺刀。

在卢家大宅院的上房大厅里，日本军官用生疏的汉语对爷爷说："你的呦西地担任赣州镇的镇长。"太阳的光影从天井斜射下来，照在爷爷光滑锃亮的头顶、冷峻的脸上及挺拔的身体上闪着亮光。卢氏家族的大人孩子听见日本人叽里呱啦地说话，吓得都躲在房间里瑟缩着不敢作声。爷爷泰然自若地对日军说："我只会做生意，不会当官。"爷爷坚定的话语一出，日本军官和汉奸都惊呆了，用恶毒的眼神盯着他，威胁道："你不当就要杀头的，你不怕吗？还有你的老婆、孩子和大宅院，统统都没了……"面对日本鬼子的威逼，爷爷始终保持着镇定的神情回话："我只会做生意，不会当官。"日本军官见爷爷的态度如此坚决，再加上爷爷在当地威望极高，竟然暂时作罢。日本鬼子撤出卢家大院后，爷爷的两房妻儿老小都从房间里冲出来，抱住他大声啼哭。爷爷镇定自若地对大家说："没事了，不要怕，天塌不下来，快做事去吧！"上厅射进来的阳光温暖着全家人。那一晚奶奶特意做了一大脸盆爷爷最喜欢吃的荷包鲊，一家人吃得异常开怀。

本以为事情就此过去，但日本人并没有善罢甘休。一个月黑风高的夜晚，汉奸带着几个日本兵冲进大院把爷爷抓进了监狱。爷爷被抓，卢家失去了主心骨。外面不断传出日本鬼子要将爷爷枪毙的消息，也有传闻说爷爷早就被秘密杀害了，全家人都沉浸在惶恐惊慌之中。最后，奶奶与儿子们商量，不管爷爷是死是活，都要派家人去探狱，活要见人死要见尸。通过打点关系，日本军官才勉强同意卢家人去见爷爷最后一面。

那天，奶奶早起后急匆匆地来到集市买了几斤上好的五花肉，忙活了几个小时，做了一大盘荷包鲊，用保温桶装上，还带上一小瓶自己酿造的米酒，在大伯、二伯和我父亲的陪同下战战兢兢地去探狱。

寒风夹杂着雪花，风吹进衣襟，刺骨的冷。路旁的法国梧桐光秃秃地立在大街两旁，枯黄的梧桐叶像找不到家的孩子飘飞在大街的每一个角落。日军占领下的赣州一片萧索，街上行人很少，偶尔有几个也是瑟瑟缩缩的，脚步很快，一步一回头，一转眼就消失在街面上。

监狱里一片阴森，日本鬼子明晃晃的刺刀近在咫尺，稍有反常举动就将刺进胸膛。爷爷一言不发地坐在监狱的草席上，尽管长褂沾着稻草，头发蓬乱，但是神情坚毅、气宇轩昂。爷爷看奶奶他们来了，立刻起身，二人执手相看泪眼。“学三，我今天带了你最爱吃的荷包鲊，快，趁热吃。”奶奶说话间，泪水已经奔涌。生死未卜，多日不见的丈夫明显消瘦了很多。

“你们都还好吧?”爷爷询问着家人的情况，“不要怕，天塌不下来，你们要好好读书，多帮助你们的妈妈管好家，我在与不在，你们都要学会坚强，无论什么时候都要记住我们是中国人。”奶奶、伯父和我父亲都强忍着眼泪点了点头。爷爷拿起筷子夹起一大块荷包鲊放进嘴里，一边吃一边微笑着说：“好吃！好吃!”荷包鲊的油水顺着爷爷的嘴角往下流，一旁的奶奶赶紧拿出四角手帕替他擦拭。“来来来，你们也吃一块。”爷爷说。奶奶赶紧从包里拿出几双筷子说：“快，你们陪父亲一起吃。”荷包鲊的香味在大牢中四溢。在最危难的时候，家人给予的心灵支持胜过千言万语，片片的浓情蜜意、点点的相思与担心都尽在这荷包鲊里。

奶奶唯恐爷爷此次凶多吉少，特意做荷包鲊给他吃……爷爷吃完精气神大增，他说：“你们一个个不能倒，卢家不能倒，卢家人绝不能做有害国家的事，绝不能卖国求荣，要保护好卢家大院。”

临别时，奶奶和所有探监的人都哭了。

意料之外，爷爷大难不死，日军关押了他两个月后居然把他放回来了。爷爷回到家的当晚家人摆酒设宴庆祝了一番，卢家大院热闹极了，大人小孩儿都拿着鞭炮在院子里燃放，欢呼雀跃声响彻云霄。后来才知道，是爷爷的拜把子兄弟刘氏君出了一大笔钱给日本军官，才把爷爷保释出来。爷爷知恩报恩，把保释金全部还上，还备了一份大礼给刘氏君送去。爷爷曾救过刘氏君一家老小，刘氏君不忘恩情，知道爷爷落难后仗义相助。

大难不死必有后福。爷爷出来后继续做他的生意，奶奶把家打理得井井有条。两年后，爷爷又把卢家大宅院修葺了一番，卢家大宅院更加气派了。不久，赣州城解放了，爷爷保守家业，从此一家人的生活过得平凡朴素、与世无争。

爷爷虽然只有小学文化，但说话做事素有“一言堂”之称。他个性强，嗓门大，被惹火了骂起人来整个卢家大院都响轰轰，家里上上下下几十号人没有谁敢惹他。爷爷家教甚严，卢家子孙如在学业上、工作上或待人接物上犯了错误，在家只要听到爷爷进宅院的脚步声都会胆战心惊。爷爷轻则训斥，重则按家法处置。当爷爷心情愉快时，大家都围着他听他说古道今、谈天论地。爷爷的幽默也是出了名的，街坊邻居、妇孺老少有事没事都喜欢来卢家宅院串门听他讲故事。

做事先做人。爷爷历来喜欢帮助别人。他当时在城里经营“协成面粉店”时，在乡下还有几百亩田地。在那个年代，爷爷算是有钱人，但是他的大方程度却远远超出了常人的想象。村里哪户人家做小生意折本了，或者做买卖不够钱，或者哪家孩子病了急需用钱，爷爷都会二话不说慷慨解囊。哪户人家死了人没钱埋葬，也会来找爷爷。爷爷不光给钱，还亲自帮助那家人给死者买好棺材，在山里找风水好的地方给死者做好墓地安葬。那些人家为了表达对爷爷的感激之情，执意要在死者的墓碑上镌刻“卢成儒立”四个大字，目的是让爷爷的善举万古流芳。

爷爷心地善良，助人为乐总是不求回报，村里或村外的人遭受天灾人祸时他都会出手相助。只要有人开口向爷爷借钱，爷爷都会借。爷爷过世前，他抽屉里的借条有一沓，家人劝爷爷早点儿去追债，他却不以为然。在过世前，他把奶奶叫来偷偷地把借条全烧了，还说以免给子孙后代留下后患。爷爷曾经笑着对村里人说：“你们有事尽管找卢成儒，无事就不要管我这个卢胖子了。”后来，卢家没落，在最危难的情况下，也是爷爷之前的善举救了他。“度人度己”是爷爷的日常口头禅。

有一次，土改工作队带着一群农民代表找到爷爷了解土地情况。工作队的领导指着爷爷问农民代表：“你们说说，当年他欺压过你们吗?”没想到所有农民代表都异口同声地说：“没有。”当时只要农民表现出一句对爷爷的不满，爷爷就可能随时被判定为地主恶霸遭枪毙。爷爷做人仁善，一生积德修行，没有大起大落，坚守家业，养活了一家三四十口人，算是卢家的大福。

岁月无情，光阴流转，十几年的光景，爷爷老了，他行走艰难了。临终前两个月，爷爷知道自己时日不多了，想要叶落归根。他回乡下老家走了一圈，带着自己的几个儿子到山里给自己找了一块墓地。爷爷一生喜欢与人为善、与人为乐，所以他的墓地没有选择人们传统观念中的有山、有水、日照充足、视野开阔的风水宝地，而是选择了一个山下两户人家旁的一片树林荫翳的静谧宽阔的地方。爷爷一生喜欢热闹，即便百年之后，他也希望自己白天能听得到鸡鸣狗叫、孩童嬉笑以及男人们的喝酒划拳声；看得到菜畦青青，花红柳绿；闻得到桃儿、杏儿、梨儿的果实飘香。晚上，有从农人家的窗棂中透出来的跳跃的烛光陪伴，听得到灯花闪烁间清脆的棋子下落的声音，听得到男人的鼾声、孩子们的夜啼声、女人们的嗔怪声。天地者，万物之逆旅；光阴者，百代之过客。在爷爷的心中，每个人都是天地的过客。生与死就是一个过程，常怀通达开悟之心，从生到死就不可怕了，只不过是回家的感觉而已。那时的爷爷已经一无所有，出人意料的是村里的农民没有因为他的没落而冷落他，反而把他当成亲人，家家户户都非常热情地请他吃饭，感谢他曾经给予的帮助。问世间情为何物，直教人终生感恩。村里人知道爷爷一生最爱吃荷包鲊，于是将一大盘子端上桌。爷爷大笑一声毫不客气地夹起一块就往嘴里送，一边吃一边称赞："好吃，好吃。"村里鸟语花香，村民朴实热情，爷爷爽朗大气，所有的情感都融在荷包鲊里，里面蕴含着一个弥留之际的老人的种种情愫……

爷爷过世后，家人们依旧住在卢家宅院里。宅院慢慢老旧，墙角长着青苔，墙壁斑驳，地面潮湿，厢房很暗，霉味熏天，里面的被子又硬又黑。尽管这样我却很喜欢，喜欢站在天井下望头上四角的天空，喜欢雨天听天井的滴水声，喜欢父亲在天井下讲爷爷的故事，更喜欢天井旁那张大圆桌。那时吃团圆饭的人很多，从来都没有数过到底有多少大人和孩子，非常热闹。

团圆饭一开吃，大人们喝酒吃菜讲大人们的话。孩子们吃菜吃饭讲孩子们的话，等到荷包鲊一上桌，大人们忙着给孩子们夹肉，孩子们忙着往嘴里塞肉，满嘴流油，吃相狼狈可爱。卢氏一大家子四代同堂，其乐融融。饭后，一大家子就在天井边坐着说话。皎洁的月光从天井照进来，照在天井的青石和青苔上，犹如一幅水墨画，朦胧中有几分清亮。月亮跳进了天井旁的两个大水缸里，惹得孩子们时不时望望天上的月亮，时不时把头探进水缸看月亮。天上一个月亮，缸里还有两个月亮，难道月亮长脚了吗？孩子们满脸的惊奇与疑惑，憨态可掬。

而今，当年的孩子们慢慢长大，也逐渐步入中年，大家各奔东西，几乎没有什么相聚的日子。后来，大奶奶、亲奶奶走了，伯伯婶婶们有的相继也走了，父母亲也已垂老。政府也马上要拆除卢家大宅院，所有的过往只能留给记忆。

在平凡的日子里，人们忙于生计，匆匆忙忙，没有多少时间去体会每一餐全家人在一起的感受，没有多少时间去品味哪个菜味道到底如何。但是如果在某一个闲暇突然停下来，回首一下往事，会发现时间流逝得太快，那些曾经美好甚至不够美好的记忆通通都变得美好。

人总是喜欢刻意地去追求未来，感觉未来就是美好，不承想，一路走来，我们错过了多少美丽的风景。一家人围坐在老屋天井下的一个大圆桌上吃着荷包鲊时欢愉的场景，我至今记忆犹新。

荷包鲊的香味弥漫在卢家大宅院的每一个角落。我仿佛听到了从遥远的天际飘来了爷爷当年那铿锵有力的话语：“不要怕！天塌不下来。”

父爱如歌

（一）

清晨，一缕阳光从天井斜射下来，倾泻在厢房边的小桌子上，作业簿、铅笔、橡皮、小文具盒在青草与苔花香里沐浴着。

我端坐在小桌旁，小手紧紧地握着铅笔，父亲半蹲在我身后，俯下身子握着我的小手，他的手很厚实。

“坐直，手放松一点儿，再放松一点儿，看看这是一捺，这是一撇……”我跟着父亲的大手在作业簿上依葫芦画瓢。

五岁那年，父亲第一次在老家大宅院里教我握笔写字。父亲年轻帅气，梳着三七分的短发，一双大眼格外精神。他每教我一个字，我就自己单独练习十遍。我低头认真地用笔画着，父亲坐在一旁看着我每一个字的运笔。阳光像是长了脚，从小桌子上跳到了地面，再到厢房木板上。每写一个字，我都要兴奋地给父亲看一下，父亲便会微笑着竖起大拇指。每当这时，我都会望着父亲眨巴一下眼睛，嘴角一翘，以示满足。

午后，阳光洒在天井里，气暖融融，整个大院里安静、温馨。我挨着父亲坐在天井旁的小板凳上，一只小花猫也跟着躺在有阳光的空地上，懒洋洋地翻滚着，伸着懒腰。我喜欢眯着眼睛仰望天井上空，碧蓝澄澈，云在长方格里游动，偶尔有一只飞鸟刹那间飞过。我陶醉在天井之下的书香园里，如痴如醉。父亲手里拿着《西游记》，给我讲述孙悟空三打白骨精以及红孩儿的故事。他一会儿皱眉、一会儿微笑、一会儿声音爽朗、一会儿低语呢喃、一会儿站起、一会儿拍腿，故事在父亲的演绎下出神入化。每一个情节从父亲嘴里道出都是那般形象生动，我仿佛看到了百变的孙猴子在腾云驾雾，也仿佛看到了红孩儿那得意的神情。我手托腮帮，瞪大眼睛望着父亲。父亲的肚子就像一个大容器，里面装满了故事，永远讲不完。

（二）

1940年春的一个早晨，在晨光熹微中，赣州市阳明路与和平路交会处的路口街中心，那座古老的标准钟“当当当……”地敲了五下。钟声铿锵有力，响彻云霄。这时，在钟楼不远处的大新开路的卢家大宅院里，一个男孩儿呱呱坠地。这个男孩儿就是我的父亲。清脆的啼哭声与市区上空的钟声应和着，卢家老少忙碌着迎接他的到来。爷爷把父亲抱在怀里，脸上露出难以抑制的喜色。爷爷喜不自禁地逗趣道：“小崽子，爸爸欢迎你的到来啊！”

赣州市区的生活带给父亲无限的欢乐。这里有爷爷奶奶的疼爱，有兄弟姐妹的照顾。放学后他可以在大新开路的小巷子里和小伙伴们捉迷藏，可以在小巷出口的建国路上吃美食，可以看穿梭的人流、车流，累了倦了可以到街边的大榕树下去小憩一番任由月亮爬上枝头；可以到不远处的郁孤台上感受辛弃疾“郁孤台下清江水，中间多少行人泪”的人生感悟；可以到涌金门上的古城墙上感受赣江的浩浩荡荡；还可以去老浮桥上感受人来人往、大江奔流……

爷爷当年在赣州市区开了一家“协成面粉店”，面粉店经营得当，成为赣州镇数一数二的品牌店。父亲每天放学后都会到面粉店帮忙，做些零碎的活儿。十二岁那年的暑假，得到爷爷的应允，父亲开始夜以继日地跟班工作。两天的紧张培训后，父亲可以独当一面完成整套做面的流水作业。偌大的工厂，轰鸣的机器声，父亲小小的个头跟着机器转。他目光炯炯地盯着流水线上的机器，每一个动作都有板有眼，有几天他甚至通宵达旦。爷爷看着父亲红肿的眼睛，心疼地摸着他的小脑袋说：“我的崽崽，有骨气，长大了。”

孔子云：“吾十有五而志于学。”父亲“十岁就志于学”，喜欢诵读练字，勤奋复习功课，阅读课外书。书籍是父亲的精神食粮，他曾说，可以一天不吃饭，但不能一天不读书。深夜，卢家大宅院的厢房里，总是亮着一盏微弱的灯光，灯下坐着一个消瘦的少年，聚精会神地盯着书本，厚厚的嘴唇一张一翕喃喃地吟诵着，打破了夜的宁静。厢房外，一口长方形天井立于上厅下方，苍穹之下，满月的银辉洒落一地，天井上青石条上像铺了一层薄棉，台痕上长着的小小的苔花也多了几分朦胧与神秘。屋外传来了轻碎的脚步声，奶奶端着一碗荷包蛋送到父亲房里的小桌上，怜爱地轻声说：“宝宝崽，不要看书了，每天这样辛苦读书会读坏身体啊。”父亲没有多言，只是轻轻回了一句：“妈，我知道啦。您快回屋睡觉吧。”奶奶一走，父亲又继续看书。书籍成了父亲一生的爱。父亲爱读书的好习惯也在无形中影响了我家四姐妹。闲聊时，母亲会说：“我当初会嫁给你父亲，就是看他学识渊博，我在他的身上也学到了很多知识。”

1959 年，父亲考入井冈山大学机械制造及其设备科。父亲喜欢理工科，可是由于当年中国工业不景气，他只好放弃了当工程师的机会，选择当了一名山村教师。如此选择，他的内心是不甘的，之后，他把所有希望都寄托在我们四姐妹身上，他要全力培养四个孩子，以此来弥补他内心的那份遗憾。

1962 年，父亲从井冈山大学顺利毕业，被分配到遂川县巾石中学任教。父亲一直在城里生活，怕自己难以适应乡村生活，于是向县教育局提出申请到县城泉江小学任教。

泉江小学是遂川县六十余万人口的重点城中小学，学校来了一位朝气蓬勃的年轻教师，校长办公会议研究决定由父亲担任学校团支部书记和泉江镇的少先队总辅导员的行政职务。父亲擅长吹拉弹唱且能说会道性格活泼开朗，深受全校师生的喜爱。

父亲出色的表现吸引了不少女老师的钦慕，聪明又美丽的母亲看中了父亲的才华，他们自然而然地相识相知相爱了。父亲的工作地和母亲的娘家都在县城罗汉寺的红色老街上，淳朴的民俗和红色教育深深地激励着父母的工作热情。他们经常去毛泽东旧居和工农兵政府旧址缅怀革命先烈，感受一代伟人的丰功伟绩。舒适的工作环境，丰富多彩的业余生活，让父亲慢慢忘却了自己是外乡人，把遂川当作自己的故乡，深深爱上遂川这块红色土地。父亲在泉江小学工作了六年，培养了许多优秀的学生，可谓桃李满天下。

（三）

二十世纪六七十年代，一场社会主义教育运动全面展开，父亲是知识分子，首先投入了轰轰烈烈的运动浪潮中。1969 年，他被下放到了遂川县五斗江、碧洲、枚江等乡镇开展社会主义教育工作，和当地的农民同吃同住，蹲点在生产队指导社教工作，之后又被调到碧洲小学任教并担任教导主任职务，后被调到枚江中学任教。

在乡村摸爬滚打的十年光阴里，父亲由一个清高的城里人变成了一个接地气且富有同情心和包容心的乡村教师。从此，父亲爱上了炊烟袅袅的村庄，那一望无际碧绿的竹林、伸向远方的山间小路、碧绿的菜畦、黄澄澄的庄稼地成了父亲心中向往的世外桃源。他和农民们小酌，几杯米酒、几粒花生米、几块牛肉下肚，掏心的话就一茬接一茬地道出。

一场夏雨过后，父亲和农民们一起漫步田间地头，看绿浪涛涛，感受泥土的气息与花草的芬芳，期盼一个喜悦的丰收年；秋风起了，田地里隆隆的打谷声响彻云霄，打谷机的踏板在跳跃，金黄的稻谷经此华美转身；冬日的闲暇时光里，野兔、野鸡在山间活跃，父亲和农民们便一道在山野享受山里的馈赠……

由于父亲在乡村中学任教期间工作勤奋，做人谦虚低调，教学成绩突出，1979 年被选调到遂川中学任教，直至 2000 年退休。父亲在遂中任教二十一年，年年都当班主任。

父亲班上有一个叫李小根的乡下男生，瘦弱邋遢，不仅学习差，而且品德差。考试成绩经常全班倒数第一，还特别喜欢做一些小偷小摸的事情，有时偷同学一块橡皮，有时偷同学一个文具盒，甚至偷住校生的饭票……同学们找他说理，他二话不说就抡拳头。一开始，父亲对此也很头疼，经常找李小根谈话："小根同学，你有什么学习和生活上的困难告诉老师，老师会帮你的，希望你要改变不良习惯，做一个品德优良的好学生，好吗？"面对父亲的问话，李小根流着鼻涕，低着头，使劲用手拽着自己的衣角，半天也不说话。父亲绞尽脑汁，总想改变这个学生，于是他决定家访。

周末，父亲骑着他那辆女式自行车出发了，山路崎岖，骑行二十里路才到李小根家。李小根家的房屋低矮破旧，摇摇欲坠的茅棚房家徒四壁。他的爷爷奶奶都已年迈，腿脚不灵便，他的父亲常年在外做小工，收入微薄且不稳定。他的母亲是一个间歇式精神病患者，时不时说胡话，一下没有看管好就会走丢。当父亲了解这些情况后，心中涌上一份伤感，他心里暗下决心要好好帮助李小根。

家访后，父亲更加关爱李小根。每周一、周三的课外活动父亲都按时给他补课，重新给他讲解数学的每一个知识点。周末一得空闲父亲就用自行车载着李小根回家，给他家送钱送物。一路上，父亲鼓励李小根，没钱买饭票告诉老师，不要担心，老师会帮你的，但坚决不可以偷班上同学的饭票，更不能把别人的东西占为己有，偷是犯罪行为。父亲给李小根讲人生，讲法律，让李小根幼小的心灵有了很大的转变。

春风化雨，父亲对李小根用心良苦，终于感化了这个来自特殊家庭的学生的心。慢慢地，李小根有了变化，初中毕业后居然考上了师范，毕业后，他回到家乡当了一名小学数学教师。有一年春节，李小根特意带着他的女朋友来看望父亲，他激动地说："卢老师，谢谢您三年的帮助和关心，没有您就没有现在的我，而今，我终于如愿以偿，长大后我就成了您。"父亲默默地听着，眼眶里顿时溢满了泪水，感动地说："好样的，小根，你有志气，继续努力！"

（四）

八十年代的南方小县城，馒头是稀罕食品。读小学时，父亲每年暑假都要去教育局参加教师培训几天，父亲知道我家四姐妹喜欢吃馒头，每天他在教育局吃早餐时，就只喝一点儿白稀饭，吃半个馒头，剩下两个半馒头用纸包着带回家。一进门，我们四姐妹就立刻围住父亲。父亲微笑着，迫不及待地从口袋里拿出馒头，小心翼翼地打开包装纸，平均分给我们吃。白馒头一点一点放进嘴里咀嚼，麦香味立即在我的舌尖上漫溢，满足之感顿生。

小学五年级时，我家搬到遂川中学校园里住，早餐终于可以吃上学校食堂的大馒头了。我每天早上去泉江小学体训之前，父亲都会早起去食堂给我买五个大馒头，不管刮风下雨，一年四季雷打不动。拿着父亲买来的又大又有嚼劲的馒头，我一边走一边吃，没几口我就都消灭了。每天出发前，父亲总会叮嘱我："喝点儿水，慢点儿吃，别噎着。"

父亲是我心灵快乐的天使。每当我遇到烦心事时，就会跑回娘家跟父亲诉说一番心中的不快。父亲平静地听着，也不打断我的话，等我说完，他淡定地安慰我："凡事要看两面，不要急躁，一定要做到有理有据有节，你要明白'诸葛一生为谨慎，吕端大事不糊涂'的大道理。"

父亲聪明好学，凡是他看过的一学就会，我们姐妹都称他是一名快乐的修理工。从小到大，家里的电线短路、灯泡坏了、锁开不了了、自行车坏了……父亲无所不能，总是迎刃而解。

每次放学回家，见得最多的是父亲修理自行车。炎炎夏日，大厅里，父亲穿着一条宽大的灰色短裤、一件白色宽大背心，大汗淋漓地坐在小板凳上。父亲把那辆半新的永久牌自行车倒立在大厅水泥地上，小螺丝铺了一地，这些都是父亲从自行车上拆卸下来的。父亲仔细研究着自行车的零件，找出问题修理好后，然后一个一个螺丝地安装好。有时自行车车胎爆了，父亲就像街头的修车人一样，用小脸盆端来水，拆卸车胎，浸入水里，找到爆裂口，然后补好车胎，那熟练程度不亚于专业的修车师傅。

爷爷过世后，留下身体单薄、多病又善良的奶奶在赣州市跟着五叔一起生活。父亲人在遂川，心却时常牵挂赣州的奶奶。那时乡村教师工资低，父亲每月收入仅有四十元，父亲每个月都要雷打不动地取出十元寄给奶奶，每到周末或者节假日，父亲都要从乡下赶回县城，然后骑着他那辆女式自行车回赣州看望奶奶。

遂川到赣州要在 105 国道上走一百多公里，七八十年代这条国道仍是弯弯绕绕的沙子路，遇上下雨天就坑坑洼洼、泥泞不堪。父亲骑自行车载我回老家赣州的情形让我记忆犹新。

每到周日，父亲一早就叫醒我："闺女，快点儿起来，我们去赣州。"吃过早点，父亲骑着那辆女式自行车，叫我坐在后座上，风一样骑出县城，沿着 105 国道往赣州方向奔跑……沙子路被青山峻岭围绕，溪水潺潺，玉带似的清流哺育两岸的丛林，茂密的植被向大山深处蔓延。绝壁千仞，直冲云霄。风和日丽的日子，父亲的自行车在沙路上或快或慢不断前行，"沙沙沙"的声响衬托大山的寂静，不时听见在绝壁上爬行的猿猴的刺耳尖叫声。父亲一边骑行，一边给我讲《西游记》中孙猴子的故事。父亲的女式自行车就像一个小摇篮，载着风载着雨载着喜悦与梦想。

狭窄的沙子公路很容易让人摔跤，一边是突兀的岩石一边是悬崖和峡谷，稍有差池，摔下去后果不堪设想。开始下长坡了，父亲双手紧紧握住车把手，目不转睛地盯着远方，还不停地告诫我要坐稳抓紧后车垫上的铁管以免摔下去。由于车速比较快，好像整个空气都凝固了，整个天际似乎变得格外安静，只听见耳边“簌簌”的风声和车轮与路面沙子摩擦的声音。我屏住呼吸，静静地坐在后座上，手紧紧抓住后座上的铁管，心快跳到嗓子眼了。迎着风，父亲的车速终于慢了下来，我的心跳又慢慢恢复了正常。

就这样，父亲一会儿上坡，一会儿下坡，一会儿平路，他就像一名杂剧演员，那辆小小的女式自行车在他手里被耍玩得服服帖帖、运用自如。

经过十个小时的长途跋涉，终于到达了赣州市。回到家的父亲几乎不出去游玩，只是耐心周到地照顾奶奶。晨起，父亲陪奶奶一起在厨房里做饭，奶奶煮粉、煎蛋，父亲烧火。上午陪奶奶去农贸市场买菜，父亲一手搀扶着奶奶一手提着篮子，知道奶奶喜欢吃赣州小炒鱼，父亲就专挑新鲜的大活鱼买。午睡起来就陪奶奶说话，抑或陪着奶奶在小巷里悠悠慢慢地散步。

（五）

有一年寒假，父亲照例骑着他那辆女式自行车载着我回赣州。早上还艳阳高照，不料半路突然乌云密布、狂风席卷，不一会儿大雨滂沱。父亲载着我骑行在山间的沙子路上，前不着村，后不着店。冬日的雨最是无情，山野的冷风呼啸凛冽，我不禁打了几个寒战，我想这次肯定会感冒了。

雨越下越大，父亲赶紧下车，脱下他的棉衣裹在我身上，接着再给我罩上雨衣，心疼地对我说："闺女，还冷吗?"我摇头："不冷了，爸爸，你冷吗?"父亲耸了耸肩，拍拍胸脯说："爸爸身体好得很，不怕冷。"寒风里，父亲身穿一件泛旧的棉布衬衫，任由雨水在眼前横扫。他半眯着眼睛，艰难地前行。风大雨大，山路似乎要把我们吞噬。突然，前面拐弯处有一辆拖拉机在雨雾中"突突突"地驶来，把父亲逼到了万丈悬崖边，关键时刻父亲来不及多想大声喊道："坐稳!"父亲使出浑身解数，握紧自行车车把一转，绕开拖拉机车头冲到悬崖边刹住了车。说时迟，那时快，父亲站稳了脚，双手死死地抓紧自行车车把，喘着粗气，脸色煞白，嘴里喃喃道："太险了，差一点儿就掉下去了。"为保险起见，父亲只好推着自行车逆风而行。我紧跟在父亲身后，寒冷、饥饿一起向我袭来。父亲转身心疼地问我："你饿了吗?"我点了点头。父亲把自行车停靠在路边，掏他的裤袋。我看到，父亲的全身都湿透了。他嘴唇发白，雨水沿着脸颊滴落，双手被冻得通红。他颤颤巍巍地从裤袋里掏出一个白色油纸袋，把里面的两个馒头递到我手上，嘱咐我慢慢吃。父亲只是看了我一眼，自己没有吃。我想父亲一定也饿了，拿出一个递给父亲："爸爸，你也吃一个。""不了，爸爸不饿，你快吃。""爸爸，你咬一口好不好?"父亲只好轻轻咬了一点，推起自行车继续前行。我坐在后座上，看着全身湿透的父亲，心疼地说："爸爸，你的衣服全湿了，冷吗?""不冷，坐稳……"父亲话音一落，立马就蹬上自行车，迎着风雨向赣州方向骑去。

岁月如歌，沙子路上留下过父亲沉重而稳捷的脚步。那脚步变成记忆，锁在心底永远珍藏。

春夏秋冬，父亲一路走来，风雨兼程。脚步踏遍千山万水，从年轻到年老。而今，父亲八十三岁了，虽皮肤衰老，换上满口假牙，一只眼睛的视力也减弱，但他依旧吃嘛嘛香。父亲酷爱晨跑，年年岁岁都不曾间断，冬去春来，一条旧短裤、一件白背心统一着装。跑热了他就脱了白背心赤膊上阵，只穿一条旧短裤在风中大步前行。

清晨的沿江路，惠风和畅，父亲昂着头，喘着气，迈着大步，几根银发凑热闹般有节奏地在他额前甩来甩去，甩走了沿江小路的许多岁月。他宽大的灰色旧短裤格外引人注目。短裤旧得跟父亲的身份有点儿不相称，但是他照样洋溢着笑容在人群中穿梭，丝毫没有羞涩感。我特意给父亲买了两条崭新的运动短裤，无奈他不穿，偏偏热爱那几条旧短裤。一开始我强烈抗议，责怪父亲："爸，你每天晨跑时穿的旧短裤换新的吧，不然我的同事该说我没良心了。"哪知父亲却坦然地笑着说："旧的还可以穿，很舒服，挺好的。"看父亲态度坚决，我没再多言，一切顺其自然也挺好。

我在网上给父亲买了一件绿色 T 恤衫。一到货，就回娘家让父亲试穿。父亲笑眯眯的，难掩心中的喜悦，一穿上就说："蛮舒服，蛮好，不过，我不缺衣服，以后你不要乱花钱，你要多存钱。"看得出，父亲的话里洋溢着幸福与满足。

这就是我的父亲，一个充满朝气的父亲，一个逐渐衰老的父亲，一个在岁月里写满故事的父亲。父亲八十三岁了，每天笑呵呵的像个弥勒佛，小麦色的圆脸，一脸的和善，一身结实的肌肉足够撑起他的精气神。

父爱如灯，在黑夜中照亮我前行的方向。

父爱如歌，岁月如梭，如歌岁月，事事平安。

老照片里的故事

龙泉，是我生活了四十多年的红色老县城。

闲暇之日，我喜欢在家整理老照片。在那些渐行渐远的岁月里，追忆往事，寻找曾经熟悉的容颜。

小时候的春节是最有幸福感的。让我记忆最深的是全家在春节期间要做的一件最隆重的事——去照相馆，拍一张“全家福”。

那时候科技还不算发达，没有手机，照相机也是极少数人才能拥有的奢侈品。所以，能去照相馆拍照，自然是一件很神圣、很值得自豪、值得炫耀的事情。

那时候，过年是一件很神圣的事情。即便再穷，家长也会省吃俭用，给全家人添置点新衣服。

我家也不例外，每年过年都拍一张全家福，这是我们最开心的事。因为一张张全家福既定格了流金岁月，也诠释着全家的幸福……

我上初一那年，我家的春节是在遂川中学度过的。简陋的教工宿舍被我们简单装饰一下，就成了临时的新家。虽然这只是漂泊已久的家人临时团聚的栖息之所，但我们依然觉得无比温馨。

全家福是在遂川中学的校园拍的。大年初一上午，一个来我家拜年的学生家长用他随身携带的照相机给我们拍了几张照片。

其中一张的背景是校门口左侧的大花坛，另一张的背景则是大操场。那时候，操场上的草早已枯黄，花坛里没有了五颜六色的花草，四周高大树木的叶子也掉光了。而花坛后的一幢两层老楼却非常醒目，一块块青砖，一片片黑瓦，衬托着这所教学楼的庄重。

在为数不多的学生时代的老照片里，我依然找到了一些美好的回忆。

我曾经在这所教学楼里诵读过《桃花源记》，心中向往“芳草鲜美，落英缤纷”的桃花林；记得自习课上同桌给一个女生传过许多充满青春激情的纸条，那个收到纸条的女生绯红的脸蛋如天上的彩霞；记得还有许多男生在教学楼走廊的木地板上追逐游戏，教室的后排空地上被罚站的那几个男生，趁老师转身挤眉弄眼的样子，一张张青春稚气的脸至今在我的脑海里浮现；记得运动会时，运动员们像箭一般冲向终点的矫健的身影；还有同学们每人领到四个碗口大的豆腐饼后，一个个吃得无比开心的模样……

如今，老照片里的那些同学，又在何方呢？

翻开相册的另一部分，依旧是在那些有点泛黄的全家照里，我家四姐妹恣意开怀地笑着，清澈的眼眸里写满了单纯与可爱。那时候我读初一，姐姐读初三，大妹妹上小学，小妹妹还在读幼儿园，父母也非常年轻。照片里的我穿着蓝条大格子的小西装，姐姐穿着驼色小西装，大妹妹穿着妈妈亲手织的黄色厚毛衣，小妹妹穿着红色小棉袄。两个妹妹剪着短发，我和姐姐剪着齐眉的厚刘海，左右扎两个短短的“小马尾”。在这张全家福里，我能明显感受到那一年春节给我们带来的欣喜与希冀。

在没有相机的那些年，我家大多在老照相馆拍全家照。多年后，我家也有照相机了。过年时，我们就用自家的相机在遂中校园里拍照，地点还是多年前的大花坛的位置，只是老教学楼拆了，背景变成了崭新的钢筋水泥结构的高层教学楼和多媒体教室。更明显的是，曾经光秃秃的落叶树变成了常绿树，虽是冬季依旧绿意浓浓。

当然，真正让父母欣慰的是，我们四姐妹长大了，生活条件也好了。岁月没有给父母留下多少痕迹，反倒让他们更精神了，丰腴的脸上写满了幸福与满足。

变化最大的一张老照片是一张以大榕树为背景的团圆照。与往年不同的是，照片里添了两个男人，因为我和姐姐都出嫁了。照片里的姐姐非常漂亮，辫子上扎了一朵粉色绸花，和站在她身旁的姐夫很是般配。

1994 年新春大欢聚的那张全家福，由之前的八个人变成了九个人，因为外甥女小梦梦出生了。照片里，儒雅的父亲依然显得那么年轻，他精神矍铄地抱着身穿白色大围兜的小梦梦立在照片中间。两个妹妹依然一脸的单纯。母亲留着乌黑的短发，绿黑相间的中长款毛衣衬托得她愈加美丽端庄。

几年后，照片里又多了三个人。一个虎头虎脑的小男孩儿，那是我的儿子。他扁扁的小头，可爱的小脸，一副怯生生的样子。另外多了的两个大男人是两个小妹妹的丈夫，这时她们也出嫁了。

再后来，全家照里又多了啸啸、妞妞……孩子们慢慢长大，大人们则慢慢变老。

似乎一夜之间，父母由青壮年步入了老年，白发也在时光的流逝间不断增加，皱纹爬满了额头。不知不觉，我们四姐妹也慢慢步入中年，孩子们也都变成了大姑娘、大小伙。

生活在继续，全家福在不断更新，大家庭在不断加入新的家庭成员，还在不断上演新的故事……

融入血液里的马齿苋

我的家乡在赣西边界的井冈山脚下。那里山清水秀，物产丰富。每到春夏季节，田间地头就会生长一种野菜——马齿苋。

农村人都叫它马齿菜、蚂蚱菜。它的叶子扁平油绿，肥厚有光泽，形状像马的牙齿，所以名为马齿苋。当马齿苋影响农作物的生长时，农夫总是把它们当作野草锄掉，丢弃在田头地埂。但过不了多久，它又会成片地长出来。这种极其顽强的生命力着实让人赞叹。

马齿苋是一种美味的野菜，也可以药用。马齿苋治疗痢疾从古时候就有记载。《开宝本草》记载："服之长年不白。治痈疮，杀诸虫。生捣汁服，当利下恶物，去白虫。"《滇南本草》记载："益气，清暑热，宽中下气。滑肠，消积带，杀虫，疗疮红肿疼痛。"

马齿苋终身匍匐而生。然而，站起来的欲望，却始终没有泯灭。顺势而生，抱紧自己，脚踏实地，面向阳光，奉献一片绿意，让自己盎然！匍匐只是它的身世，而不是它的活法。

记得每年春风吹皱一池塘水的时候，也是我们几姐妹最欢乐的时候，母亲会在日常空闲或者周末带着我们到田间地头挖马齿苋。站在田埂上放眼望去，马齿苋随处可见，一簇簇，一团团，翠得亮眼，在缺衣少食的年月，马齿苋成了我们的最爱。喜悦、兴奋绽放开来，像一缕清香弥漫在天际。在这无垠的旷野里，我们几姐妹像赶集一般冲向天幕下的田地里、菜园里、小山坡上，放下背上的竹篓，迫不及待地去挖地上的马齿苋。母亲和姐姐是主要劳动力，她们用早就准备好的铁质小铲子小心翼翼地挖着，时时担心马齿苋挖得不完整，当她们的手触摸到匍匐地面的马齿苋时，她们的心也跟着落了地。我和妹妹们会在田地里玩耍，高兴就随意捡一根小木棍挖挖，小木棍挖断了，就直接用手指挖，挖疼了就哭泣，哭声被风带得很远。挖累了、哭累了就在田野里采花，看田埂边的小水沟里有没有鱼或者小蝌蚪……记得那时的母亲很年轻，也很美丽。粗布衣服衬托出她白净瘦削的脸，两条乌黑的短麻花辫在肩上甩来甩去，大眼睛专注地望着一簇簇的马齿苋，好像一不留神，马齿苋就会变走一样。每当母亲站起来在长满了紫云英的田地里伸个腰休息一会儿时，就美成了一幅画。春风吹乱了母亲的发髻，青春在飞扬，记忆在蔓延……

当我们把整整一竹篓马齿苋采回家后，母亲就立即变成一个魔术女郎。她会变着法子做各种马齿苋的美味。

春季，我们喜欢母亲用马齿苋炒鸡蛋吃。母亲养了五只老母鸡，每天都可以从鸡窝里捡几个土鸡蛋。每当炊烟袅袅，母亲的大锅也就活跃了，鸡蛋破壳后，蛋液倒入锅中的一瞬间“哧”的一声就变成了一朵美丽鲜艳的黄色菊花，母亲迅速倒入切成寸把长的马齿苋，翻炒，然后放一勺母亲自制的微辣蒜蓉辣椒酱，放一点盐和水，再翻炒几下就起锅了。起锅的一瞬间，我都会习惯性地趁热夹一筷子放进嘴里，顿时，咸酸脆辣和蛋香刺激着我的味蕾，让我欲罢不能、食欲大增。

在我的记忆里，马齿苋占据了我童年很多的记忆。我喜欢这份记忆，我愿意把它刻在岁月的岩石上一直铭记。

原来的我总是贪恋马齿苋的美味鲜香，而今，马齿苋在我的记忆里还多了一份生命价值。从那以后，马齿苋就成了我嘴边常挂的名词。我愿意记住有关马齿苋的一切。

而今，生活条件好了，这个旧时的妈妈菜——马齿苋，也鲜有人钟爱了。但是妈妈的味道始终都在，不会因为母亲年岁的增加而改变，因为对这份爱的感恩已经融入我的血液里。

我心中的苦楝树

有一天，我突发奇想，要是能成为一棵苦楝树该多好，从此顶天立地、栉风沐雨、笑对寒暑。

苦楝树没有娇艳的花朵，没有婀娜的风姿，甚至好不容易结出来的果实也是苦的，它因此而被人忽视甚至嫌弃也在情理之中。

尽管苦楝树是苦的，尽管它有一定毒性，但我依然欣赏它。作为一种高大的乔木，它能够在炎热的夏天给行者遮阴蔽日；作为具有很高药用价值的植物，它能挽救别人的生命；作为顽强的生命力的象征，它有值得人欣赏的刚强。

春末夏初，漫步公园，花事已将荼靡，嫩绿羸上枝干。而在不远处，一大丛一大簇的粉紫色花朵映入我的眼帘。那碎碎的小花，不耀眼，不夺目，白中带紫，紫中带柔。一球一球的，兀自盛开，自成锦绣。灰喜鹊在树间穿梭，蜜蜂和蝴蝶在丛中飞舞，一缕缕花香在空中弥漫……这就是苦楝树！我与苦楝树颇有缘分，而这种缘分好像就是从这清雅的苦楝花开始的。

赣南老家有个习俗：哪家有孩子呱呱坠地，父母就要给这个孩子栽一棵苦楝树。其寓意是：一来期盼孩子有树的命根稳；二来告诉这个孩子出生就是苦的，但要像苦楝树一样有极强的生命力，苦中求乐，顽强地过好一生。

我出生后，父母就在他们下放的乡下屋前的院子里为我种下了一棵苦楝树，希望苦楝树陪伴我成长。

冬去春来，我和苦楝树都在慢慢长大长高，但人是长不赢树的。看着苦楝树一天一天比我长得高，我很失落地哭闹着跑到苦楝树下告诉它，叫它等等我。父母一听，咧开嘴笑着对我说："芳儿，真是一个没长大的小娃娃。"

我三岁时，庭院里的那棵苦楝树茁壮成长，枝繁叶茂，亭亭如盖。天气炎热的时候，父母经常会在树下放一张小桌子和几个小板凳。每天清晨，奶奶煮好早饭，就去拾掇鸡窝，捡回几个鸡蛋，然后把两个炖好的金黄的芙蓉蛋端到苦楝树下的小桌子上。姐姐自己用汤匙舀着吃，我由奶奶喂着吃。早饭后，父母下地去干农活儿，奶奶清理厨房，洗碗扫地，我就和姐姐在树下玩耍，捉迷藏，跳绳子，有时候也会在树下玩"煮饭吃"的游戏。我不知道自己有没有表演的天分，但那时候我们很快能在游戏中进入角色：姐姐吩咐我到树下捡拾一些碎花和绿叶，她则在院子的墙角找几块半个手掌大的碎瓦块、一小堆沙子，这些都成为我们煮饭的食材。之后，我和姐姐就张罗着开始煮饭。姐姐把小碎花、沙子和绿叶放拢在一起，用小树枝夹来夹去不停地搅拌，几分钟后，姐姐把搅拌好的沙子、碎花和绿叶分别装在两块小瓦片上。饭，就这样煮好了。沙子当饭，碎花和绿叶是菜，我们做得很认真，这两个"菜"也蛮有看相。饭菜准备齐全，就差筷子，姐姐又马上跑到树下捡了一根大树枝，拗成一样长短的四根，算是我和姐姐的筷子了。一切准备就绪，姐姐发号施令：开始吃饭啰！

于是我们俩就马上端起小瓦片，拿起树枝摆出吃饭的姿势，一边假装吃饭，一边表现出饭菜很好吃的样子，嘴里不停地喃喃：

“好吃，好吃！”童年的记忆里，在苦楝树下玩煮饭是最开心的游戏，苦楝花是扮相最好的菜，渴望长大是我们内心世界最原始的想法。

奶奶忙完家务，就坐在院子的小凳上纳鞋。此时，我伏在奶奶跟前，蹭着奶奶让她讲故事。奶奶边做针线，边给我讲故事，讲她的绣花鞋、裹小脚，也讲村里女人们的爱情故事。这时候，紫色的苦楝小花瓣无声地落下，奶奶会捡起一朵小花放到我的手心里讲起苦楝花的传说。从前，苦楝花仙子是玉帝的女儿，本来可以在天宫过着无忧无虑的生活，但是她却偏爱凡间。于是玉帝发怒，把苦楝花仙子贬下凡间，让她过苦日子。日子虽苦，却没有难倒苦楝花仙子，反而花开得愈加清雅芬芳……听了奶奶的故事我越加喜欢苦楝花了，心想长大后我也要像苦楝花仙子一样淡雅美丽。

有时候，奶奶还会给我讲孙猴子、猪八戒降伏白骨精等妖魔鬼怪的故事。听得入神了我会缠着奶奶让她一直讲，听得害怕了就拼命往她怀里钻。

夏季的中午，奶奶会在苦楝树的树荫下用两只长凳搭起一个竹凉板，我和姐姐就在竹凉板上睡午觉。苦楝树浓密的叶子遮住了毒辣的阳光，风吹起，叶子簌簌地响。风停了，奶奶拿着一把大蒲扇一边给我和姐姐扇风，一边唱着儿歌哄我们午睡。不一会儿，我就进入了梦乡。在梦中，我果然变成了苦楝花仙子，穿着紫色的长裙在树上跳舞，就像无忧无虑的快乐仙子来到了世外桃源，尽情享受大自然的美景……

太阳落山了，父母带着满身的泥土从田地里回来。一天下来，他们累得腰酸背痛，脸晒得通红甚至脱皮。母亲一边洗脸，一边抱怨农家生活的苦，并不住感叹：“啥时候才能回城？这样的生活什么时候是个头呀?”这时奶奶就会走到母亲身旁，拍着她的肩膀轻声安慰道：“宝宝女，没有办法，你看看门前这棵苦楝树，树是苦的，不一样枝繁叶茂长得好好的嘛。只要一家人和和美美在一起，生活就会越来越好。”母亲听了奶奶的话，也就心宽了许多。农家的晚饭一般比较晚，月亮爬上山坡再爬到空中时，晚饭才端上桌来。依然在苦楝树下，奶奶把美味可口的农家菜摆放在院子里的小桌上，父亲打开自酿的米酒，一股浓郁的酒香扑鼻而来，父亲招呼奶奶、母亲喝一点儿。有时我好奇，会忍不住跑到父亲身边，端起他的酒碗轻轻抿一口，酒味太浓了，烧得我的小舌头火辣辣的。于是，我赶紧用手在小舌头上扇着风，嘴里大喊：“太辣了，这酒太苦了!”看着我的狼狈样，全家人都哈哈大笑起来。那笑声穿过苦楝树的树梢，在空中回荡。微风过处，几朵花瓣在半空中舞动，月影下苦楝树斑驳的树影在风中摇荡，煞是美丽。

农家的生活很少有肉吃，只有逢年过节才会有几块腊肉上桌。带着特殊香味的腊肉一上桌，全家人都垂涎欲滴，但是谁都不舍得吃一块。母亲看看我和姐姐，会马上夹一块大的放进奶奶的饭碗里，奶奶一看马上推让着将腊肉夹到我的小碗里。我刚想夹起来吃，母亲马上给我使了一个眼色说：“奶奶年纪大，乖，夹回给奶奶吃。”听母亲这么一说，我马上把肉夹回到奶奶的饭碗里。

一餐饭下来，几块腊肉就这样夹来夹去。父母说奶奶年纪大了又辛苦，应该吃腊肉。奶奶说我小，应该吃腊肉。过一会儿，父亲又心疼母亲，说母亲也很辛苦，应该吃肉。大家就这样推来推去，谁也舍不得吃第一口。

最后还是母亲当机立断，到厨房把几块腊肉切成更小的好多块，每个人分两块。腊肉一入嘴，浓郁的香味顿时溢满了我整个嘴巴，回味无穷。

奶奶一生艰辛，既吃苦耐劳，又贤惠大度。爷爷经营面粉生意，曾经家境殷实，后来家道中落。大宅院那斑驳的墙壁和长满青苔的天井，见证着一个家族的繁荣与落寞。当时卢家家大业大，爷爷娶了两房老婆。奶奶的老家远在广东梅州。她打小就远离广东的父母姐妹，跟着姑姑在大余生活。寄人篱下的日子，让奶奶变得更加乖巧和勤劳。年轻时在最受爷爷宠爱的时候，奶奶仍然不辞辛劳，起早贪黑，操持家务。她每天除了带孩子，还要准备二三十口人的饭菜。爷爷七十岁过世后，奶奶在没有余钱的情况下，用她单薄的身躯支撑起了她和自己七个孩子的生活。那时候的艰辛是可想而知的。

我八岁那年，奶奶又回到赣州老家帮助五叔带孩子。在老家的一个月夜，奶奶因晚上起床摔了一跤就再也没有起来。送葬那天，我哭得撕心裂肺，久久地跪在奶奶的墓前，哭喊着要奶奶快回家。

后来，每逢月夜，一家人坐在苦楝树下吃饭时，我就会想起奶奶，想起苦楝树下奶奶给我讲故事的情景。特别是在月朗星稀的晚上，我总会在树下的小板凳上思念奶奶。夏风习习，苦楝树上的叶子和花簌簌作响。这时候，我会情不自禁地对身边一起乘凉的母亲说："看，是不是奶奶回来了？"母亲急忙说："傻孩子，那是风。"我不服气地说："不对，就是奶奶回来看我了！"母亲不再作声，朗月下，我看到母亲在偷偷抹眼泪……

在那个特殊年代，我们全家的生活就如苦楝树一样苦不堪言。父母被下放当农民，每天脸朝黄土背朝天，忙完田里土里的活儿，还要上山去砍柴以备过冬，另外还要做好一切心理准备迎接各种不测。由于没有住处，全家只能选择住在生产队的一座阴森的旧祠堂的小房间里。风急天高的黑夜，祠堂里会时不时传来各种声音，窸窸窣窣的老鼠尖叫声，刺耳哀号的猫叫声，还有一些分辨不出的声音……祠堂外呼啸的寒风撞击着大门，叮叮当当的铁链碰撞声，如耄耋老人般重病咳嗽的声音……各种声音一起袭来，全家人每每在恐惧中入睡或者醒来。

记得有一次乡里涨大水，半夜凶猛的洪水冲进我家的房间，吓得我哇哇大哭，很怕被洪水冲走。不一会儿，大水涨到了齐腰深。家里的箱子和木床浮起来了，箱子柜子里的东西全部浸泡在水里。见势不妙，全家人赶紧逃出房间。一是洪水太猛，二是怕这个老屋会倒塌。一家人没有地方去，只好手牵着手哆嗦着蜷缩在门外空地的苦楝树下的一堆石头上。大雨滂沱，冰冷的雨水从天上倾泻而下，但苦楝树就像一个保护神，为我们遮风挡雨，给了我们莫大的安慰。之后母亲回忆起这件事时说，那时活得太艰辛了，走投无路时，她总会想起奶奶的那句话："宝宝女，没有办法，你看看门前这棵苦楝树，树是苦的，不一样枝繁叶茂长得好好的嘛。只要一家人和和美美在一起，生活就会越来越好。"奶奶这句话就像一盏明灯，照着我们走过艰辛和苦难。生活就算再苦也要像苦楝树一样阳光地活着，恣意地开花、恣意地结果。

几年后，我终于回城读小学。小学校园里的几棵高大的苦楝树和乡下的苦楝树一样，枝繁叶茂、花香四溢、果实累累。春天，同学们特别喜欢在树下捡拾紫色的小花瓣，有的放到书里夹着当书签，有的放进口袋存着香气，有的干脆插到头发上。秋天苦楝树结果后，男生们喜欢捡拾一颗颗黄色的果子捉弄女生。在女生不备时，突然不知道从哪里冒出一颗苦楝树果子，"叮当"一下要么打在头上，要么打在手上、腿上、身上。由于打出的速度太快，尽管许多女生被打后咬牙切齿地向老师告状，但老师终究没有找出那几个使坏的小男生。还有一些有弹弓的男生会偷偷地在学校捡拾很多苦楝树果子藏到口袋里，在回家路上或者到郊外有树木的地方用弹弓打鸟。苦楝树果子就是他们最好的子弹，运气好又技术好的男生真的可以打下几只小鸟。父母曾告诫过他们，苦楝树的果子是苦的，千万不能吃，否则会被毒死的。只要不吃，拿来打鸟和恶作剧总没有关系吧。

后来，我家搬进了县城一中的校园，在我家的屋前恰好有一棵大的苦楝树。于是，我经常把那些飘落的花瓣放进玻璃瓶里欣赏，让花香气在我的小房间里飘荡。暑假，阳光灿烂的时候，我特别喜欢在树荫下看灰喜鹊和其他鸟儿啄食苦楝树的果子。看着它们快乐地在树上穿梭的样子，我也特别想变成一只小鸟，自由翱翔。有时大雨一场后，我便会来到苦楝树下找寻土蚕洞（土蚕是知了的幼虫）。土蚕洞隐藏得特别好，要认真观察才行。我在找准一个标准的圆形土蚕洞后，轻轻地用树枝挑开洞口，把一个小树枝小心翼翼地放进洞去，一边放一边轻轻在洞里搅动，里面只要有土蚕，它就会用它锋利的四足抓住树枝。当我感觉到有重量的时候，立刻轻轻地把小树枝往上提，不一会儿一只土蚕就从小洞里被挑出来了。

每次雨后，我都可以在苦楝树的林子里找到三四只土蚕。挑出来的土蚕被一层暗黄的外壳包裹着，它除了四肢会动，其他都属于混沌状态，像一个在母亲子宫里刚刚成形的婴儿，蜷缩着手脚。我满意地把土蚕拿回家，放在房间的木门上。土蚕用锋利的四足紧紧抓住木门，到了晚上，土蚕趁我们熟睡之时，从背上开始蜕壳。等到第二天一早起床，我一打开房门，几只知了就会尖叫一声倏地飞出屋去，房门上只留下几个昨晚刚刚蜕下的壳。土蚕蜕的壳可以作为中药卖了换钱。虽然换不来几个钱，但是我喜欢这种在苦楝树下找土蚕的感觉。

而今，我住的小区对面又有一大片苦楝树。当我搬家过来，第一次见到那片苦楝树林子时，感到非常亲切，就像见到了熟悉的老朋友，立刻想起那生活在苦楝树下花香四溢的日子……

时光流逝，生命之河还在静静地流淌。苦楝树在我的生命中留下永远抹不去的记忆，有苦又有乐。每当回味这些藏在心底的记忆时，一缕缕苦楝花香就在心底流淌。

奶奶的酿豆腐

奶奶是客家人。逢年过节，酿豆腐是奶奶的拿手菜。客家酿豆腐，又名“让豆腐”，是客家人发明的一道传统美食，是客家菜的代表菜品之一。

客家酿豆腐的起源，据说可以回溯到汉代。很早以前，有一户客家兄弟和母亲相依为命，但兄弟二人总是争吵，于是分开两地去打工。过年时回到家中，大哥带了一点猪肉回来，小弟则买回来几斤豆腐。聪慧的母亲苦思之下，将肉剁成馅儿，豆腐挖个孔，把馅儿放入豆腐中，然后将其蒸熟，没想到这两样食材一结合，美味无比，酿豆腐因此而得名。兄弟二人吃后纷纷称赞味美，母亲则告诫二人，要像这酿豆腐一样，只有团结合作，才能取得更高的成就。之后二人携手并肩，成为远近闻名的望族。

童年时，我是奶奶的小跟班，每年清明时分，奶奶都会穿着蓑衣，戴着斗笠，扛着锄头，带着一个装有黄豆的篓子来到山下自己的开荒地。开荒地依山傍水，黄土地映衬着蓝天白云，偶尔几只小鸟从头顶掠过。山风吹来，吹乱了奶奶的短发，吹皱了她卡其色粗布衣服的衣角。奶奶把一颗颗小黄豆撒进土坑里，再用锄头填上土，小黄豆就这样安静地待在土坑里吮吸着阳光雨露，茁壮成长。秋收时，奶奶便能收获一小箩筐的黄豆荚。

黄豆荚放在竹榻上晒干后，用细长的竹片一打，一颗颗黄豆就圆溜溜、金灿灿地散落在竹榻上，取半斤黄豆洗净再浸泡八小时后，奶奶便把黄豆放上了石磨。黄豆与石磨这对亲密爱人，便开始了它们的生死相依、互相成就的甜美爱情，继而孕育出它们的爱情结晶。石磨是由两块圆形的青石组成的，上面的石头上有一个洞，豆就是从这个洞进去被磨成豆腐的，按逆时针方向转动，豆腐就会涌出来，石头的底部是有花纹的，像极了太阳照射出的光芒，下面的石头和上面的石头一样，也是有花纹的。上下两块石头的花纹就像一个齿轮，相互咬合，把豆子磨成豆汁。两块石头下面还有一个凹槽，豆汁就是从花纹的缝隙中流到凹槽，再流到盛豆腐的桶里。奶奶告诉我，这个石磨有五六十年的历史了，奶奶瘦弱的身子推着石磨转动起来。转了四五圈后，一股沁人心脾的香气扑鼻而来，只见淡绿色的豆汁从石缝中涌了出来。磨盘转动，豆汁从磨盘的四周蔓延开来，堆积成朵朵彩云。

“一物降一物，卤水点豆腐”，这里的卤水就是盐卤，盐卤点出来的豆腐就是我们常说的“北豆腐”。北豆腐含水量少，颜色偏黄，入口后颗粒感比较明显，特别适合拿来煎、炸、酿以及制作馅料。

用纱布滤出豆腐花，并放进模具压制即成豆腐。奶奶采用中原地区古老的酿法制作酿豆腐。奶奶先将豆腐切成三角形或长条形，在其中一面挖出一条可供填馅料的沟槽，然后把零碎豆腐、瘦猪肉、水发香菇、竹笋等切碎，加盐、酒酿、淀粉、蛋清拌匀，再将馅料填入沟槽中。起油锅，将有馅料的一面在锅中煎成金黄色，或加鲜汤焖几分钟，或取碗装起煎好的豆腐（有馅料的一面朝下），用旺火蒸10分钟，最后将豆腐倒扣出来即可。奶奶有时也会将三角形豆腐入油锅炸成金黄色捞出，待其冷却后用剪刀顺豆腐边剪开，使金黄色一面朝里翻转，装上馅料并蒸熟，或放入锅中配上鲜汤或其他调料稍煮。

当热气腾腾的酿豆腐端上桌时，全家人围着一个小圆桌，酿豆腐的香味溢满整个饭厅，夹起一块酿豆腐放进嘴里大咬一口，清新的豆香味、鲜香的香菇味及浓浓的肉味、甘甜的笋味顿时在嘴里绽放，能最大限度地满足我的味蕾。这时的奶奶也会一边吃，一边看着我们露出幸福的微笑。饭后，全家人坐在院子里歇息时，我都会拿一个小板凳挨着奶奶坐下，请求奶奶讲故事。奶奶说，爷爷过世前最喜欢吃奶奶做的酿豆腐了。她从前不会做酿豆腐，还是爷爷教她的。奶奶的远祖多数来自中原，中原地区盛产小麦，自古以来民间就有吃饺子的习俗，象征着团聚和喜庆。后来，客家先民来到赣、闽、粤交界地域，这里不宜种植小麦，却盛产大米和大豆，以大豆为原料制作豆腐就成了客家先民的拿手好戏。酿豆腐自然就慢慢代替了饺子。听了奶奶的故事才知道奶奶爱酿豆腐的原因。酿豆腐也成了南北饮食文化融合的最好见证。

相传汉代淮南王刘安始创豆腐术。刘安是汉高祖刘邦的孙子，封地在淮南。他曾召集大批方士在今天的八公山上谈仙论道，著书炼丹。他们用山中的清泉水磨制豆汁，又用豆汁培育丹苗，不料仙丹没有炼成，倒是豆汁和石膏、盐起了化学反应，形成鲜嫩绵滑的豆腐。著名化学家袁翰青认为五代才有豆腐。而日本学者筱田统根据五代陶谷所著《清异录》中“为青阳丞，洁己勤民，肉味不给，日市豆腐数个”的记载，认为豆腐起源于唐朝末期。

对每一个背井离乡的中国人来说，所谓乡愁是年少时壮志未酬的遗憾，是年长时归家的召唤。万千乡愁汇聚成舌尖上的一点，那就是家的味道。转过身去，默默消化生活的苦辣酸涩；回过头来，用自己独有的方式，留给孩子们甜美的回忆。

而今，酿豆腐这道菜是我漂泊在外时想家的实在载体，是想念奶奶的味道，也是浓浓乡愁的一个特殊符号。

汤圆里的记忆

按传统习俗，过了元宵年就过完了。吃汤圆算是过年的压轴戏。

童年时，汤圆是我家几姐妹的最爱。傍晚，炊烟一起，母亲的围裙就在灶旁飞扬。刷锅后，放足量的清水，干松针在灶塘里跳舞，当锅里的水翻滚起大泡泡时，母亲便麻利地将一个个滚圆白胖的汤圆放入锅中。等待是最开心的，几姐妹目不转睛地盯着锅底的汤圆，嘴里吞咽着口水。汤圆在沸水里忽上忽下，终于全部露出头了，母亲便用勺子把汤圆一个个盛起端到饭桌上。几姐妹飞奔到饭桌边，迫不及待地夹起一个汤圆就往嘴里送，太烫了，小声“啊”一下又吐了出来，伸卷着小舌头，小嘴轻轻吹了几下将吐出的汤圆又重新放回嘴里。甜香软糯的芝麻味道顿时在舌尖上弥漫，那甜美的味道就是幸福的味道，有汤圆就有团圆的幸福。

摆上满桌的美味佳肴，饮一口元宵酒，也是必不可少的。一上桌，母亲便会把温好的米酒端上桌，在每个人的碗里倒上一点，端起酒碗相互祝福。我们小孩子也会象征性地轻轻一抿，米酒一入嘴，甜味和酒味立刻刺激着我们的味蕾，眉头一皱，舌头麻木，温热包裹着小嘴，赶紧一吞，灼热的感觉顿时在喉咙和胃里翻滚。母亲马上说：“快吃一块肉。”我们便迫不及待地夹起一大筷子肉炒辣椒放进嘴里。原来，满足和幸福这么简单。元宵酒喝多喝少不重要，为的是过元宵节时分享一份喜庆。

难怪元宵酒总被古往今来的文人骚客赋予那么多美好的寓意。蒲松龄的“雪篱深处人人酒”，将饮酒与上元佳节的温馨团圆相结合，做了恰如其分的点缀。元宵节饮酒，不仅表示团圆喜庆，而且有祈求太平的意思。

晚饭过后，小伙伴们又有了新节目。我的家乡地处偏远山区，元宵节还有“偷腊肉”“偷青”的习俗，为的是在窃取他人的腊肉和青菜后遭到诟骂谴责，因此而得吉兆。未结婚的靓女以偷得他人之葱菜为兆，谚曰：“偷得葱，嫁好公；偷得菜，嫁好婿。”据说，这时被骂得越厉害，去掉的“晦气”就越多。

康家大院，是我们几姐妹的乐园，也是院子里的秋香那些小伙伴的乐园。那年元宵节阴雨绵绵，黑灯瞎火的夜晚，天空像被一块黑布罩着，阴森森的很吓人。最初，我们几个一起去偷邻居家屋檐下的腊肉。腊肉挂得太高，当我们拿起屋檐下的竹篙准备撑下腊肉时，不料一只猫“喵”的一声从我们身边穿梭而过，我们顿时一惊，“啪”地丢下竹篙准备逃走。这时屋里的主人大吼一声说：“谁呀，又在做坏事。”我们几个缩拢一团，不敢作声，屋主人感觉外面没有动静，也就关灯睡觉了。猫一搅和，屋主人一顿臭骂，偷腊肉的好兴致一扫而光。突然，一个同伴说：“算了，我们去推倒那个经常骂我们的老婆婆的菜园围墙。”“好啦。好啦。”于是大家又在黑暗中摸索着走向巷尾广场边的青菜围墙边。黑暗中，借着微弱的路灯，我们找准一片围墙正准备推倒时，突然同伴红香说：“不对，不对，这是我叔叔的菜园，不许推。”然后，我们又琢磨了一番，终于找准那个讨厌的老婆婆家的围墙。“一、二、三”，几个人的力量一齐下去，一排青砖砌的围墙顿时轰然倒塌。那声音就像一个闷雷，有点儿哑音又有点儿响亮，那一推还真爽快，把我们一群小朋友心中的怨气全推倒了，然后冲进老婆婆家的菜园，把她家的青菜踩得乱七八糟。阴冷的春雨打湿了我们的头发和衣服，但是我们心里暖和着。

不料，第二天早上天没亮，就听到那个老婆婆在她的菜园地里骂人："哪个绝种的，推倒我家的菜园墙，还踩坏了我家的青菜，抓到你们我就打断你们的腿，告诉你们的老师，罚站几天没有书读才晓得死。"这时的我们就会躲在被子里咯咯地偷笑，心中窃喜：快骂，快骂，骂得好，骂得好，越骂今年学习成绩越好。

随着岁月的流逝，我们都已长大成人，但童年的记忆并没有因为时间久远而模糊不清，反而变得愈加清晰，它记录着我们成长的轨迹，记录着儿时简单、充实、美好的生活。

话说刮痧

童年，我的暑假都是在外婆家度过的。那时外婆一大家子被下放到碧洲栗头村。青色的山石，苍翠的树木，清澈的溪流，自由的鱼儿，雀跃的小鸟，黄澄澄的稻田……都是我们那群孩子的乐园。一大早出门，直到天黑还舍不得回家，要姨妈、舅舅们挨家去喊才依依不舍地离去。孩子们最喜欢在雨中捉鱼、抓青蛙，滴滴答答的雨打在溪流上，浅浅的溪水顿时会溅起一朵朵浪花，孩子们这时都会欢快地跳进水中，任由小脚在水中舞蹈，这时的小鱼儿就会吓得四处乱跳，有的倏地钻进了大石下，有的则会慌乱地在水中逃窜，孩子们倒不是为了抓鱼，吓吓小鱼也别有味道，欢笑声在雨中回荡……

鱼没有抓到几条，我的全身却湿透了，汗水、雨水和着小溪水从发丝滴落。一阵清凉的夏风吹来，脸有点儿苍白，嘴唇有点儿青黑，脚在溪水里有点儿颤抖，因为头晕赶快回到岸边。小伙伴们见势不妙，赶紧簇拥着我回了家。当晚果真病了！脸和嘴唇烫得发红，平日的活蹦乱跳换成了四肢无力，水汪汪的大眼睛半眯着失去了往日的光彩。焦急之余，外婆赶紧拿出她柜子里的那枚光滑的铜钱，用粗碗倒了一点儿茶油搁在床边，用铜钱蘸了一点儿茶油后麻利地在我的脖子上用力地刮起来。外婆顺着我脖子的经脉由上往下刮，迷迷糊糊中我听到了铜钱与皮肤摩擦的声音。声音大且干脆，疼得我嗷嗷直叫："不刮了，痛，痛……""马上就好了，马上就好了，忍一忍，不痛怎么会有效果呢？"外婆一边刮一边说，"你们看看，出痧了，暗红色，难怪发高烧。"外婆用力地刮痧，我一边哭喊着求外婆不要刮了一边用手阻拦。小手终归抵不过大手的力量，哭哭闹闹中刮痧继续着。之后，外婆拿镜子让我看脖子上的痧，我吓了一跳，脖子上密密麻麻的全是青紫。一条条的痧痕就像一串暗红的大项链缠绕着，不是一般的丑。乍一看，就像一个大病很久的人，脖子的痧痕就如跟魔鬼搏斗留下的抓痕，不忍直视。末了，外婆又用她的食指和中指在我的鼻根上不停地钳着，那声音更是清脆响亮。外婆力气很大，似乎要把我的鼻子钳掉一样，疼得我眼泪直流，嘴里一边喊疼一边喊着："坏外婆，坏外婆……"

本以为，外婆的刮痧结束，哪知她又突然招呼姨妈扶我俯卧于床，撸起我背上的汗衫，利索地用她手上的铜钱放进粗碗蘸了一些茶油，又在我的背上忙活起来。小铜钱在外婆手上跳跃恣意，铜钱与我的皮肤、筋骨和痉挛的肌腱应和着，发出"沙沙沙"的声音。外婆刮痧很专注也很专业，任由铜钱顺着背部的经脉在我稚嫩的背上游走，伴着痉挛、疼痛、哭闹声，外婆的刮痧总算结束。我看不到自己的背，据姨妈说，背上痧气很重，整块小背都呈现暗红色，不堪入目。刮痧效果真好，第二天我的病就好了很多。

这是我印象深刻的一次刮痧。而今，外婆离开我已经很多年了，但是她的样子还深深地印在我的脑海里挥之不去。刮痧时的疼痛与刮痧后的轻松，与外婆离去时的痛楚一样刻骨铭心。

从那以后，我只要有一点儿头痛脑热，家人都会使用刮痧这个古老的治病方法。

母亲的刮痧用具甚是简陋。有时用五分的硬币，有时用铜钱，但是母亲用得最多的是我家的汤勺。小小的瓷汤勺只要和家乡的茶油一搭配，顿时就会产生不同凡响的效果。瓷汤勺的边比较圆润，配上茶油的滋润，刮在皮肤上疼痛似乎减弱了许多。母亲常说："有病没病，多刮刮，总是好的。"记得那年暑假，我不慎中暑了，母亲就用瓷汤勺蘸了茶油给我刮痧。母亲也常说："刮痧找准穴位最重要。"母亲用瓷汤勺从我头顶的百会穴刮至尾骨，再刮后背的脊柱、脊椎部位的穴位，从上至下刮，居然还真起到了散热、安神、解暑的作用。

而今，大小药店各处林立。大小医院、诊所遍地开花，中药房也随处可见。人们有病，第一时间就想到多喝水，实在不行就吃药，有意识的会多吃中成药，副作用小，但是效果来得慢。一些孩子动不动就是扁桃体发炎，发高烧，甚者痉挛；还有一些大老爷们平时一般不生病，身体倍棒吃嘛嘛香。一旦生病就如山洪暴发，势不可当。怎么办呢？大人要上班，不能总陪着生病的孩子，大老爷们每天有生意和工作等着，也有朋友桌上的酒在候着，总巴望着病快点儿好。于是单刀直入，先吃消炎药：头孢氨苄、阿莫西林、罗红霉素、阿奇霉素。奇怪，吃了几天还不见效，算了，打点滴，这样快，于是吃西药和打点滴双管齐下，好得很快。

药到病除，心中确实愉悦。在依赖西药的理念中，也要植入一些中医养生的理念。如果能做到中西合璧，就更完美了。养生就像中国的太极，是一个漫长的身体调试的过程，我们的老祖宗在远古医术不发达的岁月一样可以用古老的中医疗法让人达到健体强身的效果。

中医刮痧源远流长。古称"砭法"，是中医治疗六大技法之首。相传在远古时期，人类在发明火的时候，在用火取暖时发现火烤到身体的某些部位时会很舒服。后来人类又发现当石头被烘烤热了刺激身体时，可以治疗风湿、肿毒（以前的人类都居住在原始的山洞中，很容易患风湿、肿毒）。再后来人类又发现用砭石烤热后可刺破脓肿。渐渐地，当时的人类就觉得用热的石头可以治愈一些疾病。这就是"刮痧"治病的雏形。中医讲究治未病。刮痧，根据经络、脏腑、气血、津液等基础理论，运用中医辨证的方法分析各种痧象、阳性反应的性质和程度，根据痧象和刮拭过程中的阳性反应的诊断规律，可以判断对应脏腑器官的健康状况，确定亚健康或病变的部位、程度，帮助我们发现它的预警信号，还可以帮助我们通过预测健康发展的趋势来达到自我防病、治病及养颜美容的目的。

《扁鹊见蔡桓公》中名医扁鹊就直言蔡桓公"有疾在腠理，不治将恐深"。蔡桓公却一意孤行，讳疾忌医，最后"病在骨髓，体痛至死"。这是一个深刻的教训。

现代人，有的人可以没日没夜地望着手机和电脑屏幕；有的人沉迷于酒桌上的觥筹交错；有的人喜欢熬夜似乎黑夜可以给予其无限的遐想与浪漫；有的人被烟圈缭绕，烟草味弥漫全身；有的人以将军肚为美，以减不下为借口，每天拖着一身颤动的肥肉……于是，高血糖、高血压、高血脂、内分泌失调、免疫力低下，乃至身体的很多问题接踵而来。

古语云："通则不痛。"如果身体处于这种亚健康状态，就可以通过刮痧得以缓解。经常熬夜的人，身体的免疫力就会偏弱，眼睛下方容易出现黑眼圈及眼袋，如果用玉板、水牛板、牦牛板或者砭石板在每天睡前刮痧三五分钟就可以使其缓解。可以日常时不时用刮痧板按照头部、头顶部、后头部，仔细刮拭全头，检查有无疼痛和结节等阳性反应，有阳性反应的区域正是经脉气血瘀滞的部位，也是造成大脑疲劳和缺氧的原因。如果能用刮痧自查，对脑力劳动过度的人的健康状况也是有利的，能及时发现并解决问题。

当今，很多的女性缺少健康意识，对于乳腺疾病不够重视，对于腋下淋巴疼痛熟视无睹，腋下淋巴疼痛就是身体发出的疾病信号，重者应及时就医，轻者则可以每天花几分钟时间用刮痧板刮拭，气滞血瘀状态就可以得到缓解，这样就可以远离乳腺增生甚至乳腺癌。

额中带反映头面部及口、鼻、舌、咽喉的健康状况。如果刮拭后感觉刮痧板下光顺、平坦为正常；若感觉疼痛，有结节等阳性反应，则提示其对应的脏腑有亚健康或病变。如果刮拭背部的心俞穴，心俞穴出现紫黑色痧斑、结节较大，疼痛非常明显，应警惕心脏的病变。如果肺俞穴出现紫红色密集的痧斑，并有疼痛的感觉或发现结节，就说明肺经有较长时间的气滞血瘀。手部小鱼际是与肾脏对应的全息穴位。观察手部形态，如小鱼际不饱满、弹性减弱、颜色晦暗以及小指短小、靠近手掌的指关节弯曲均是不同程度的肾虚表现。刮拭手部小鱼际和小指，重点刮拭指根部两侧，有疼痛感觉时，则提示肾虚。年轻人怕肾虚，中老年人更怕肾虚。谁也不愿意就这么匆匆老去，那种来不及挥手告别的老让人想而生畏。从古至今人们都不禁感慨“人生苦短，譬如朝露”，英雄豪杰有家国情怀尚且怕老，何况我们凡人。“万里长城今犹在，不见当年秦始皇”，好好活着是每一个活着的人内心最原始的心声。

一百岁的命，也要自己去保养。好好活着才是硬道理。很多人很想健康生活，但是却没有好的理念和方法。一块刮痧板带来许多美好的回忆，那些往事尽管陈年，却在渐行渐远中历久弥新。那里不光有亲情的美好与温暖，也沉淀了老百姓的生存之道，更蕴藏着中医的博大精深。老祖宗留给我们后人那么多中医的养生智慧，就是在默默地告诫我们要好好地活着。

一块刮痧板，能刮去身体的瘀滞，还身心以洁净。人生就是一个推陈出新、变革自我的过程，刮与不刮，显而易见。

追忆似水年华

离开老屋已经整六年了，但记忆一直没有走远。

小桥流水让老屋有诗一样的江南水乡的韵味，多少次梦回老屋。几块青石板，一条清流宛转于白墙黛瓦间，在小院前徜徉而去。圆形的院门，多了几分古朴与雅致。院门一关，小院风雅别致。一大丛翠竹挨着小河围墙茁壮地向上生长，今日发几枝，明日发几枝，细竹赶集一样冲上蓝天美其所美，枝枝节节欲与天宫似比高，那碧绿的枝叶在春雨里朗笑，在夏天里勃发，在秋天里歌唱，在冬天里养精蓄锐。

春夏之交，含笑伴着和煦的风绽放花蕾，它的花苞小巧玲珑，躲在密集的叶丛里，花瓣为白色或淡黄色，有时会夹杂一些紫色的条纹。它最喜在阳光下和夜间芳香四溢，让我忍不住端一个小凳子坐在它的花下沐浴芬芳，尽情吮吸着带着甜蜜味的迷人香气。

春天，院子里的白玉兰树开花了。白玉兰花繁而大，妩媚典雅，清香远溢。微风里，白玉兰树斜斜地伸展着枝干，无叶无绿，优雅宁静地绽放。那白得有些温润的花瓣，隐隐地带着些香气，虽不浓郁却也清新自然。春日里的清晨，我和婆婆都会去三楼摘取伸展在阳台上的白玉兰花。花密密匝匝地藏在大树叶里，有的在树枝高处，有的在树枝低处。婆婆摘了几朵伸展在阳台上的花后，就站在我身旁看我忙碌，眼睛一会儿看我一会儿看树枝，每看到一朵藏在树叶间的玉兰花都会指给我："那里一朵。这里一朵。还有一朵。"每次一摘就是一大捧，之后放在大厅房间里，满屋子都是甜蜜的花香。有时也会把三五朵白玉兰花用线穿起来，戴在脖子上，又美又香。逢到花多心情好，我还会摘很多白玉兰花带到学校，放在教室的讲台上，整个教室都香气扑鼻。

夏天，白玉兰树下是乘凉的好地方。下班后我就会在树下的石板凳上看书、写字；儿子就在树下的空地上骑小自行车；连小狗也喜欢在树下躺着乘凉，时而闭上眼睛小憩，时而微睁着眼睛看着我和儿子，时而慢慢走到我身边用头蹭蹭我的腿。夏风一吹，白玉兰花雪片一般飘落下来，铺满地面，犹如花海。每到秋冬，白玉兰树依旧常青，秋风一起，大大的叶子"簌簌"地响起。

到过我家老屋的朋友都说，这棵白玉兰树长得特别快也特别好，枝繁叶茂，主干粗壮挺拔。

白玉兰树陪伴着我们度过了一天又一天、一年又一年，年年岁岁花相似，岁岁年年人不同。白玉兰树就像一个证人，见证了我的快乐与悲伤，见证了我所有的青春年华，也见证了这个家所经历的一切繁华与落寞。

只可惜，有一年下大雪，白玉兰树没能抵挡住雨雪的重荷，枝干被压断，形象大变，再加上长辈们说树根会影响房子的地基，几经商量，就把高大的白玉兰树砍了。

站在没有白玉兰树的大院里，看着白玉兰树被砍后的树桩，一种失落感涌上心头。之后，我们时常会想起白玉兰树那馥郁的芳香。而今，每当秋风响起，我似乎都能听到白玉兰树"簌簌"的呼唤声，一切虽已成过往，但记忆从未走远。

偌大的院子，仅有花香是不够的，种几棵丝瓜藤也别有风味。春天一到，婆婆在院墙边的土里种下几株丝瓜苗，春风春雨一滋润，不出几日丝瓜就冒出尖来，嫩嫩的，黄绿色，柔弱又清新，稚嫩又倔强。初夏，弯弯曲曲的小丝瓜蔓儿就爬上了红色油子绳。过了几天，蔓儿上长满了绿色的叶子，像小朋友的小手掌，忍不住摸一下，叶上有毛茸茸的小刺，不扎手。到了七八月，蔓儿上开满了小花，亮黄亮黄的，像大些的小喇叭，又像星星，在阳光下眨着眼。丝瓜是菜里花，黄得迷人，迎来了一群小蜜蜂、小蝴蝶、小瓢虫。叶，绿得清新，碧玉一般，让人怜爱。最忙碌的是婆婆，从种下丝瓜苗的那刻起，她就像养育孩子一样呵护它们，施肥、浇水、除草，早晚或者空闲都会守在丝瓜藤前端详，一个个小丝瓜就在她的眼睛里慢慢长大。丝瓜无声无息地生长，虽然你看不见它的动静，听不见它的声音，它却在顽强地延续着自己的生命。丝瓜的每一片绿叶、每一个花朵、结出的每一个丝瓜，都按照自己的章法有序地生长。收获的季节，带着花的丝瓜，有的又直又粗，有的惊叹号般地垂着。成熟的丝瓜是淡绿色的，鲜美清香，刮下去皮后可以红烧、清炒，还可以做汤，吃到嘴里感到细腻而柔软。

婆婆的厨艺很好，每每变着花样做丝瓜菜。丝瓜炒肉是她的拿手好菜：将一个丝瓜切成菱形薄片，一两猪肉切成长条薄片后放料酒、生抽、盐，然后用芡粉拌匀，新鲜的红青辣椒切成细叶子一样的薄片，一根新鲜蒜苗切成长条，洗净锅，倒油，待油八成热将肉片下锅翻炒至八成熟，倒入红青辣椒翻炒一下再倒入丝瓜，放盐，翻炒，最后装盘。这个菜最重要的一点就是不能放水。如此这般，一盘色香味俱全的丝瓜炒肉就出炉了。这是婆婆的味道，也是家的味道。

婆婆种的丝瓜吃起来又香又甜，营养也丰富，我们都爱吃。丝瓜不仅能吃，老的丝瓜，把外面一层皮剥开，用里面的茎络洗碗是最环保的洗碗工具。那年丝瓜大丰收，吃不完的丝瓜婆婆还常常送给邻居。

屋后的左侧有一个大菜园。一年四季，婆婆都会根据时令种上各种蔬菜。紫色光滑的大茄子，红得可爱的西红柿，青色表皮凹凸的苦瓜。苦瓜是最没有耐心的瓜，隔两天没有及时摘，就立刻变身成艳丽的红黄色，更有甚者干脆袒胸露乳，呈现出艳红色的苦瓜子。苗条豆角穿着绿衣在微风中摇曳生姿，还有黄瓜、丝瓜、青椒、南瓜等，真是满园蔬菜关不住，夏风习习待收获。生命力最顽强的当数菜园一角的千面红，不管你是否在乎，也不用主人施肥打理，一丛一簇地尽情地长，等到菜荒，千面红依旧恣意地生发，最后主人不得不宠爱它。偶尔菜园还会有几条四脚蛇和屋角蛇光顾，不过这都是家蛇，没有毒性，它们在菜园徜徉一番自然就溜走了。菜园里长得最茂盛的当数空心菜，有空心菜的日子是幸福的，里面藏有婆婆的付出与爱心。

老屋曾经养过很多条狗，但最让我记忆犹新的是小灰和阿宝。小灰是家里最早养的一条狗。为了确保全家人的安全，家人特意到大汾的朋友那里买了一条纯正的山里土狗回来。刚买回时狗的个头不高，却长得很清秀，淡土黄色的毛显得格外漂亮，尾巴往左边翘起来，为了便于调教，我们便给它取名小灰。

一开始小灰特别不习惯被囚禁在县城院子里的生活，因为没有自由，一天到晚叫个不停，我们开始时烦死它了。没有办法，为了它以后可以看家护院，我们也就忍受着习惯了它的叫声。随着小灰慢慢长大，它逐渐适应了在这个家的生活，也可以院内院外自由行动，就变得格外听话和讨人喜欢了。每次吃饭，一有骨头，我们就大喊一声："小灰，快过来!"小灰立马跑到我们餐桌前，摇着左翘的小尾巴，眼睛一眨不眨地望着我们手上的骨头。我们手一丢骨头，它立马咬住骨头，跑到院子墙角边慢慢吃起来。

小灰特别喜欢跟着我们出去，我们散步，它就陪着我们散步；我们逛街，它就陪着我们逛街。有一次逛街，我们进一个大店买衣服，它也不声不响地跟进来了，店员差点儿被吓哭了，于是我们大喊一声"小灰，快出去"，它就知趣地悄悄出去了。买完衣服，我们以为小灰走了，哪知一出店门，小灰立刻追上我们，还"汪汪汪"地围着我们直打转。

我刚怀孕那段时间，小灰经常送我去上晚自习。每当夜幕降临，我骑着自行车在前面走，小灰就在后面追，一到学校，我进教室，它跑到讲台前的空地上打一个转，就跑出教室回家去了。小灰陪伴我度过了很多个晚自习。有段时间县里夜晚毒狗的人多，我不敢让小灰送我了，但是每次我骑着自行车一出门，它一下子就跟上我，我放下自行车，怎么赶它怎么叫它都要跟着，实在拿它没办法。有一次上晚自习，我趁小灰不在偷偷地把自行车推出去了。当我侧身关门时，被它发觉了，一个箭步冲过来。我赶紧关门，不幸发生了，由于我关门时用力过猛，一不小心卡住了它的腿。也许是太痛了，它"汪汪汪"地尖叫着瘸着跑回院子里的窝。我伤心地去上晚自习了。后来几天，小灰由于腿痛一直待在窝里，经常神情落寞地看着我。从那以后，小灰再也没有送过我去学校了。我当时很内疚，至今想起都很伤心，禁不住潸然泪下。因为之后没过多久，可爱活泼的小灰就被人用药毒死了。我清楚地记得小灰那天的情形，疼痛了一天一夜，不停地号叫，不停地呻吟，眼睛死死地盯着我们。我知道它不愿意离开我们，在我们的陪伴下它痛苦地断了气。

小灰死后，家里有一段时间没有养狗。谁都不忍心再去看这种场面，虽是一条狗，也是一条富有灵性的生命。

但是因为家里房子大院子大，为安全起见，还是打算再买一条狗来养。正当全家商量买什么狗时，一天早上，一条有点儿小脏但又很漂亮的灰白毛相间的中等个头的丝毛狗跑到我家里来了。第一天来我家，全家人觉得好奇好玩，总感觉虽是别人家的狗，既然来到我家就给它点儿东西吃，逗它玩玩，也是蛮开心的。哪知它一住下就不走了，怎么赶也不走，问了左右邻舍也没有人来找回，于是慢慢地它就变成我家的狗了。因为小狗太漂亮，又特别好玩，于是就给它取名阿宝。

阿宝最大的特点就是喜欢出去玩，早上和傍晚时分它都要到房前屋后的路上、田埂上、菜园里转一圈，还要在那里和它的伙伴们嬉戏玩耍一番才回家。阿宝最大的本事就是用嘴巴捡东西。一开始我们逗它玩，故意在离它不远的地方丢一只鞋子，它就会立刻冲过去捡，我们大喊“过来过来”，它就把鞋子给我们叼回来。看到它居然有这个本事，我们就经常恶作剧，一会儿丢一个飞碟叫它捡，一会儿丢一个小球叫它捡，一会儿丢一只拖鞋叫它捡，它是有求必应从不怠慢。看着远远去捡球的阿宝，阳光下它的毛色白白的黄黄的特别漂亮，更增添了我们全家对它的喜欢。阿宝漂亮的毛发也给它带来了幸福。不久，漂亮的阿宝生下了五条特别可爱的小狗，看着狗窝里五只有白有黄有灰的小狗，全家人甚是喜欢。

只可惜，五只小狗生下不久，阿宝就出事了。一个初冬的早上，我在睡梦中听到邻居叫我的名字，告诉我，我家阿宝被开着车打狗的人在路上打了一剂毒针后就提上车走了。我立马跳下床，随便披了一件毛衣骑上电车就冲出去了。问清了车子离去的方向后我一直追，我的信念就是今天我一定要把我家阿宝找回来，活要见狗，死要见尸。我一路追一路问，只要有收狗的我都要去问，到了一家一看没有，我又直冲向云冈那里一家收狗的，可惜这家人不在家。骑着电车走在路上，我顾不上穿着单薄的衣服，顾不上蓬头垢面，顾不上老师要文雅，顾不上冷飕飕的寒风，顾不上收狗人的凶狠，我就是要找回我家阿宝，可是找了几个地方也没有找到它。回家的路上，我含着泪水想着我家阿宝会到哪里，之前有一次失去狗的经历，这一次我真的不愿意再失去我家阿宝了。最终阿宝还是没有找回来，我家的阿宝就这样永远地离开了我们。虽是一条狗，但人是有感情的，狗也是有灵性的，毕竟我家阿宝陪我们度过了很多个日日夜夜。每当我一个人在家的时候，每当我胆小的时候，每当我害怕贼会进来偷东西时，只要我家阿宝“汪汪汪”几声，我就突然有了安全感，觉得阿宝就像我的亲人一样为我家的安全保驾护航，只可惜阿宝永远地走了，幸亏还留下五条可爱的小狗崽，这给了我们极大的安慰。这就是我家的两条小狗的命运。人和狗都有这样让人心痛的分离场面，物犹如此，人何以堪。

而今，婆婆过世也快十年了，不经意间，我总会回想起她慈祥的面庞，似乎一切都没有走远，冥冥中感觉她常在暗中看着我、保护我，她会像从前一样每年记得我的生日，会在每月的初一、十五上香为我祈祷……

人生就像一趟时间列车，要经历无数次上车与下车，时常有事故发生，有时是意外惊喜，有时却是刻骨铭心的悲伤……正如龙应台在《目送》中所言：我慢慢地、慢慢地了解到，亲人之间，朋友之间，爱人之间，只不过意味着，你和他的缘分就是今生今世不断地在目送他的背影渐行渐远。你站立在小路的这一端，看着他逐渐消失在小路转弯的地方，而且，他用背影默默告诉你：不必追！

唯有珍惜当下的每一次遇见，每一次拥有，每一次欢笑，每一次付出才无悔今生。

勿忘我

入春的那天清晨，我漫步公园，春色满园。碧桃绽放枝头，黄色、紫色的三色堇艳得亮眼。沿着曲曲折折的园中小径，我来到了公园边的一个花店。

花店很大，花的种类繁多：康乃馨、玫瑰、兰花、勿忘我、百合、满天星、发财树、情人草、八角金盘、绿萝、文竹、观音竹、富贵竹、孔雀竹芋……老板是一个年轻的女人，她一边蹲着整理花卉，一边时不时哄哄身旁躺在摇椅里的孩子，惹得孩子在花间咯咯直笑。我在小店里转了一圈，毫不犹豫地买下一捧紫色勿忘我送给自己，借以寄托我对新年的美好期许。我把鲜花如心爱的孩子一般捧在手里，很惬意。

爱上紫色勿忘我，是在七年前。也是一个清晨，一个在异乡的有阳光的清晨。那天，我一个人在通往公园的小径上散步，夏风习习，吹乱了我的发髻，阳光透过树梢斜照在我的脸上，时不时几片红色的叶子从我的头顶飘落，几分温馨伴着几分孤独与落寞，异乡总归是异乡……

不远处，我看见路旁花店外的空地上摆放着各色鲜花，撒着银粉的蓝色妖姬；一长串一长串铺在地上的紫红色蝴蝶兰；红色、黄色、黑色的玫瑰花；大朵大朵开着的迷人的郁金香；一大捧一大捧的粉色、黄色、紫色的勿忘我，特别是紫色的勿忘我，携着若有若无的清香盛开着……花美得让我陶醉。花丛中，一个女人坐在小板凳上不紧不慢地修剪整理着花卉，看得出这是一个爱花懂花的女人，她优雅中带着几分高贵，白皙的脸上一双大眼睛清澈干净，这是一张不被世俗污染的脸。唯独不入眼的是她的手，许是长期修剪花枝，手变得干裂且粗糙。带着几分好奇，我停下脚步目不转睛地盯着她修整花卉。女人看我喜欢花，便跟我攀谈起来。她耐心地给我介绍她身旁每一种花的习性和花语，我一字不漏地聆听着。她拿起一捧勿忘我，格外认真地对我说："这花叫勿忘我，我非常喜欢。它的寓意是千万不要忘记我，花语是永久的记忆、永恒的爱以及永远不会改变的心。紫色的勿忘我是我的最爱，它寓意着感情十分深厚，象征着永恒的回忆……"勿忘我那感人的花语和那典雅的紫色花及那似天幕繁星的黄色芽眼撩拨着我的心弦，让我爱不释手。离开时，我买了一大捧，把它插在玻璃大花瓶里，整个办公室都富有诗情画意。每当工作累了或想家了，我就会悄悄地看看勿忘我，烦恼和忧愁便会忘却许多。

之后的日子，我隔三岔五都会去那个花店买花，除康乃馨、玫瑰和蓝色妖姬外，买得最多的当数紫色勿忘我。我有时把它当湿花养，有时把它当干花养，更换新花时，我就把旧的勿忘我剪短花枝，一小束一小束捆起来，依次挂在枕边的白墙上，每天早上一醒来，映入眼帘的满眼的紫便伴随我一天的好心情。

后来，我和这个花店的女老板成了异乡的好朋友。每次见面交流不多，彼此却很投缘。我们的话题由花谈到家。原来，她也不是本地人，她的家在遥远的东北。她喜欢跟我说她家乡的雪，说她家乡的小鸡炖蘑菇，说她家乡的白山黑水，说她的初恋……十八岁那年，她背起行囊只身来到北京打工，日子虽艰辛，但因为有梦而快乐。后来，她邂逅了一个男人，那个男人不仅给了她最美好的爱情，还给了她一个最温馨的家。婚后，她和丈夫在北京开了一家花店，日子过得很美满。可好景不长，一次车祸导致她的丈夫残疾，几乎丧失了生活能力，悲痛欲绝的她只好放弃北京的花店，带着丈夫和孩子回到了她丈夫的家乡，一个有山有水的江南小镇。她丈夫劝她离婚，她坚决不同意，她发誓要用余生守护自己的丈夫和孩子。她坚信，只要努力，生活就会越来越好。之后，她依旧开了一家花店，不同的是只有她一个人经营。琳琅满目的鲜花中，卖得最多的就是各色勿忘我，她的丈夫和孩子就如同一朵朵小小的勿忘我住进了她的心房。她说，每天最开心的时候就是迎着朝霞，抑或微风细雨中在花间曼舞。每天忙碌的花仙子般的生活，不知是她守护了花，还是花给予她深深的慰藉。

每一朵花都是一个精灵，在世界的各个角落飞舞。温暖的记忆如花香，带给人勇气、力量和活着的信念，不管春夏秋冬都时时散发。

那年去上海游玩，熙熙攘攘的繁华大街上，一个老奶奶在人流中格外扎眼。她头发花白，佝偻着身体，白净的脸上的一道道皱纹像是在诉说岁月的流转与无情，却始终微笑着。她的微笑就像一首歌，歌声嘹亮，余音袅袅。她左手提着一个小竹篮，里面装满了一串串的白玉兰花，右手还拿着几串白玉兰花，一边走一边轻松地叫卖。那些花似曾相识，素雅如我家院子里的白玉兰，一朵一朵无不牵动我的心。当白玉兰的花香飘进我的心扉时，我情不自禁地买了一串。当老奶奶用有点儿颤抖的手给我带上花环时，我很感动，这是爱花人的美好情结，更是卖花人爱心的给予。老奶奶顿时像一个花神，把上海滩的一个个时髦美少女都比下去了。许多年后，老奶奶那得体优雅的身姿一直刻在我的脑海里，她把清香留给路人的同时也愉悦了自己，似乎上海滩的风里都夹杂着缕缕玉兰花的清香，连同老奶奶恬淡的微笑飘散在街头巷尾。这是老奶奶的乐生，在愉悦中活着，即便老了，也活得从容洒脱。

买一捧鲜花，每天静待每一朵花开放，聆听每一朵花的心语，原本就是一件简单而幸福的事情。人生就是一个过程，理应珍惜生命，感恩有鲜花陪伴的每一个动容的瞬间。

后来，我也慢慢变成了爱花人士。高兴时就买一捧鲜花奖励自己，沮丧时就买一捧鲜花鼓励自己。事事如棋，能向前就勇往直前；不能向前，大不了退后几步，从头再来。

很多年前开始，每年的母亲节我都会早早地买一支、三支、六支或者九支粉色、红色或者紫色的康乃馨送给我的婆婆和我的母亲。我最喜欢看到她们收到鲜花时欣喜的样子。婆婆收到花时比母亲更内敛些，从她的微笑中看得出她无比高兴，现在还记得婆婆夜深人静时给她的儿女们打电话炫耀她母亲节收到鲜花的样子。我的母亲每次收到我的鲜花时都特别有趣，当鲜花立在她面前，她的手不听使唤地急急来接花，嘴里却心疼地责怪我说："你看看你，送什么鲜花，又浪费钱。"然后就迫不及待地拿着鲜花开怀地在大厅或厨房里找瓶子装水，小心翼翼地把花养起来，而且每天早上一起床，都要看看花有什么变化，等到花一枯萎，就会第一时间打电话告诉我："可惜了，花枯萎了。"每当那时我都会说："枯萎了没事，下次我再买给你。"之后母亲每逢好友就会说："我家老二呀，母亲节又给我送鲜花了。"母亲说话的表情如同孩子一般，可爱又俏皮。我的婆婆和我的母亲都是旧时代出生的女人，她们从小到老都没有享受过收到鲜花的快乐，简单朴素的婚姻生活让她们把心底的浪漫情怀都收藏了起来。在她们的有生之年，我想要满足她们，让她们体会这种收到鲜花的欣喜。只可惜，而今，我的婆婆已经过世好几年了，愿她在天堂能记住收到鲜花时的美好。

如果说人生是一段路，岁月就是那匆匆而过的赶路人，来得快，去得也快。虽然知道时光不会停留，但是我还是希望每一个人都拥有自己心爱的花朵。

南来北往，有多少人忙忙碌碌；冬去春来，何不停下来坐坐。捡拾岁月的馨香，花香四溢。

片片艾叶情

家乡人喜欢春日采摘艾叶做艾米果。

春光明媚的日子，我约上几个朋友挽着小竹篮，来到小河边。清澈的河水滋养着两岸的艾草，满眼嫩绿。艾草舒展着袅娜的身姿，在风中摇曳。

艾草浓烈的气味扑鼻而来，沁透心脾。我忍不住摘了一株艾草闻了闻，气味清香；轻轻咬一口，味微苦辛。我仔细端详着，艾叶在阳光下很美，叶面灰绿色，叶下密生灰白色绒毛，叶质柔软。大自然的美就在这艾草的绿意馨香中展现。

不一会儿，我们每个人都采摘了满满一竹篮子艾叶。艾叶一到大人们的手里，大人们就像魔术师一样，施着魔法做出了美味的艾米果。

艾米果是赣南客家人的特色美食。奶奶是赣南客家人，做艾米果是她的拿手好戏。她一般做两种艾米果，第一种是加了糖的素艾米果，把艾米果做成小圆形或者小长条形，寓意团团圆圆、长长久久。这种艾米果表皮光滑，色泽翠绿，清香扑鼻，甘中带苦，质柔有韧性，食而不腻。第二种是包馅料的传统艾米果。将采摘回来的艾叶上的泥土和污渍反复冲洗干净后放进大锅加水煮，为了使艾叶更容易煮烂，颜色更翠绿，可以适量加一点碱。烧着松针的灶膛红了，大锅里的水在沸腾，屋顶上炊烟袅袅，浓郁的艾青香飘四溢。煮到一定时候，奶奶就会用筷子在沸水中夹起一根，然后用手轻轻一捏，能捏烂就捞起来切碎用筛子沥干水备用。

奶奶对艾米果里包的馅料很是讲究，她在刀工、蒸煮、火候上都做得恰如其分。奶奶做艾米果讲究精细工艺。头一天用水浸泡早稻米一晚，第二天把浸泡过的早稻米用石磨碾成米浆，再将磨好的米浆与沥干水的艾叶拌在一起，不停地和浆搅拌，在人力不停的作用下，米浆的白和艾叶的绿慢慢地融合，变成了一个大米团，这样的米团有嚼劲、有韧性。

包艾米果最是热闹，奶奶把米团捏成一个个均匀的小面团后，叫我们一起包艾米果，大家你追我赶地把小面团用手捏扁后放入事先炒好的馅料，做成饺子状或者菱形放进饭甑里蒸熟就可以开吃了。最后还有一些剩下没有放馅料的小米团，奶奶会把它们做成甜或咸的饼状，一起放进饭甑里去蒸熟。

艾米果蒸熟了，甑盖一打开，那股香味简直无法用语言来形容。这时候，母亲会把一些艾米果装进小碗里，叫我们姐妹一人端着一碗送给隔壁几个邻居。母亲一向好客，一有好吃的就会送给邻居分享。受母亲的影响，邻居家做了艾米果或者其他好吃的也都会端一碗给我家。给邻居送完艾米果，我们撒腿就跑回家，抢着要艾米果吃。闻着喷香的艾米果，我顾不得滚烫，狼吞虎咽就吃下好几个。我一边吃一边说："好吃，好吃。"大人们看着我们那副吃相，就会故意埋怨说："看看你们那吃相，跟山野人一样，那么嘴馋！慢点儿吃，有那么多，没人跟你们抢的。"然后大人们也开始吃，父亲一边斯文地吃着一边对奶奶说："嗯，确实蛮好吃。那个米浆磨得好，艾米果有韧性，有嚼劲。"妈妈接着也称赞奶奶："妈，您那个腊肉盐味放得好，不咸又香。”这时奶奶又会对父亲说：“儿子，你这个片柴买得好，非常干，好烧火大。”这时候，我们看到奶奶、父亲、母亲都笑了，我们也跟着傻笑。每次吃艾米果都是一家人最幸福的日子。孩子们吃得喜悦，大人们就有付出劳动得到认可的欢愉。

花季开始时奶奶会做艾米果，清明时节也会做。因为艾米果大多在清明时节制作，所以家乡这边也将其称为“清明果”。家乡有俚语：“清明不吃米果，养个崽没耳朵。”虽然我从来没有看过谁家孩子没有耳朵，但是足以见得家乡人对艾米果的钟爱。

艾米果是美食，更是浓浓的邻里乡情。

心中的葱油饼

小时候家里穷，看着别家的孩子吃苹果、吃糖就会特别羡慕，那红红的苹果的甜蜜味窜进我的小鼻子时，恨不得冲上去咬一口。空想解不了馋，就忍着回家哭闹着想吃。母亲不但不生气，反倒安慰说："不哭，我给你们做葱油饼吃，那香味绝对胜过苹果和糖。"

母亲一安慰心就平静了，一边做作业一边心里想着葱油饼，想着想着就放下笔跑去厨房等着葱油饼了。母亲也不恼怒，安慰道："不要急，马上就好了。"只见母亲先去厨房前栽着葱的大瓦盆里摘了一小捧葱，小小的葱味很浓，用清水洗干净后，切碎装盘备用。然后从厨房柜子里拿出一大包面粉，取一部分放到一个大碗里，加入切好的葱末，放水用手搅拌均匀后把面团放在抹了一层干面粉的砧板上慢慢揉。母亲灵巧熟练的双手就像在面团上跳舞，又像是对面团施了魔法，我盯着看呆了，于是叫母亲捏一点儿面给我揉。母亲说，先洗手才可以。真有趣，沾满了小葱花的小面团软软的，在我手上也很听话。我一直揉着小面团，母亲说这个小面团要被我揉熟了。母亲说揉面有绝招儿，揉好的面稍微稀一点儿，煎出来的饼会柔软爽口。

准备就绪，母亲就开始煎饼了。锅烧红后放油，油量稍微多一点，待油九分热，母亲便用小汤匙一勺一勺把稀稀的面羹放入锅中，冒着泡泡的热油包裹着一个个小面块在锅里打着转转，就像一个个舞者在舞池里舞动，那炫目的闪着金光的舞池让她们激情四射。我站在灶台边盯着锅里一个个翻滚的葱油饼，葱香溢满了整个厨房，钻进我的嘴巴里、鼻子里，还在我的衣服里安了家。我垂涎三尺，恨不得马上就能吃到。第一锅葱油饼一起锅，看着金黄的香气扑鼻的葱油饼，我就迫不及待地用手去抓一个。母亲眼睛尖，用手轻轻打我一下制止道："现在有火气，不能吃。"我嘟着嘴走开了。母亲取来大脸盘，里面放了半脸盘凉水，然后把盛了葱油饼的大碗放进脸盘。我无奈地等待着浸凉的葱油饼。热油还在锅里沸腾，第二锅葱油饼又开煎了，我闲着没事，趁母亲不注意偷偷地将我刚才一直捏着的小面团轻轻地丢进油锅。等母亲的第二锅葱油饼起锅，我就迫不及待地找回我的小面团，嘴里还囔囔道："哈哈，我做的葱油饼，我要吃。"

等母亲煎完所有的葱油饼，浸在凉水里的第一锅葱油饼也差不多可以吃了。我怯怯地对母亲说："我可以吃一个吗?"母亲瞪我一眼："小好吃婆，吃一个吧。端到大厅桌上，大家都可以先吃一个。"我兴奋地一手端着葱油饼，一手抓起一个就往嘴里塞，顿时茶油、葱花、面的香味刺激着我的味蕾，外焦里嫩让人回味无穷。我端着葱油饼放到大厅桌子上时，一块葱油饼已经吃完，随即又拿起第二块往嘴里塞。狼吞虎咽的感觉真好，那时对我来说没有什么东西比得上母亲煎的葱油饼，什么苹果、奶糖呀早就忘得一干二净了。

我的母亲在缺衣少食的年月总能变出好东西给我们吃，让我们获得很大的心理满足。母亲做的葱油饼让我最长脸的是小学二年级那年的清明节扫墓活动。

孩子们都非常喜欢过各种节，第一不用上课，第二有美食吃。

清明节的前一天，老师告诉我们，第二天要去郊区盆珠乡下扫墓，由于盆珠离县城比较远要走路去，所以来回需要一天的时间，叮嘱我们回家要叫父母准备好中午的食物。老师这个消息一宣布，同学们立刻乐开了花，一回家就叫嚷着要父母准备食物。家境好的同学当晚就缠着父母去商店里购物，什么兰花根、豆腐饼、橄榄干、杨梅干、大桃酥小桃酥、大白兔奶糖、红苹果、紫葡萄、大麻花等。我家家境不太好，母亲自然舍不得买这些，左思右想征求我的意见后，决定当晚给我煎葱油饼。我立刻答应了，唯一的要求就是希望母亲能多煎一点儿，一来足够满足我的食欲，二来可以跟同学们分享。这个要求不高，母亲欣然接受了。记得那晚母亲临时去商店买了很多面粉，家里瓦盆里的葱不够，她也特意去商店买了一点儿，因为买东西耽误了时间，又要多煎一点儿，母亲忙活到很晚才休息。

第二天一大早，母亲笑话我说她睡觉前还听到我在梦里说“葱油饼，好吃”。当母亲把一大包葱油饼放进我的小书包时，我十分感动，那一瞬间我觉得她是世界上最好的妈妈。去盆珠的路上，尽管下着小雨，但是同学们个个都异常兴奋。戴着斗笠的，撑着小布伞的，甚至淋着雨的，脸上都洋溢着灿烂的笑容，勾肩搭背地一路说笑。由于路途比较远，走到一半路程时，带队老师叫同学们停下来休息，可以适当吃一点儿自己带的食物。老师的话音一落，同学们立刻炸开了锅，二年级的小学生就是这样，其实就是一群小朋友。每个人都从小书包里拿出自己准备的自认为最好吃的美食开吃了。不一会儿，同学们你看看我，我看看你，于是就进入了食物互换的环节。那天我很开心也特别有成就感，因为同学们都说我母亲煎的葱油饼太好吃了，有的说一回家就叫他们的母亲给做葱油饼，有的同学说我母亲煎的葱油饼比商店卖的还好吃。因为我带的葱油饼好吃且分量足，所以那天我换到了很多平时特别想要母亲却不舍得买给我的零食。我知道了红苹果和葡萄是甜甜酸酸的，大桃酥小桃酥是香脆的，奶糖的牛奶味原来是这样的奶味，兰花根很甜很香……这些食物不但满足了我的食欲，也抚慰了我的心灵。那天我觉得母亲太厉害了，这份快乐一直恍如昨日。

而今，带着母亲给予我的那份美好，我又给我的孩子做葱油饼。当儿子拿着我做的葱油饼放在嘴边细细咀嚼后不停地赞美时，我的心中有一份感恩和感动。生命的长河里，人类生生不息，唯一不变的是儿时的味道和母亲心中那份牵挂儿女的心。

生活还在继续，爱还在传递，葱油饼的浓郁香味在空气里弥漫……

家乡的味道——凉粉

我的家乡夏季有一种纯天然的特色小吃——凉粉。

家乡的凉粉分为白凉粉和黑凉粉两种。白凉粉清爽可口、风味怡人，诚为夏季消暑佳品。白凉粉取材山里的一种喜阴的攀附在大树上的藤蔓植物。每年八九月，山间的薜荔藤上结满了一个个油桃大小的果实。成熟的薜荔果的外皮是绿色的，果肉颜色红中带紫，尾部有一根勺子状长穗。把薜荔果采摘回家后，切开取出薜荔籽，然后选取上好的井水，按照一大桶水配两三两薜荔籽的比例浸泡。之后把薜荔籽用纱布包好，放在井水里反复用力揉搓、挤压，于是有乳白色的胶汁从纱布包里渗出，就这样直到果籽里饱含的胶质被全部挤出来。三四个小时后，待其成形后放入冰箱备用。要吃时，取出一块，用刀切成小块，盛入碗中，加入红糖和薄荷油，一碗晶莹剔透、凉爽滑嫩的解暑白凉粉就做成了。

黑凉粉取材也是山里的一种纯天然植物。黑凉粉制作相对简单，到山里取回做黑凉粉的植物，洗净草后再用上好的井水按比例放入大锅里煮，一般煮二十五分钟，但是煮的时间长点儿更好。煮的过程中适量加一点儿淀粉，让黑凉粉更浓稠，边煮边搅拌。煮好后，用纱布过滤，待黑凉粉水慢慢冷却并成形后再放冰箱。要吃时，取一块出来，切成丁状，再放姜末、白糖、醋等调味，一碗酸酸甜甜的黑凉粉膏就做成了。

怎么样，看着晶莹剔透、充满薄荷味的白凉粉和酸甜可口的黑凉粉，你有没有想品尝一下的愿望呢？这就是我家乡的特色解暑佳品——凉粉。

记得小时候，每当有卖凉粉的从家门叫卖着走过的时候，我总会情不自禁地跑过去，眼神直直地盯着凉粉吞口水，因为手头没有钱只好失望地望着卖凉粉的人越走越远。如果逢到大人在家，就会死缠着父母一定要买一碗。爸妈实在拗不过，就会花两分钱买一碗凉粉给我。我小心翼翼地端着凉粉，看着上面还未融开的红糖，闻着那清香的薄荷味，吃着冰冰凉凉、入口即化的凉粉。这在当时就是难得的美味，顿时一种幸福感涌上心头。至今，那薄荷的香味还在我的舌尖上回味。

这就是家乡的味道，尽管岁月变迁，那种老遂川醇厚的味道还在，慢慢地，凉粉的味道变成了家乡的一种符号。

亲爱的朋友，不管你人在哪里，心系何方，都请你不要忘了家乡的味道。

风吹大地，薄荷的香味飘向远方。远方的朋友请来品尝一下我家乡的凉粉吧，来感受一下遂川人的纯朴、热情与好客。

苦槠树的记忆

童年的暑假，大多在碧洲乡下度过。碧洲是外婆家的下放地，那里风景优美、物产丰富，也是孩子们的天堂。

暑假，我和小伙伴们爱去田里钓青蛙，在小河里抓鱼、捞小虾，还爱上山采野果。中午阳光太毒，索性跳进小河里，尽情地戏水。

碧洲山里有一种特殊的野果子叫苦槠，又名槠栗。苦槠树是农村人最喜爱的树，新中国成立前，逢上旱涝或者其他灾荒年，村民靠着槠树果实挨过了一个又一个冬天。

外婆家屋舍后的大山上，也有几棵高大的苦槠树。这种树是一种常绿树，常年枝叶繁茂。村里的小伙伴特别爱在树下玩耍，捉迷藏累了就在大树下睡觉，下雨了就在大伞一样的树干下躲雨。清明过后，苦槠开出黄色的花朵，花丝垂落异常美丽。花香四溢，老远就能闻到淡淡的花香。我们就在树下捡拾花瓣玩孩子们的过家家游戏。十月，苦槠果子成熟，上有细毛的褐色坚果自然脱落。我和小伙伴们就会在树下捡拾，有些大孩子还会用长竹篙扑打苦槠，一竹篙下去，褐色坚果如雨点般落下，小朋友们都争抢着捡拾果子。最后，大家都满载而归。喜悦中充满期待，苦槠豆腐的清香似乎顿时就在舌尖上弥漫。

小伙伴们用自己的衣兜装回了很多果子，母亲们上扬的嘴角默许着孩子们的懂事。想要吃到美味的苦槠豆腐不是一件容易的事，母亲们把捡回来的树果子放到簸箕里暴晒待其开裂，之后去壳去渣。因为苦槠果有着天然的苦涩味道，采摘回来后是不能直接食用的，一般要在大缸里泡上一天。

那时候是用石磨磨浆，小时候村里石磨那里是很热闹的。外婆家临山脚的后里有一个大石磨，二姨娘是家里的强劳动力，高大壮实，做事麻利。晨光熹微，山风徐来，二姨娘站在石磨旁，用小汤勺把晒干去皮并浸泡了一天的苦槠果一勺一勺放上石磨。当阴阳两扇石磨合拢起来，以阳扇为主而转动时，磨顶上的苦槠果便会像勾了芡的水一样缓缓流下，此刻你似乎能听到天空的雷鸣声，你似乎能看到天地的融合，你也似乎能感受到阴阳的交替，像山间的雾、雨中的花与林中的菌类一样，“生生不息，谓之道也”。

把苦槠果肉磨成细粉，筛掉粗渣。煮一锅水，待其稍滚时倒入苦槠果磨的粉，熬的时候要不停地搅拌。柴火锅做出来的东西总是充满烟火气，等变稠凝固后，取出摊凉，切成块状即大功告成，一块块苦槠豆腐如灰白玉石一般等待人们品尝。此外，还可以做成苦槠粉皮、苦槠粉丝等。如果去掉硬壳，将果仁磨成浆，加热调成块状软糕，再加作料精煮，就是有名的“苦槠糕”，吃在嘴里，味道清滑可口又略带苦涩。

苦槠豆腐性味甘微寒，能补脾益胃，清热润燥，利小便，解热毒。用以补虚，可将豆腐做菜食，如砂锅豆腐、鱼香豆腐、番茄烧豆腐、麻辣豆腐等。若治喘咳，可加生萝卜汁、饴糖；若膀胱有热，小便短赤不利，可略加调味品食并饮汁（豆腐点成后，锅中凝块以外的水）。

每次外婆他们从山上捡拾回家的苦槠果子，都是二姨娘亲手制作苦槠豆腐这道美食。晒干，磨汁，做成豆腐，炒熟上桌，道道工序繁琐，二姨娘总是不厌其烦。这道菜美味鲜香，软糯嫩爽，这是我们最爱吃的一道菜，也是二姨娘的招牌菜。当时二姨娘的能干和脾气好在村里很出名，外婆走到哪里，别人都会夸奖说："谁家能娶到你这个女儿，真是上辈子积德了。"外婆听后，总是满意地微微一笑。外婆内心是舍不得二姨娘那么早出嫁的。外公过世早，外婆一个人拉扯一大群孩子已经非常不容易了。母亲是老大，但早已经出嫁，几个舅舅也出外谋生，三舅舅和小姨娘还小，做事也不鼎力。最强的劳动力就是二姨娘，在生产队干活二姨娘有时一个顶俩，所以外婆盼着二姨娘能多帮她几年。

二姨娘年纪越来越大，这个家也实在不能再留她了。于是外婆就寻思着给她找一门亲事。二姨娘长得不错又能干，村里几个后生都看上了她，可是外婆死活不同意：外婆一家原本是被下放乡下的，指不定以后能回县城，到时肯定不忍心只把二姨娘留在乡下。正好凑巧，县城郊区一个外公的老朋友家的儿子要娶亲，于是就顺理成章把二姨娘许配给了他儿子。二姨娘出嫁的前一天，外婆哭得死去活来。出嫁前三天，二姨娘早早起来，一个人来到后山，用竹篙奋力去扑打苦槠树上的果子，瞬间就捡拾回了一篮子。二姨娘知道外婆和家人都喜欢吃她做的苦槠豆腐，临行前想再做一次。二姨娘一个人一边默默地磨着果汁，一边悄悄地流着眼泪。转眼下放农村已经十三年，二姨娘早就爱上了这块美丽的土地，她割舍不下这一切。那天，全家人围坐在一起，当苦槠豆腐端上桌，灰白的一小块一小块的苦槠豆腐装在白色大盘里，红色的剁碎的辣椒和切碎的小葱花点缀其间，大家静默不语，谁也不舍得动筷子。苦槠豆腐俨然成了一道离别菜，舍不得的是亲人的味道，前方道路漫漫，何时是归期。

上中学后，全家住进了一中校园，宿舍对面有一个大植物园，里面也有几棵高大的苦槠树。生活条件越来越好，心里对苦槠有一份记忆，但对苦槠豆腐却没有那么热衷了。记得每年 10 月，秋意还不够浓的黄昏，我和母亲就会悄悄走进植物园，捡拾那些掉落在地的苦槠果。微风过处，一颗颗光滑的褐色的苦槠果安静地躺在植物园翠绿的草丛里，等待着我们，期待成为母亲锅铲下的新宠。母亲是一个美食魔法师，在生活艰苦的岁月里，也可以把日子过得有滋有味。

参加工作后，我搬离了校园，之后就很少吃苦槠豆腐了。今年春节，去乡下一个朋友家做客，意外又吃到了苦槠豆腐。一份欣喜油然而生，童年的记忆像幕帘一样拉开。我忆起了外婆，她用小小的身板支撑着一大家，她从四十多岁守寡，养大一大群孩子，这个年近九十岁才过世的外婆，漫长的人生道路上写满了艰辛和坚忍。转眼外婆过世十多年了，只能从零散和琐碎的记忆中去找回外婆的影子。还有能干的温柔的二姨娘，嫁到县郊后依旧过着农家人的生活，田里土里山上，朝霞间，雨露下，晚霞后……她照顾偏瘫的丈夫很多年，而今守寡，唯一能给她慰藉的是，她生了两个非常优秀又懂事的儿子。而今，母亲美丽的脸蛋上也布满了皱纹，阳光下，发丝闪着银光。

一颗颗苦槠果伴随着我，成了我生命历程中的伙伴。苦槠豆腐是美食，更是良剂，有苦槠在，记忆就不会走远。

游走的少年宿舍

礼堂里的梦魇

初秋的夜晚十分静谧，月亮皎洁柔和。遂中校园里很安静，月光洒在花丛中、高树上，形成片片斑驳的影子。微风拂过，影子随风摆动，虫儿倦了，花草树木都倦了，人自然也倦了。

我和姐姐踩着月影，踏着校园的石子路，说说笑笑地从“山”字形老师住房走向礼堂里的小房间。由于住房条件差，父母和妹妹们住“山”字形的一个小房间，我和姐姐住礼堂里的幼儿园教室。幼儿园教室白天是教室，晚上桌子一拼凑就是大床。桌子我们可以随便拼凑，因为幼儿园老师就是我母亲。从“山”字形老师宿舍到礼堂有一段很长的距离，我们需冲刺一般快速经过从“山”字形宿舍到老数学组的宿舍，那里树多、草丛多，值班的老师之前也会时不时发现几条银环蛇。话说那些银环蛇幸运者倏地钻进了草丛阴沟或者不远处的鱼塘，不幸运的则被值周老师围攻消灭。我们小孩子历来是怕蛇的，每次晚上去礼堂睡觉都会胆战心惊，似乎蛇随时都可能出现，能快走尽量快走，能快跑也尽量快跑，每逢刮风下雨更是有百米冲刺的速度。姐姐拉着我的手快速前行，初秋的风吹着脸庞，钻进我的衣袖，凉飕飕的。我起先很害怕，等走过昏暗地带快到礼堂门口时就与姐姐开始推搡说笑了，待看到礼堂门口那两排挺拔的喜树和笔直的小路，我们的心顿时跟着亮堂起来。路灯下的喜树高大又亲和，偶尔会有几片叶子从我的头顶飞落，路灯似乎也跟着在闪烁，我顿时没有一点儿怕意了。

我和姐姐从礼堂前左侧门进礼堂，偌大的礼堂漆黑一团，我不敢看礼堂的黑暗处，胆小的人自然有担心的理由，姐姐倒是胆大，从容地开了礼堂右侧一进门的幼儿园的大房间的门。还未等姐姐把门全打开，我就立刻冲进去开了灯。房间里的灯光比较亮，让我顿时不怎么害怕了。

一切准备就绪，睡意接踵而来。我怕黑，紧贴着姐姐躺下，有时拽着姐姐的衣服入睡，有时拉着姐姐的手入睡，有时干脆蒙着被子入睡……

夜很静谧，也很漫长。我很喜欢一觉睡到大天亮的日子，但是那夜半突然的苏醒却成了我的噩梦。我睁开眼睛的一瞬间，感觉房间特别亮，月光柔和地透过房间三边的半落地玻璃窗洒着银辉。屋外的景物调动着我的一切感官，食堂大房子斑驳的影子像鬼一般直压过来，窗外夹竹桃随风摇曳的黑影没有美感只有张牙舞爪的怪异，蟋蟀、蝈蝈的鸣叫刺耳嘈杂，时不时几只夜惊的狗也会狂吠几声，深邃夜空中猫头鹰凄厉的叫声更让我惊恐万分。我着急地想叫醒姐姐。姐姐一转身继续酣梦，而我只能蒙着被子在恐惧中度过漫漫长夜，迷迷糊糊中什么时候睡着的和什么时候醒的都不知道了。

女生宿舍里的恐惧

由于没有房子住，暑假我和姐姐又要到女生宿舍住宿了。女生宿舍在礼堂后面的一幢两层楼的大房子的二楼，中间和大礼堂只隔一口大水塘。女生宿舍后面是一个大菜园，菜园后面就是围墙了。

难以想象，整个暑假我和姐姐都要在女生宿舍二楼住宿。一幢有十多间寝室的大房子，除了我和姐姐，空无一人。大房子前面是大礼堂，左边是一个小森林，白天树林荫翳，晚上更是阴森可怖。右边是学校食堂和开水房，晚上也几乎空无一人。每天晚上夜深人静时，我和姐姐在爸妈老数学组宿舍做完作业后，就去女生宿舍睡觉。最害怕的东西远不是草丛里的蛇虫，而是静和黑，一切都安静得如同世界末日。我和姐姐被黑暗包围着，似乎随时都会有一双罪恶的手拽住我们，把我们丢向深渊。借着微弱的灯光照明，手电筒也给不了我们什么胆，夜太黑足以吞噬一切。我和姐姐战战兢兢地上着楼梯，每上一个楼梯就似乎感觉楼下有人躲藏着一样，上了楼梯迎接我们的是长长宽宽的大走廊。走廊边的大房间漆黑一片，风吹着没有关好的破旧窗户，不时地发出“嘎吱嘎吱”的响声。我们不敢往房子里看，似乎里面有怪物会突然钻出来一样。快速通过过道是我们的第一原则，好不容易到了房间开灯了，才稍微吐一口长气。还未坐定，房子的窗户玻璃就被小石子打得噼噼啪啪响。原来是恶作剧的孩子们从围墙外看到了二楼的我们，他们兴许是不甘心我们有那么大的房子住吧，不做点儿什么他们自然是不会罢休的。他们一边投掷石头过来，一边还大骂大笑着，也许这就是孩子吧，做这些坏事让他们那么自鸣得意……在恐惧中关灯睡觉，我和姐姐期盼有一个有眠之夜。

少年时代经历的很多事情有的真的会影响人的一生。古语云：“物极必反，否极泰来。”因为从小有了对黑暗的排斥，成年后才会有对明亮执着地追求。心中时时告诫自己黑暗已经过去，我们必须向阳而生，这样的生命才有抵御寒冷的力度和厚度，才更有意义和价值。

老数学组的毛毛虫

老数学组前有一排高大挺拔且不知名的大树，春天树林荫翳，遗憾的是一到五月，所有的大树上、地上都聚集了成千上万的黑色小蝴蝶。它们瘦长，黑色翅膀长长的，腹部是红黑色的，额头两个黑色触角，嘴是红色的。那些黑色瘦小的蝴蝶有的在低空飞翔，不到一分钟就飞回了地面；有的聚集在地面的草丛里、沙地上。不久，这些黑色的小蝴蝶就变成了一条条又黑又长的毛毛虫。成千上万只毛毛虫有的吊着丝在空中荡秋千，有的在地上蠕动，有的爬到老数学组的房子上，爬到各家的窗户上，隔着纱窗都可以看到它们可怕的身影。最可恨的有的居然还爬上阶梯，爬过走道，爬进房间，高兴时它们会在房间的墙角上睡一晚，抑或钻进鞋子里骚扰一下房间主人，不幸运的也会被主人发现当场毙命。这虽是非常恶心的记忆，但不管怎样，这就是一段曾经的过往，就像每个人有每个人的人生一样，毛毛虫也有它自己的人生。尊重地球上每一个生灵的存在，也是我们人生的必修课。生活告诉我，我的少年时代，毛毛虫它来过。记住毛毛虫，就是铭记了那份青春的记忆。

我最爱老数学组旁的一口水塘，水塘四周种满了木槿花。夏天，白色的木槿花围着水塘开放，远远望去，非常美丽。白色木槿花的生命力很顽强，通常一朵花开败之后，其他花苞会依次开放，一直延续。每一天的开落，象征着生命的生生不息。白色木槿花开花通常是朝开暮落，每天晨光熹微，木槿花恣意地开放；夕阳西下，木槿花淡然退场，但它为了明天能够更好地开放，一直都在温柔地坚持。白色一直都是纯洁的颜色，代表着天真、单纯。每一朵绽放的白色木槿花宛如一个个冰清玉洁的美少女，躲在绿意里，羞涩地低吟浅唱。水塘的水清浅，夏日的夜晚水塘蛙声一片，清风把木槿花的清香带到校园的每一个角落，就如走入花仙子的品茗处，高雅之感顿生。

而今，水塘早已不复存在，木槿花却成了我心中永远难忘的记忆。

围墙边的屋角蛇

在我读初一时，我家又搬家了。这个家的住宿条件比之前的都好。新的套房不大但温馨，至少几姐妹可以有一间自己的小房间，单那雪白的墙壁就让我们欢喜。新家在遂中校园的围墙边，贴着围墙一大排都是老师的新宿舍，宿舍左边是一大片的学校菜地，右边有好大一片树。没有人数过有多少棵树，好多树站在一起就成了林子。只要是树林子，不管大小，总会藏着什么。藏着的东西白天看不见，但不代表它晚上不会出现。

那是刚搬进新屋的第一个夏天的一个晚上，月朗星稀，由于父亲出差不在家，母亲早早地就吩咐我们睡觉了。

月色朦胧，微风拂过，窗前斑驳的树影在母亲的白色蚊帐上摇晃，陪着母亲进入了梦乡。梦里的世界有些可怕，耳朵里时不时传来“嗦嗦嗦”的声响，让母亲顿时陷入混沌世界，不知是梦还是现实。“嗦嗦嗦”的声响越来越大，越来越放肆。突然母亲睁开了双眼。声响还在继续，母亲却在心里骂着这些可恶的老鼠，想出来活动筋骨也得挑个好时间呀。“嗦嗦嗦”的声响还在继续，迟疑之下，母亲又感觉不像老鼠咬牙切齿的声音。母亲顿时预感不好，睡意全无，循着白色蚊帐的上方，发现声音出自吊挂在墙上的几床棉花被上，因为棉花被折叠好用报纸包裹好挂在蚊帐上方。棉花被想老实地待着，可有些东西却不想让棉花被老实地待着。一份恐惧涌上母亲的心头，她目不转睛地盯着发出声响的棉花被。突然，借着月光，一段黑色的小尾巴呈现在母亲眼前，着实把母亲吓了一跳。她赶紧起身，冲进我们的房间，大声说：“快起来，快起来，我房间出蛇了。”我们几姐妹迷迷糊糊地还不知道怎么回事，但一听到“蛇”字就立刻完全清醒了。我们穿着短裤汗衫小拖鞋，母亲从门后拿起一根长棍子，姐姐拿着拖把，我拿着扫帚，妹妹们拿着小凳子，娘子军准备全家总动员。个个精神抖擞，内心却十分胆怯，脑子里呈现的蛇张着红色大嘴，吐着蛇信子的恐怖样子。我们不敢冲锋陷阵，只是用手上的物什使劲敲打着地面，唯一能做的就是吓走蛇。持续了一段时间，听听母亲房间没有动静了，母亲和姐姐就胆战心惊、蹑手蹑脚走进房间察看，翻遍了所有东西也没有蛇的踪影。我和妹妹们脸色煞白地在大厅等着，唯恐蛇会立刻蹿到我们身上。蛇不在母亲房间，不代表它不在别的房间，于是我们又在自己的房间和大厅仔细检查了一下，还是没有。“蛇会到哪里去呢?”后半夜了，我们都开着灯，不敢入睡，因为我们房间的床板下放着很多准备以后做家具的木头。蛇现在没有出来，不代表它之后不会出来，说不定会在我们入睡后就从床板下的木头缝里钻出来。母亲无奈，只好叫我们几姐妹都到她的房间里睡觉，因为母亲的床上有蚊帐，可以保护我们。迷迷糊糊中，我们倒头就睡着了。

早上五点半，母亲起来给我们煮饭。当她走出房间门的一瞬间，又尖叫起来。“快起来！快起来！蛇钻到大门的纱窗和玻璃窗户之间去了。”只见蛇蜷缩在纱窗与玻璃窗户之间，动弹不得，成了一个有条纹的大大的圆。我们走近可以依稀听到蛇在喘着粗气，那是一条黑色的成年屋角蛇。母亲慌了阵脚，赶紧叫醒隔壁的肖老师。肖老师年轻力壮，丝毫不惧怕蛇。正当他要想办法拉出蛇时，同一排住宿的早起晨练的王老师大阔步地跑来，不消一分钟就把蛇从窗户和纱窗之间拉了出来。王老师捏着蛇，一回家就拿起菜刀，一刀下去，蛇头落地。王老师熟练地刮下蛇皮，剖开蛇肚，拿出蛇胆，一口开水“呼”地就把蛇胆吞咽了。正当我在思忖王老师为何抓蛇那么牛的时候，答案却不解自来，噢，原来是王老师经常吃蛇胆壮胆的缘故。一条活生生的屋角蛇，瞬间就殒命，几小时后它自然就成了王老师全家餐桌上的解暑高汤。我想，这恐怕是这条成年屋角蛇之前未知的吧。

清晨的夏风凉爽宜人，林子里的树叶在风中簌簌作响。日常每天都会发生很多事情，对于那些未知的事，我们很难预知，就如蛇不知道自己未来的命运一样。原本蛇完全可以在茂密的林子里抑或屋角下静静地待着，安守本分好好地活着，可它偏偏没有放下自己内心的那份躁动和好奇铤而走险。不料，命运却跟它开了一个致命的玩笑。

生命的意义

第一次感知生命的逝去，缘于二舅的去世。当时我还没有走进二舅家的门，就听到里屋传来伤心的哭声。我进入房间，只见二舅穿着一件暗色体恤安详地躺在床上，那神情就像是睡着了。我强忍住眼泪来到二舅的床边，端详着就这样永远睡去的二舅。我把手轻轻地放在二舅的胸膛，希望还能感受到他的心跳，不希望也不相信二舅未上花甲就急匆匆地撒手人寰。就在我把手放到二舅胸膛的一瞬间，当我确定他真的永远地离开了我时，二舅对我种种的好一下就全部在我的脑海里萦绕，顿时，我的泪水夺眶而出。

二舅去世之前没有征兆，是在他工作的时候瞬间倒下的。我难以想象二舅倒下的一瞬间会有多么不舍，一定对世间的一切美好充满牵挂。他走得那么突然与平静。这也许正验证了民间的一句话："修炼到了！"二舅从生到死是靠一己之力完成的，从某种意义上来说是一种自我修行。

相比二舅的去世，六叔的逝去似乎包含更多人的修行。记得那天天灰蒙蒙的，雾霭重重的天压着我的心，有点儿窒息。当我和父亲来到赣州六叔的家时，我惊呆了！当初乐观开朗的六叔瘦得不成样子，苍白的脸上写满了疲倦与憔悴。他静静地坐在藤椅上，有气无力地跟我们打了一声招呼。眉宇间的精气神近乎全无，眼睛很吃力地睁着。也许因为他是六叔吧，我居然没有半点儿害怕，一种心痛油然而生。六叔用手示意我坐在他身边，用他瘦得干瘪且青筋绽出的手轻轻握了一下我的手。他的手很凉，我的心一颤。六叔望着我，轻轻地问我怕不怕他现在的样子，我连忙摇头说不怕。他似乎感觉到自己时日不多，那天的话特别多。我也感觉到他是拿出十二分的力气在跟我说话。他说他从小是胆子最大、最不怕死的人，而今面临死亡，他还是感到惧怕和不舍。我听着听着，禁不住潸然泪下。这也许就是见最后一面了吧，可以想象阴阳相隔是怎样的悲伤和痛苦。

六叔临终前，我没有前去和他话别。听父亲说，六叔临终前几日陆续有许多他的家人和舞友们拿着鲜花前来和他告别。他们一个个陆续走进六叔不大的房间，有的紧紧握住六叔的手，在他的耳边喃喃细语；有的紧紧拥抱着他，噙着眼泪低声细语。鲜花的艳丽让六叔的眼睛多了一份生的色彩，握手与拥抱让六叔的心多了一份从容、淡定与满足。整个过程庄严与悲伤，似乎空气都凝固了，一切都在静默中等待这个生命定格的时间。看得出来，虽然死亡的冗长过程把六叔折磨得很痛苦，但我们看得出他内心很平静，对自己也充满信心。是六叔的家人和舞友们给予了六叔最好的临终关怀，这是六叔和众人最好的修行。

从那以后，我心中就多了一份对生与死的深刻思考。死需要修行，生同样需要修行。有了对死亡的恐惧，才会思考如何更好地活。庄子云："人之生也，与忧俱生。寿者惛惛，久忧不死，何苦也！"一个人从诞生起，他的烦恼就跟着一起诞生了。有些人活得越久，就会变得越愚蠢，因为他为了逃避不可避免的死亡，会变得越来越焦虑。这是多么痛苦的事啊！

很多时候，我们都在被命运推着走，却很少有人静下心来思考一下，生命里到底需要做些什么，根据什么呢？回避什么，留心什么？屈就什么，舍弃什么？喜欢什么，厌恶什么？很多时候，有些人面临的最大的烦恼居然是生活中极小的事情，如曾经某某说了某某的一句坏话，谁对谁不够礼貌，下次去哪里度假或春节要邀请哪些客人。生活单调又琐碎，把时间和精力都浪费在芝麻绿豆般的小事上，因为我们似乎还不懂得怎样过好每一天。生活的紧张与压力，让很多人没有时间想“死亡”两个字，忘却了生命的脆弱、世事的无常。为了拥有更多的财富，满足自己更大的欲望，我们拼命追求享受，最后沦为它们的奴隶，只为掩饰我们对于无常的恐惧。我们耗尽时间和精力，只为了维持虚假的事物。

西藏有些喇嘛晚上就寝时会把杯子倒空，杯口朝下放在床边，因为他们不确定隔天是否还用得着这杯子。他们甚至在晚上把火熄掉，免得余烬第二天还烧着。因为他们认为人时刻都有可能会死。正因为他们有这种理念，所以每天都非常珍惜光阴，会用包容豁达的心去摆渡自己和朝拜者的人生。这是对生的豁达，对死的坦然和淡定。

听说有一个年近花甲的老奶奶每当天晴之日便会把给自己百年之后准备的寿衣拿出来晒太阳，神情恬淡自如，这是悟透了生死之后才有的神情。只有懂得生命多么脆弱的人，才知道生命有多珍贵。悟透死亡才可以带来真正的觉醒和生命观的改变。这样才可能慢慢感受爱、温暖和亲密关系，才会让自己变得更强大，有能力把爱传达给更多的人，也有能力在最微不足道的事情上找到喜悦和快乐。而且从一个层面提醒我们什么是一直被忽略的精神需求，让我们变得更加内省，认清我们该如何看待生命。

从生到死是一个生命过程，更是一个从混沌到觉醒的修行的过程，悟透生死，就是悟透生命的意义。

爱的奇迹

善良人在追求中纵然迷惘，却终将意识到有一条正途。

——《浮士德》

蚱蜢，是我远房同族叔辈的儿子。因为是早产儿，小时候发育不良。不知道出于什么原因，他妈妈给他取一个小名——“蚱蜢”。

据他母亲说，蚱蜢出生时才三斤八两，俨然一只小老鼠。护士抱在手上怜惜道：“这个孩子不知道以后养得活吗？”

寒来暑往，同龄的孩子个子都在噌噌往上蹿，唯独他不长个儿。蚱蜢颈脖子瘦得精细，仿佛一拗就会断似的。他走起路来一摇一摆，像一只凫水的鸭子，风一吹似乎就会跌倒。

他母亲是一把好手，全家人都听她的。虽然母亲威严，但是对蚱蜢特别宠爱。蚱蜢虽然体质弱，日常寡言少语，但活泼好动。每每他不听话时，母亲总是故意惯着他，心想：这孩子许是短命的命，有一天就好好过一天吧……所以，即便他犯了错误，母亲也不舍得骂他一句，动他一根手指。

蚱蜢从小不爱学习。20 世纪 90 年代初，还是小学生的他就爱在街上跟一些小混混们玩耍。白天逃学出来无所事事，就跟着小混混们在街上利用小武力骗点儿小吃小喝，还自鸣得意。时间长了，他爱上了打牌、抽烟，甚至喝酒；一到晚上，如果有幸被大混混选中，他还会赤膊上阵，上街参与一场不大不小的群架。群架结束后，大混混高兴之余也会邀请他喝几杯啤酒。对于他来说，这是很有面子的一件事情。一个月朗星稀的夏夜，蚱蜢“得胜归来”，平生第一次感受到酒后的愉悦和打架发泄后的快感，之后便一发不可收拾。

蚱蜢家境贫寒，兄弟姐妹多，虽然他最小，但父母忙于生计，几乎没有时间管他，哥哥姐姐想管也管不了。每当在外边惹了祸，父母哥哥姐姐对他的训斥还没结束，他就像一条小泥鳅一样溜之大吉了。

每次他在外惹了大祸，母亲实在气不过，就会拿着木棍象征性地追着他打，一边追一边说：“蚱蜢呀，蚱蜢，我是拿你没有办法了，总有一天你会进牢房，到时我坚决不给你送饭。你等着吧！”而蚱蜢不以为然，全部当作耳边风，一声不吭又溜出去了。

因为蚱蜢不爱学习，成绩又不好，所以上初中时他就辍学了。这样，他就有了更多的在外游荡的时间和自由。

十五岁那年，经过朋友的朋友介绍，蚱蜢认识了一个大团伙的头目。那年全国严打，罪恶多端的大团伙的头目因抢劫盗窃被判了死刑，那些跟班的随从也都受到了刑事处分。当然，蚱蜢也曾经抢过别人一辆自行车，只因未成年才被判进少管所劳教两年。

刚进少管所，好吃懒做的蚱蜢自然受不了那里严格的管束和比较繁重的劳动。于是他妈妈求爹爹拜娘娘托了好多关系后，蚱蜢被调到少管所旁的湖边沼泽地去放鸭子。

这活儿相对轻松，只是每天在沼泽地的芦苇丛中反复数着一群鸭子。百无聊赖的蚱蜢又做了一件让人哭笑不得的事情，每天捡些小石头远远地瞄准砸鸭子。蚱蜢觉得真是又刺激又可摆脱无聊。时间一长，蚱蜢的投掷技术越来越好，准确率越来越高，而鸭子的数量也开始减少，每隔几天就会少一只鸭子。鸭子被砸得半生不死时，蚱蜢就在芦苇荡里烤鸭子吃。少管所查下来，他就撒谎说鸭子被芦苇荡里的老鼠给叼走了，查来查去也查不出名堂，领导只好作罢。

两年的劳教生活虽没有怎么吃苦，但蚱蜢也学到了很多人生道理，至少他明白少管所里的生活是不光彩和枯燥无味的，应该早点儿出去重新做人。老子说的“福祸相依”似乎很有道理。

两年后的一个秋日，蚱蜢回到了家乡。当他踏进家门时，眼前的景象让他震惊了。年迈的爷爷奶奶听到孙子锒铛入狱的消息后因伤心过度相继离世，父母似乎一夜愁白了双鬓，依旧不变的是家人对他的那份关心。

从此，蚱蜢在家里好像一个外人对什么都不习惯，他甚至怀念少管所里有规律的生活。快二十岁的人了，蚱蜢虽然个子还不见长，但少管所的生活却让他胖了一点儿。

一天晚上，父母来到他房间，语重心长地对他说：“蚱蜢，你今后有什么打算呢？我们已经慢慢老了，以后你靠谁呢？”

蚱蜢低头不语，眼神里也透出几分忧虑。“我不知道，你们说呢？”蚱蜢沉默了许久才回话。

“我们觉得你还是先讨一个老婆吧。有老婆管总比我们管更有用。如果你同意，我们明天就去帮你张罗，争取正月把婚结了。”母亲意味深长地对他说。

“可能吗？谁会要我呢？”蚱蜢疑惑地看着父母。

有人说，好事多磨。可是，蚱蜢找对象却似乎没经历多少波折。很快，笑呵呵的媒人登门了。郊区有一户人家，家里有三个女儿，老大已经出嫁，小女儿还小，二女儿兰香待字闺中。只是兰香长相一般，个子矮小，微胖，而且女方家境不好，加上家中没有男丁，希望蚱蜢入赘。

两人相见，蚱蜢自然没有意见。兰香见了蚱蜢一面，也不知看中了他什么，居然也看对眼了。缘分这东西真是玄妙。交往了两个月后，两家经过商量，决定正月结婚。

一个男人步入婚姻殿堂后，责任和压力也会陡然上身。走出管教所后，蚱蜢就一直没有找到合适的工作，最大的原因就是他有前科，一般单位即便临时工也不愿用他，卖体力的活儿他又不愿干。

新娶的老婆虽是农村的，但能吃苦，乐于满足，婚后到县城的超市找了一份工作，月工资一千五百元。虽不多，但吃饭还是没有问题的。每当老婆拖着疲惫的身子跨进家门时，蚱蜢都会不好意思地低着头相迎。心细的兰香也看出了蚱蜢的愧疚和心虚，每次自然会安慰一番。

几个月过去了，兰香的肚子一天比一天大了起来，蚱蜢盘算着孩子一出生七七八八要用钱的地方多着呢，仅靠兰香这一千五百元工作养活一家人也是不现实的。

一个月朗星稀的晚上，蚱蜢搂着怀孕的妻子憧憬着未来。当墙上的钟摆指向一点时，妻子的主意立刻得到了蚱蜢的应和：开一个小餐馆，店面不用很大，主要为附近居民和打工者提供简单的就餐服务，而且要物美价廉。干餐饮虽然利润不大，但只要肯吃苦，还是能赚到钱的。

小餐馆开张，“兰香餐馆”的招牌正式亮相。名字是蚱蜢取的，寄托着他对妻子的爱。不得不佩服兰香的眼光。“兰香餐馆”开在几个学校交会之处，每天早上很多上学的家长和孩子们自然不会舍近求远，纷纷光顾他们的小店，生意好得忙不过来。中午的时候，一些民工也愿意到小店吃一碗米饭，炒一两个小菜，或者吃一碗牛肉粉。

开小餐馆，既要有好的厨艺，也要有周到的服务，更要有吃苦精神。每天早上，小两口四点多就起来了。发面，揉面，蒸，出笼，整个流程复杂耗时，只有用最传统的方法做出来的老面馒头、包子、花卷之类的面食才够筋道，有嚼头；同时还要浸泡好粉，准备好拌料。再根据顾客的口味，提前准备好做海带肉片、青椒鸭子、煎豆腐肉片、辣椒鸡蛋、酸豆角鸭胗等食材。一个流程下来，少说也得几个小时。刚刚忙好想松一口气，早起的家长孩子们就络绎不绝地进店了，他俩又得打起十二分精神张罗买卖。

人是辛苦的，但心里是甜的。生意好就意味着能多赚钱，跟什么过不去也不能跟钱过不去，虽是几角钱、几元钱的入账，一天下来收入也是不错的。

早餐的高峰期刚过，兰香又要赶着去附近的菜市场买些当季的蔬菜及新鲜的鱼肉。午餐吃饭的人多，那些吃饭的人大都是附近的小作坊者，还有一些每天往返到县城来做小买卖的人。他们的收入不高，所以饭食标准也不高，有的仅炒一个菜，但求开胃、可口、下饭。这样的要求非常考验兰香的厨艺，普通的蔬菜加一点儿肉也要做出绝对的美味来。

蚱蜢在家排行最小，小时候娇生惯养，不擅长家务，所以在这个小餐馆里他也只能打打下手，绝对听从指挥。偶尔想偷懒一下，兰香一声叫喊，他也立刻到位。

兰香自然是辛苦的，但是有这么一个听话的老公围着自己，她也得到了很大慰藉。她是农村娃，坚信只要努力就能赚钱，所以她不怕吃苦。

最艰苦的时候是兰香怀孕的过程，由于怀孕反应大，吃啥吐啥，每天还要坚持高强度工作。家人劝兰香先把生意放一放，生下孩子再努力。兰香硬是不同意，口口声声说她吃得消，每天挺着大肚子忙里忙外。蚱蜢也拗不过她，只好由着她。

初冬的一个清晨，滂沱大雨一直下着，恰巧蚱蜢得了重感冒，兰香为了早开店门，没有叫醒蚱蜢，独自一人匆匆赶往店里。

由于风大雨急路滑，兰香一个趔趄，重重地摔在街边。早晨四点多行人极少，加上雨天，所以没人发现她。兰香忍着疼痛，硬是坚持了一天。蚱蜢知道后，感到十分愧疚，心里默默发誓：今生今世一定要好好爱兰香。

那年正月初三，兰香给蚱蜢添了一个大胖小子。兴奋和幸福立时充溢着整个家庭。

“天道酬勤”，勤劳让蚱蜢夫妻俩收获了前所未有的成就感和幸福感。两年下来，兰香由一个农村姑娘慢慢磨砺成了一个身板硬朗的老板娘，蚱蜢也因开小餐馆胖了几斤，也拥有了自信。眨眼间儿子三周岁了，小店的生意越来越红火。俗话说：“天有不测风云。”那一年春风拂绿，草长莺飞。当人们开心踏春的时候，蚱蜢一家人的头上却笼罩着一片阴云。兰香突然说话声音嘶哑，出现了呼吸困难和吞咽困难。一开始大家以为是感冒发烧，吃点儿药挺挺就过去了。谁知她的病情不断加剧，身体每况愈下。情急之下，他们到医院做了检查，兰香被确诊为“甲状腺癌”。

面对这个晴天霹雳，全家人都惊呆了。医生说，兰香是甲状腺癌晚期，好好治疗后也许有存活的奇迹，这个消息让兰香悲痛欲绝。但令人佩服的是，兰香没有因为病痛而放弃小店。手术后，她依然在店里帮忙。兰香也是有福气的人，有一个能干体贴的好婆婆一直帮衬着她。自从兰香病后，蚱蜢变得异常勤快，他整天沉默寡言，白天忙小店的生意，下班忙孩子，同时还要照顾生病的兰香。

夜深后，蚱蜢和兰香才有时间说上几句贴心的话。每当屋外传来猫叫或者狗吠，兰香总会害怕地钻进蚱蜢的怀里。蚱蜢紧紧地拥着兰香："不怕，好好睡觉，有我呢。"此刻，兰香的心是暖的，她突然发现丈夫长大了，成熟了，变成一个大男人了。以前的兰香胆子最大，只身去广东打工也不曾怕过什么，但是当一场大病降临之后她退缩了，面对死亡非常畏惧。"我会死吗？"兰香弱弱地问着蚱蜢。"不要乱说话，这个病是可以治好的。从明天开始，你不要去店里了，好好养病，等好了，我们一起再好好赚钱。"蚱蜢话音一落，兰香忍不住大哭起来。窗外的月光照进了灰暗的房间，也照进了兰香的心房。

那是一个寒冷的冬日，北风呼啸，雨滴滴答答下了一天。许是手术的后遗症，兰香一天没有食欲，躺在床上静默成一只待宰的羔羊。她脑子昏昏沉沉，一片混沌。看着憔悴的兰香，蚱蜢心如刀割，只能小声安慰几句，然后就去小店里忙活了。

这天他不想那么早开店门，他想为兰香做一件事情，到农贸市场去买几条山里的土鲇鱼给兰香煮汤。家乡虽是县城，但因环境恶化，山里的土东西越来越少了，想买土鱼，只有早去才有机会。瘦弱的蚱蜢立在农贸市场的人堆里，根本找不到存在感。他穿着一件很旧的羽绒衣，一双磨花了的黑皮鞋。这几年好不容易赚了一点儿小钱，原本以为生活可以有所改观，哪知兰香一病，不仅花光了所有的积蓄，还欠了一屁股债。生活就是这样，不是你努力了老天就一定会眷顾你。

蚱蜢双手插在裤兜里，嘴唇冻得有点儿发紫，一阵风伴着雨吹过，他不禁打起了寒噤。经过一个多小时的等待，蚱蜢终于买到了土鲇鱼。在兰香生病的日子里，蚱蜢每天都会到县城的各个地方寻找山里的土鸡、土鸭、土甲鱼、土鱼煮汤给兰香补充营养。

功夫不负有心人，爱的奇迹诞生了。在蚱蜢的陪伴和呵护下，兰香的病慢慢好了起来。

如今，兰香的病基本痊愈，没有复发，他们的孩子也在慢慢长大。几经磨难，虽然蚱蜢苍老了许多，但一家人和和美美越过越幸福。

摆渡的老人

青春年少时，我告别父母去外地求学。那天，我穿上了那条心爱的白色海军连衣裙，坐在父亲那辆心爱的永久牌自行车的后座上。父亲骑得很慢，宽大的白色衬衣下父亲的腰板依旧很挺拔。小路上很安静，有青草味和花香、脚踏板的声音以及父亲的叮嘱在风中回荡。

晨光里，邻居阿牛睡眼惺忪地牵着一头老水牛。老水牛不停地“哞哞哞”叫着来到一片青草地。草上的露珠晶莹剔透，草地里零星地开着红色、黄色、紫色的小碎花。老水牛嚼着鲜绿的青草，阿牛躺在草地上做起了美梦，梦随着风飘向了远方……

李伯扛着锄头走向田间地头，一大片绿油油的禾苗像绿毯一般铺在大地上，丰收的喜悦洋溢在李伯的嘴角。放下锄头，弯下腰，阳光照在李伯身上，剪影很美。

早起的阿婆提着竹篮，迈着轻快的步子，来到村口那棵老槐树下。槐花飘香，一朵朵雪一般洁白又美丽。微风拂过，槐花一片片地飞舞着飘落。不一会儿阿婆就捡满了一竹篮，槐花饼的清香似乎已在舌尖上回味。

村口有一条大河，河水碧绿清澈，缓缓地流淌。每天晨光熹微中，一两个竹排在河上荡漾，撑排人立在竹排的尾部，手里横着一根竹篙。他把竹篙轻轻地往水里一点，身子微微一蹲，竹排便像一只鱼儿游向远方。竹排上的几只鸬鹚一会儿跃进水里，一会儿浮出水面。水荡着波心，泛着涟漪，青山绿水应和着，美如画卷。

摆渡的老人摇着船桨，渡船和老人一样有年岁。过了河，坐上班车。班车徐徐开动，父亲在车窗外不停地挥手道别。我站在座位上，望着渐行渐远的父亲，顿时，泪水模糊了双眼。故乡的小村庄也慢慢消失在我的视线里。

离家的日子感觉整个时光都过得很慢。思念小山村的日出与日落，回味母亲做的葱油饼，想起父亲的白衬衣和千叮咛万嘱咐……想起了阳光下斑驳的老墙，房前那棵缀满果实的枣树，田畴上星星点点的粉色小花，还有那只调皮的小花猫……夜深人静时，打着手电筒给家里写信，写一页撕下一页，当垃圾桶里装了很多废纸团后，泪水突然横流，所有的情感都汇聚笔端，打湿了一张张信纸。当装满思念的信笺投进街边的绿色邮筒后，便是漫长的等待。我几乎每日都要到校门口的传达室去看看有没有回信。终于收到了回信，赶紧放下一切，快跑到教室座位上或者爬到寝室自己的床位上，一字一句认真地读着，读了一遍又读一遍。思绪回到过去，美好的回忆拉开了序幕。

一个如花的早晨，爱情来临，我希望思念和等待变成风帆或一辆快车，甚至是一匹马。只可惜车马也太慢了，见一面太难，就连书信往来都很漫长。如此这般，这辈子就只够爱一个人了吧。此去经年，愿桥边的芍药、池中的莲花、洛阳的牡丹仙子，年年为我而生。没有手机的日子里，思念和等待是最美好、最真挚的情感。

我愿意每天给自己画一个心，心上再添一把锁，把所有的一切都锁在心中。在月朗星稀的夜晚，坐在庭院的大理石凳上，院子里

红土春秋

有沁人心脾的白玉兰花香，有围墙边竹叶的倩影，有脚边乖巧的小灰狗，有院外孩子们的嬉笑声……抛开所有的烦忧，没有功名利禄的困扰，没有爱恨情仇的纠结，没有你争我夺的怨恨，心生禅心，仰望星空，明月朗照，夜的静谧与恬淡都融于心中。顿时，宠辱皆忘。生命的美，不在于它的绚烂，而在于它的平和；生命的动人，不在于它的激情，而在于它的平静。唯平和，才见生命的广大；唯平静，才见生命的深远。看尽繁华，才懂淡然；经历磨砺，才得从容；读懂人心，才知随缘。慢慢品味人生，感悟生命的真谛。

李师傅

电车在路旁柏油路上平缓上坡，由于骑得慢，偶尔也会环顾一下近在咫尺的行人。突然，我看见了一个既熟悉又有点儿陌生的身影——李师傅。他坐在路边林荫的空地上，周围摆满了竹筒、竹筛子。他低着头，目不转睛地盯着正在做的竹筛子。我不想买竹筛子，但太久没有见过他了，我就想看看他。于是我把单车绕到台下停好，径直来到了李师傅面前。

对于我的到来，李师傅没有异样的表情，他应该早就不记得我了。我没有惊动他，只是蹲下细细地看他的手工品。我拿起竹筒，又用手抚摸着竹筛子。李师傅这才回过神来，抬起头面无表情地对我说："想买什么呢？竹筒子二元一个，竹筛子三元一个。"我"嗯"了一声。就在李师傅抬眼的一瞬间，我看清了李师傅。他头发花白，脸很黑很瘦，深深的皱纹像刀刻一样，尤其是额上的川字纹和鼻翼两端的法令纹特别明显。他的眼睛凹陷下去，高挺瘦削的鼻子像一座山峰一样赫然屹立在脸上，显得格外醒目。李师傅还和以前一样高瘦，只是背似乎有些驼了，平静的外表下只留有一点儿过去的精气神，动作显得很迟缓。他拿着刀轻轻地一刀一刀地剖着一根根小竹竿。他沉浸在自己的世界里，好像周围的喧嚣都与他无关。他也不吆喝，爱买不买随路人愿。他的眼睛里藏着淡定，但更多的是人老了的那份被动。突然，一阵大风刮起，泛黄的树叶在空中飞舞，有的落在大路中间，小车从树叶上疾驰而过；有的落在人行道上，和着泥土被踏在行人的脚下。大风过后，乌云密布，做生意的人匆忙地收拾着东西，有的支起油纸棚架，有的拿出伞备用。李师傅也赶紧收拾他的那些竹筒、竹筛子、竹簸箕，突然一个竹筒没有被拿稳，骨碌碌地跌到了台阶下的马路上，一个打滚就到了路中间。李师傅眼睛直直地盯着竹筒，看着它在马路上滚动。他立刻驼着他有些酸痛的背，佝偻着身子几个踏步来到路中间。当他伸手去捡地上的那个竹筒时，一辆小车飞一样从他身边飞驰而过，司机还伸出头来骂了一声："不要命呀！"这时，李师傅才反应过来自己已经在路中间了。只见他慢慢直起微驼的腰背，木木地看着马路，眼睛里充满了疑惑和木讷。我大喊一声："李师傅，路上车多，快回来。"他这才从恍惚中清醒过来，慢慢地折回了路边。

大风过后，就是一场大雨，我没有带伞，陪着李师傅一起来到人行道边的店面屋檐下躲雨。大风裹着大雨在天上肆虐，一阵寒风吹来，我看见李师傅一阵瑟缩。屋檐水滴落溅起的水花溅湿了李师傅的裤子，他赶紧卷起裤脚，这时我看到穿着解放鞋的李师傅的小腿很黑且青筋绽出。他的眼睛里布满了血丝，眼角的皱纹包裹着眼睛，让他的眼睛显得更小。他眯着眼看天，一脸沮丧地说："唉，这个天气，说变就变。"

这难道就是二十年前我认识的李师傅吗？想当年，李师傅是我们那一带出了名的劈柴能手。他虽住在近郊，但是请他劈柴的人却络绎不绝。我家每次只要买回了柴，家人总会说："请李师傅来劈柴，他做事最好。"

有一天，下班回家，走进后院，我就看到一个高瘦的中年男人正在劈柴。他虽然也有四十多岁，但是精气神非常足，乌黑发亮的短发和他那偏黑的硬朗的脸很搭。他鼻子很高，额头高得发亮，脸颊和额头的肌肉紧致健康，眼睛不大却炯炯有神。他看我站在边上，只是对我微微一笑，就继续劈柴了。只见他拿起一块片柴，十字架形搁在另一块大片柴上，然后拿起斧头，向一块片柴劈去，片柴一下分为两块、四块、八块甚至更多。终于明白家人为何喜欢李师傅劈柴了，别的劈柴人喜欢偷懒，一块大片柴最多劈个两次就算了，每次烧时放在灶里还是那么大，有时一顿饭下来，大柴还是没有烧完，又得从灶里拿出来，浇水熄火，等到干了下次再烧，想起这些心里就觉得麻烦。李师傅不同，他做事不必主人监督，最后总会不紧不慢把柴劈到最小，并且稳稳当当把柴搬到屋檐下整整齐齐堆好。

中午吃饭了，家人特意炒了几个拿手小菜招待李师傅，希望他吃饱喝足后再卖力干活。叫了几次，李师傅才放下手里的斧头，洗了手来到饭桌上吃饭。他还是没有多说话，默默坐下自己盛饭。当他坐定后，我们总是热情地对他说："吃菜，吃菜。"李师傅也只是"嗯"一声就埋头吃饭了。他吃饭的声音很轻很轻，好像饭菜在他嘴里不用咀嚼一样。他吃饭时嘴巴张得很大，夹菜时却夹得很少。如果是鱼炒辣椒，他就极少夹鱼，而是夹一点辣椒就着一口大饭瞬间吞咽下去，他这样斯文吃菜倒让我们很不好意思。当我们还在说笑谈论菜是否好吃时，李师傅已经把两碗饭吃完。只见他拿起右手轻轻抹一下嘴巴，再两手一搓，就离席了。他来到院子里，坐在小凳上还没有五分钟，就又准备干活了。其实李师傅完全没有必要那么急着干活，劈柴是按天计算，不是按件计算，吃饭后多休息一下，主人也觉得是正常的。

几分钟后，李师傅又开始劈柴了，他的体力真好，这样一劈柴基本要到下午五点左右结束，之后他才骑着自行车回乡下的家里。

因为家里片柴多，所以有时候李师傅会接连几天都在我家劈柴。劈柴时李师傅从来不跟主人扯闲谈的，如果主人多话，他也总是问一句很久才答一句。因为回话慢，主人也会知趣地先行告辞。但凡他在我家劈柴期间，重活请他帮忙他都非常乐意，并且力气大得一个顶俩。

这就是我记忆中的李师傅。时间总是来不及跟我们说声再见就悄然无息地把我们慢慢变老。这让我不禁想起了唐代刘禹锡的《酬乐天咏老见示》："人谁不顾老，老去有谁怜。身瘦带频减，发稀冠自偏。"岁月流逝，时光扭转，人如沧海一粟，又如蜉蝣一般寄托于天地，不禁悲从中来。从变的角度看，从古到今，世界每天都在上演生与死的故事，生的勇敢生，死者长已矣。在欢笑中迎接新的生命，在泪水里送走一个个逝者，生老病死乃常态。人类的生息繁衍从未停止，在浩瀚无边的宇宙里一份豁达与坦然油然而生。

起风了，我又想起了李师傅，在风雨中挣扎的李师傅，壮年时精神抖擞的李师傅……

第十一个女朋友

屋外的风一直刮，狼嚎一般怒吼着。那是北方深冬的风。“哐当”一声，刮落了他阳台上的一盆紫罗兰。

这套电梯房他刚刚入住两年，地理位置、楼层、采光和装修他都非常满意。他在这个城市努力打拼多年，他清楚自己值得拥有这些。

他“大”字一般躺在单人大床上，借着昏暗的壁灯睁大眼睛呆呆地盯着天花板。灯光照着他健硕的身躯，这是他经常健身的成果。他用手摸着自己腹肌、胸肌上的块肌，内心有几分得意。但这份小小的快感马上被他绷紧的内心所淹没，微翘的嘴角立刻恢复了之前紧闭的样子，整张脸显得严肃又刻板。

他的思绪停在一个女人身上，一个他真的很爱却又不知道怎么爱的女人身上。这是他找的第十一个女朋友。这些年来前前后后的相亲让他一想起来就觉得累，他也许爱过，但是他没有勇气付出，总是不断失约，这样下去即便再爱他的女人最后也只能选择退出。他知道这是他的问题，但是他本着走了就走了的原则，从来不主动挽回，单身的日子就这样一天一天继续。

第十一个女人的身影在他心头萦绕。那个女人是他喜欢的类型。清爽的短发洋溢着青春的美，清纯的脸蛋衬着两个小酒窝，特别是她咯咯的爽朗的笑声让他的心一下就振奋起来，这是他需要的，迫切需要的。他闭上眼睛，希望用黑暗来覆盖那个女人的倩影，用屏住呼吸来忘却那个女人的味道，可是他做不到，思念让他无所适从，但那片黑暗却像一扇门，堵住了他通往那个女人的路。他拼命挣扎也无济于事，窒息得气若游丝……

那是一口枯井。他儿时的四合院里的枯井。那年他才两三岁，父母忙于工作没时间照看他，在初冬的一个晌午，他的家里迎来了一个通州乡下的小保姆。记忆中，小保姆那时不过十三四岁，家境贫寒，长得很纤瘦，黑黑的小脸上长着一双深谙世事的小眼睛。小保姆话不多，做事也勤快，自然赢得了父母的信任。

他记得那是一个冬日，一大早父母交代几句就匆匆上班去了。他一看到父母走了，就哇哇大哭起来。小保姆无奈，抱着他在四合院里打圈圈。他看到院子里的小鹦鹉，不哭了，可不到一分钟又哇哇大哭；他被抱着看到院子里的菊花，不哭了，随即又是一阵狂哭。年幼的小保姆束手无策，毕竟她也是一个孩子。当一个大孩子无法对付一个小孩子时，幼稚可怕的想法便会油然而生。当小保姆抱着他走到院子里的一口枯井旁时，小保姆灵机一动，一个可怕的念头就在她的心中种下了蛊。小保姆抱着他赶紧从屋里找出一条长麻绳紧紧地勒住他的腰，然后来到井沿边，轻轻地把哭泣着的他放进枯井。这时他的哭声更大了，小保姆似乎很得意，压根不去理会他的哭声。在小保姆看来，下枯井是对喜欢哭的小男孩儿的最好也最有效的惩罚。麻绳越放越往下，小男孩儿的哭声越来越大，哭声被淹没在井底，哑炮一般憋闷。小男孩儿顿时被黑暗吞没了，这时他才知道黑暗是如此可怕，但是一切都无济于事。

此后，只要小男孩儿一哭，小保姆就用绳子把他吊进井底，一待就是几个小时，直到小男孩儿的眼泪哭干。这样的日子一天一天地继续着，可怜的小男孩儿就这样每天经历着他的噩梦。直到一年后的一天，小男孩儿的母亲因中途回家取东西才发现自己儿子的悲惨境遇。小男孩儿的母亲欲哭无泪、后悔莫及，但是一切都于事无补。

幼年这段人生经历深深地影响了他！即便成年后，他也一直缺乏安全感。幼年的经历让恐惧感在他脑海里蔓延，他昏昏欲睡，痛苦万分！他没有勇气去面对他心爱的女人。

突然，床头柜上的手机响了。像一阵刺耳的汽笛声充斥在他的脑边，他瘫在床上一动不动。管他呢，还有谁会给他打电话，除非是骚扰电话！一阵长久的电话铃声停歇下来，他依然无动于衷，似乎电话压根跟他不在同一个世界。没过一分钟，手机又开始响起，他突然烦躁不安。他讨厌别人打扰他休息，他的心太累了。电话铃声还在响着，突然，他愤怒地抓起手机就想往地下摔，就在要摔下去的一瞬间，他看到了几个他熟悉的数字。他记起来了，这是他第十一个女朋友的手机号码。“她为何这么晚来电话呢?”他自言自语道，他和她已经很久没有联系了。

他情不自禁地接通了电话：“喂?”“喂，是你吗？我是丽丽，你妈妈刚才跟我说了你幼年的经历，我突然非常理解你了。如果你愿意，我们一起开车出去兜兜风说说话，如何?”“我……我……”他支支吾吾的。“不要多想了，我的车现在已经停在你小区门口了，快下来吧。”“好吧。”瞬间，一阵暖流涌上他的心头。

他立在小区门口，远远地看着他第十一个女朋友，他觉得今晚的风一点儿也不冷。

回家

盛夏的夜总是来得晚些，黄昏，当街灯星星点点地点缀夜空时，路上的行人也渐渐多了起来。每个人似乎都无暇顾及天边的彩霞是怎样慢慢消失的，更没有时间去思考夜怎么就降临了。他们行色匆匆，有的是奔向他们想去的地方，但更多的是奔向家。

宽阔的马路上小车一辆一辆地穿梭，凯迪拉克、奔驰、现代、桑塔纳……黄昏的余晖里，暮色笼罩的天际下，车就像一个个小火柴盒，在尘土纷扬中“嗖”地一闪而过，没有人去留意谁的车豪华与不豪华，再豪华的车在家的字典里也黯然失色。次第间，一辆装满了折叠着的废旧纸箱盒子的四轮车也缓缓而过，开车的男人眼睛死死地盯着远方，在城市的一个角落有他温馨的家，还有煮熟饭在家里等着他回家的妻儿。人行道上，穿着校服的孩子们，有的骑着自行车让车轮尽情地在柏油路上飞转；有的背着书包，系着红领巾踏步在林荫道上，那稚嫩的脸庞衬托出黄昏的温情。拉着大板车的大叔许是今天生意不错，脸上还留着白天的笑意。穿着宽松的棉麻衣裤的大姐，右手紧紧地拽着自己贴在臂下的包，眼睛直视前方大踏步地走着，那样子像是去赴一场约，脚步急切，因为她放学的孙子还在等着她回家做一顿美食。十字路口，等着绿灯亮起的人们也都盯着马路对面亮着 98 秒的红灯，心里默数着：“97、96、95……”

短短的 98 秒似乎很漫长，当红灯变成“0”时，心急的人们就管不住脚似的冲向斑马线，当穿梭的小车“嘀嘀”几声喇叭一响，吓得行人“呼”地又折回路边，神色惊慌地嘟囔着：“这红灯，那么慢。”

回家的路总是那么漫长，回家的人的心又是那么急切。童年时，每天下午一放学院子里的小伙伴们都习惯风一般地冲向不远处的大广场玩耍，有时做炸、有时踢房子、有时跳皮筋、有时在大广场上到处跑。最爱的还是藏猫猫，几轮下来，乐此不疲，可是当我们一听到家长们在远处喊我们回家吃晚饭时，小伙伴们就会迫不及待地从各个最隐蔽的地方跳出来飞奔回家，来不及擦拭脸上的汗珠就拿起筷子狼吞虎咽起来。有母亲的地方就有家，母亲喊我们乳名的声音似乎如今还在天空中久久回荡，即便走到天涯海角也割舍不了我们对家深深的眷恋。

过去，要是村里哪个孩子一连数日惊叫、哭闹，家中长辈们就会赶紧在村口找一棵老槐树、老樟树抑或老柳树，用一张大红纸围住大树，用红头绳一圈一圈系紧，然后在树下放点儿肉、水果等祭品，洒些酒，点上三炷香，最后双手合十在心中默念，意在求老树帮忙喊回孩子丢失的魂魄。

从古至今，人们对于还乡有太多的感怀。初唐诗人王绩的《野望》：“树树皆秋色，山山唯落晖。牧人驱犊返，猎马带禽归。”这首诗语言质朴，不事雕琢，用白描的手法勾勒出一幅归家图。在一个秋意浓浓的黄昏，一道斜阳铺洒大地，牧人赶着自己的小牛犊回家，可以想象一路上小牛犊“哞哞”不停地呼唤老牛的叫声，一定在秋风里回荡。飘飞的树叶，满眼的金黄带给人的不是悲戚而是无限的温馨。猎人带着一天的猎物回家，那份辛苦后的满足在夕阳下变得如此温情。回家的路很短，短得让我们来不及遐想；回家的路很长，长得让我们刻骨铭心。

唐代诗人贺知章的《回乡偶书》："少小离家老大回，乡音无改鬓毛衰。儿童相见不相识，笑问客从何处来。"短短的一首诗歌，却横跨了五十多个年头。人生易老，世事沧桑，心中有无限感慨。鸟飞返故乡兮，狐死必首丘。物犹如此，人何以堪。流转的光阴里，记录了多少爱恨情仇与家国情怀。但是贺知章终究是幸运的，尽管已两鬓苍苍，但至少他回家了。心愿已了，夫复何求？

回家自然是美好的，但是很多人却只能将其作为一种梦想。唐代诗人白居易的《邯郸冬至夜思家》："邯郸驿里逢冬至，抱膝灯前影伴身。想得家中夜深坐，还应说着远行人。"在这首诗里，白居易把孤寂之感和思家之情表现得淋漓尽致。全诗语言质朴，内涵含蓄，构思精巧，表现出淡淡的思乡之愁和浓浓的怀亲之意。回家的心愿不需要铺陈，更不需要渲染，那发自肺腑的情感百转千回，萦绕心头。

中国人从古至今都注重家国情怀。有小家才有大家、肝肠寸断中生发浩然之气。"小时候，乡愁是一枚小小的邮票，我在这头，母亲在那头……而现在，乡愁是一湾浅浅的海峡，我在这头，大陆在那头。"当代诗人余光中的《乡愁》里的家就显得分外大气磅礴。家国情怀都内化于心，永不磨灭。

人生就是一场苦旅。不管旅程远近、快慢、艰辛、快乐与否，这一切都不重要，因为他们心中有一个永远的前方，那就是回家。

中秋美食惹人醉

记忆中的中秋节，是快乐享受美食的节日。中秋节那天，我的心情就像小院子里盛开的太阳花般怡然自得。

晚饭后已是日暮时分，桂花的香气弥漫开来，钻进人们的衣襟。院里那棵枣树在秋风中静默，一切都安静下来。青砖、白瓦，连同小院里的鹅卵石，伴着薄薄的雾气，都在秋的气息里遐想着。不一会儿，一轮清月慢慢爬上了夜空，用圆润皎洁的身姿呼唤着人们。

月影下，大人小孩儿都忙碌起来。父亲和母亲一起抬出长而笨重的竹凉床，我和姐姐每人扛出一条长板凳。长板凳整齐立地，竹凉床一放上去，在上面坐着、躺着都无比惬意。小院里的空间足够大，两个妹妹赶紧端出她俩的专属小椅子，手里还拿着母亲最爱的大蒲扇。母亲满脸笑意地把家里的简易小方桌和她那个精美的铁皮盒子一同拿出来。铁皮盒里藏着母亲许多宝贝。在艰苦的岁月里，母亲就像一个魔术师，总能从铁皮盒里变出不少美食，什么小桃酥、猫耳朵饼、薄荷糖、兰花根……

一家人围着小方桌坐定后，我们几姐妹安静地等待母亲给我们分薄酥饼。薄酥饼是一筒一筒用纸包着的，一筒十个，薄薄的纸上透着油的痕迹。就在母亲从铁盒子里轻轻地拿出薄酥饼的一瞬间，我们几姐妹的眼睛齐刷刷地盯着看。那诱人的芝麻和甜蜜的香味，馋得我们直流口水。长幼有序是母亲一贯的态度，父亲吃最大的，母亲吃第二大的，我们四姐妹也是按年龄大小来分配，这个分配习惯一直延续至今。每次分到两块薄酥饼后，姐姐最节省，只是慢慢地吃了一个，之后用纸小心翼翼地包起一个留到第二天吃；两个妹妹人小，吃得慢；而我呢，虽然食欲好，但也特别不舍得吃，对于只有中秋节才能吃到的薄酥饼也只是拿着轻轻地咬一下，待两个薄酥饼被一点一点地吞食入肚，一份浓郁的满足感在唇齿间回味。

薄酥饼是我家乡的传统名点之一，相传已有一百多年的生产历史。薄酥饼呈圆形，选料考究、丰富：纯猪油醇厚喷香，浓烈中带着几分激越；白糖心甘如饴，甜蜜的感觉一入舌尖幸福感倍增；花椒粉闻着浓郁，吃着麻辣；白芝麻则温婉中透着几分雅气；五香粉、八角粉、香葱好似小家碧玉，可甜可咸，清丽中带着几分豪气；食盐则是百味之源，即便千里走单骑也少不得它；还有花生、瓜子仁等食材也给薄酥饼增色不少。经过三十二道工序之后，一个“真君子”就出炉了。薄酥饼凭借着“香、甜、薄、脆”行走江湖，走进千家万户，阅尽人间欢愉；凭借着薄而不虚、酥而不碎、甜而不腻占据着人们的心田。不管耄耋之人还是黄发垂髫，不论高官富贾还是寻常百姓，都喜欢在月圆的中秋夜享受薄酥饼的美味。

我家几姐妹一边吃着薄酥饼，一边凝望着月亮，嫦娥姐姐美丽的面庞在我们脑海里浮现，还有玉兔、吴刚和那棵经年都砍不断的桂花树。我傻傻地站在月下，心中浮想联翩，嫦娥姐姐一定站在月亮里看着我们吃饼吧，不知道嫦娥姐姐是否也吃了中秋的薄酥饼。那时，我们一边吃一边时不时对着月亮说：“嫦娥姐姐，薄酥饼真好吃，要不要给你吃一点?”当时我们还小，只知道嫦娥很漂亮，但是不知道她为什么会到天上去，于是几姐妹就会围着父亲，缠着他给我们讲嫦娥飞天的故事。那时，中秋皎洁的月亮不知迷住了多少像我这样的懵懂孩子，嫦娥和后羿的故事以及吴刚砍桂花树的传说就如藤蔓上的紫色牵牛花，美丽、悠远而神秘。成年后，我从书本上了解到更多有关嫦娥的传说。当我读到李商隐的“嫦娥应悔偷灵药，碧海青天夜夜心”两句诗时，我的心里百味杂陈。中秋的月光下，一家人和和美美地团聚在一起品尝薄酥饼真是弥足珍贵的好时光。

很多人用一生治愈童年，我却用童年治愈人生。从小，我得到了父母姐妹们太多的爱，所以我的生命底色始终都是阳光积极的。长大后，哪怕我的人生经历了很多坎坷，心却一直是温暖和感恩的。

岁月是一条长河，流过春天，迈向夏天，走向秋天……随着生活水平的提高，薄酥饼已不再是每年中秋的主角了，但我对薄酥饼却依依不舍，它一直藏在我灵魂的最深处，从未走远。而今，我和姐妹们都步入中年，父母亲也已经年迈，母亲曾经娇小玲珑的身形也变得老态，父亲漏风的牙齿再也嚼不碎薄酥饼里的花生和瓜子仁了，他们脸上的皱纹和花白的头发似乎在诉说着过往的沧桑岁月。此去经年，风带走了许多记忆，但始终带不走薄酥饼的味道，甜甜的、香香的、咸咸的、脆脆的。

慢慢地，薄酥饼成了我心中的一个民俗符号，它记录了家乡传统美食的传承历程，记录了曾经的美好过往，那里有如摇曳的贝壳风铃的嬉笑声，还有浓浓的乡愁。

圆月高挂在缀满星星的夜空，月亮的银辉洒满大地，我享受着中秋静谧的夜色，心也随之荡漾，思绪不自觉地回到了那个中秋夜：我清晰地记得，那时的月亮很圆、很美……

冬日里的散步

冬日的阳光一朗照，便生机无限。房顶成了童话里的小金顶，金黄的银杏叶在路上、草丛中曼舞，迎春花也在绿意里次第亮眼，连池塘里害羞的金鱼都时不时露出水面吐泡嬉戏，整个大地一片祥和温馨。

在老屋居住时最深的记忆是邻居李队长夫妇。那时的李队长夫妇三十出头，是人生的大好年华。可那次李队长的出工却改变了他们家的生存轨迹。

在一个酷暑的下午，李队长带领他的电力工作团队在郊外作业，当他顶替一个中暑的手下爬上十多米高的电线杆作业时，突发脑出血，生命垂危，幸好被及时送往赣州抢救才勉强捡回一条命。

出事前的李队长由于工作努力，成绩突出，被县电力公司提拔为全县查修电路的负责人，日常大家都管他叫李队长。李队长不光有吃苦精神，而且业务知识过硬，最重要的是待人真诚，好脾气也是出了名的，这源于他青春年少时在部队的三年磨砺。一年三百六十五天，全县的电路都在他的掌握之中，哪里有险情，他就带着队伍往哪里赶。李队长最喜欢说的一句话是："我喜欢这个工作，组织叫我做什么我就做什么，党给了我新生，我要回报社会。"李队长家非常贫困，他的父亲因一次车祸常年卧病在床，是他的母亲靠在县城打零工的微薄收入支撑全家八口人的生活。无奈之下，高中一毕业李队长就光荣入伍，用他母亲的话说，还是共产党好，还是部队好，在部队吃穿不愁还可以分配工作，真是天大的好事。在部队的三年，李队长不负众望光荣入党，还学到了一门电工的技术。三年后退伍，他回到家乡做了一名电力工人。在他看来，他的一切都是党给的，他要珍惜，更要回报。

记得有一年闹冰灾，全县电路因结冰导致许多地方出故障。李队长带着他的电力小队伍，走遍了县里的每个角落。在冰天雪地中，电网瘫痪，且无水无电，人的行动因此受到很大程度的制约，施工环境存在着许多不受控的因素，抢修的难度、危险性可想而知。那次在县城一个最偏远的山区乡镇抢修电路，因连日来受连续低温天气影响，电线结冰现象严重。李队长一行考察后决定用火把除去覆盖在线路上的冰。天气寒冷，刺骨的山风吹得大家瑟瑟发抖，队友们望着结满冰凌的高压线都深深地倒吸了一口凉气，谁都没有勇气上前，连队里最资深的队员都面露难色。这时李队长没有多说，毫不犹豫地从队友手里拿过绳索和火把等维修工具，艰难爬在结满冰凌的电线杆上。冰上的那种冷深入骨髓，直达全身每个毛孔，山里的寒风夹杂着冰花刮在李队长的脸上如同刀割般疼痛，越是这样的天气越是不能有半点儿懈怠，高空作业的危险和艰难就在于此。李队长习惯了这样的工作，并且一干就是十几年，以高度的责任感与使命感，不畏严寒，奋战在施工一线。看着李队长如此卖命，其他队员也放下担忧和恐惧迎难而上。寒风酷雪击垮不了他们，在李队长的带领下，他们齐心协力奋战在冰雪之中，彰显电网人的英雄本色。

李队长相貌清秀，一米七五的瘦高个，挺直的腰板，给人玉树临风之感。他日常喜欢骑一辆男式雅马哈摩托车，只要他轰几下油门或者按几下喇叭，我们就知道李队长是上班还是下班了。李队长脾气好、为人好。我家老屋这一片靠近郊区，经常停电或者电路出问题，对于夜晚习惯了光明、习惯了看电视的人们，只要停一分钟电就会像要命一样气恼。所以，只要哪家有电路问题都习惯请李队长过来看看，尽管他不负责这片电路。在邻居们的心里李队长如同亲人一般，怎么麻烦他都没有关系。更让邻居们省心的是每月不用去收费点缴纳电费，直接让他办好就是。看似生活中婆婆妈妈的小事，不知道省了这一片邻里们多少事儿。就是这样一个好男人，一出事邻里们很是痛心。李队长住院期间，邻里们只要一聚拢，谈论最多的话题就是他的病情。

幸好老天眷顾，在长达半年的治疗后，李队长的命保住了，此后却变成了一个废人。整个人处于健忘得基本不能认人的状态，眼睛和嘴有些歪斜，双腿麻痹几乎不能行走，由于是头部脑神经手术，整个脑袋缩小了一些，整个头部有三分之一的部分像小天坑一样凹陷下去，让人不敢直视。邻居们看到李队长都感叹万分：这么好、这么年轻的一个人，怎么转眼就变成这个样子了呢？真是世事难料，人生无常。

李队长的妻子大家都叫她罗姐。罗姐朴实大方，健壮爽朗。医生一再告诫罗姐，这个病只能治疗到这个样子，家属一定要多陪他出去走动慢慢恢复，不然整个身体就会慢慢萎缩，命就难保了。

从那以后，在老屋前面稻田边的小路上就时时会看到两个身影——李队长夫妇。

那是一个冬日，阳光格外好，小路旁柿子树上的柿子一个个小灯笼似的挂在高枝上，像一个个舞者，又像一个个迎风高歌的人，给灰色的冬日带来色彩和感动。

罗姐搀扶着李队长走在小路上，李队长的双脚基本给不了力，几乎全靠罗姐死命撑着拖着他走。李队长因为病痛瘦得像一道闪电，更像一摊即将倒下的稀泥。每走一步都要停下歇息，然后李队长就会像孩子一样整个身子一动不动地扑在罗姐怀里。罗姐紧紧抱住他怕他倒下，几分钟过后，罗姐又使出浑身力气撑着拽着李队长往前挪步。在一个身体几乎没有知觉、神志几乎不清醒的大男人面前，罗姐感到无能为力又无可奈何，家里上有年逾古稀的公婆，下有一个读小学的孩子，她成了这个家最强的劳动力。照顾完公婆孩子后，她就拽着李队长出来运动，坚持成了她唯一的信念。

散步时见到他俩，我微笑着招呼了一声："李队长、罗姐好。"罗姐马上笑脸回应我，然后对李队长说："卢老师叫你呢，还认得她吗?"我用期待的眼神望着李队长，希望他能认出我来，哪知他看都没看我一眼，歪着脖子歪着嘴，眼睛无神，脑袋晃动几下之后又停下，歪着脑袋歪着嘴傻傻地看着我，就像看空气一般，眼神空洞而苍白。他兴许是不认识我了。我有点儿失望地看了罗姐一眼，顿时，罗姐的眼泪哗啦就滴落下来。"卢老师，你说说，他的运气怎么就这么差呢？以前他是多好的一个人呀。"我陪着他们俩一路慢慢地走走停停，蜗牛一般挪步。罗姐压抑已久的心立刻打开，流着泪告诉我，李队长当初对她是多么多么好，别的女人要去上班，李队长却不要罗姐那么辛苦，叫她在家煮煮饭，打理好家，轻松一点儿就好了。罗姐还说，李队长现在这样，也不知猴年马月才可以恢复，她表示再苦再难也要陪着他。我不住地点头，陪着她流泪，我能体会她这份艰辛，也看得出来罗姐对李队长满满的怜惜与爱意。

日子一天一天又一天，只要邻里们稍微留意，每天上午下午都可以看到李队长夫妇的身影。李队长依旧傻傻的，依然由罗姐搀扶着前行。一年四季，风霜雨雪，朝霞暮霭里，从未间断过。罗姐每天料理家务，照顾好公婆孩子后，就给李队长擦澡换衣，然后按摩几个小时，每天上午下午出外运动肌肉，尽管罗姐很卖力，李队长麻木的身体依旧没怎么恢复。罗姐每天忙得团团转，没有一点儿自己的闲暇生活，她的每一分钟都属于这个家。对一个正常的女人来说，这样的生活一天两天甚至一年两年还可以承受，但是如果时间未知难免内心会茫然与困惑。但生活就是这样，一件事情哪怕再苦再难，慢慢坚持也就成为习惯了。

三年后的一个下午，突然得到一个消息，李队长脑部又一根血管出了问题，正送往赣州抢救。这个消息就像给周围邻居的心在冬日里浇了一大盆冰水一样，更给罗姐以巨大的打击。罗姐太难了，几年下来好不容易看到了一点儿曙光，希望又破灭了。生活就是这样，未来和意外搞不清楚哪个先来。在困境中要想获得新生难道就那么难吗？

经过几个月的抢救，李队长的命又保回来了。面对这个危重病人，罗姐更加无助和伤感。她的公婆和娘家人都劝她请一个保姆来帮助她，罗姐思考过后终究没有请，一是为了省钱，毕竟这个本来就不富有的家几经折腾后更加捉襟见肘了；二来她考虑自己照顾更安全可靠，对李队长的身体恢复更有帮助。其间也有好心人看到李队长情况如此糟糕，要真正恢复恐怕非常困难，就劝罗姐离婚再找一个男人一起照顾李队长。好心人是体谅罗姐一个人的艰辛，可是罗姐哭了几天几夜后决定继续守护这个曾经那么爱她但现在只存一点儿气息的男人。

一天又一天，罗姐每天的日子更加忙碌了。几个月后，李队长有所恢复，终于可以下地慢慢挪步了。两年后的一个冬日，我和李队长夫妇又在小路上遇见了。罗姐明显苍老和憔悴了很多，李队长却意外地恢复了许多，再也不用罗姐那么费力地搀扶着挪步了。在罗姐的支撑下，李队长也能用一点儿脚力慢慢地尝试挪步了。我故意大声招呼了一声："李队长。"罗姐马上大声对李队长说："认得吗?"李队长于是慢慢回应我："是不是卢老师呀?"虽然嘴有点儿歪，神情不那么自如，但至少认识我，这让我既感动又欣慰。话题一打开，罗姐还是跟以前一样健谈，只是眼神里多了几分坚定："卢老师，你看看他好多了。当初有人劝我离婚，怕我熬不下去，我慢慢也熬下来了，不想那么多了，前世一定是欠他的，今生是来还债的。儿子太听话了，学习成绩也好，就算看儿子的面也要努力撑下来。"罗姐的话让我十分感动，一路上我陪着她落泪。冬日的阳光洒在罗姐的脸上，她的泪珠那么地晶莹。从罗姐的眼睛里能够看到，她对李队长的爱意和对这个家的坚守。

以后的每一天，一年、两年、三年、四年我依旧能看到李队长夫妇在这条小路上互相搀扶着走路。搀扶着的日子，我能见证的时间就有十一年。李队长的身体越来越好了，不过也只是头脑更清醒了，腿更能用一点儿力了，出外散步依旧要罗姐搀扶着。罗姐虽然苍老了一些，但精神了很多。

六年前，我离开了老屋，之后就没有了他们俩的消息。今天我跟一个过去的邻居聊天，对方告诉我，李队长越活越健康了，他们夫妇依旧在那条小路上散步，这样的搀扶细细算一下近二十年了。罗姐的儿子从名牌大学毕业后谋到了一份收入高且离家近的工作，只要一放假，儿子就回家和妈妈一起照顾爸爸。我听了后又一次感动得流泪了，一个人一生有多少个二十年呢，何况是一个女人。

罗姐为了李队长吃了很多苦，但是她始终觉得自己值得。在李队长出事后的一年，县电力公司为了减轻罗姐的家庭负担，不光李队长的医药费全报、工资照发，还特意给罗姐安排了一份工作，罗姐也成为县电力公司的一名正式职员，给予罗姐和李队长一家莫大的帮助。他们的儿子懂事又努力，考取了中国人民解放军国防大学。儿子犹如父亲当年一样，吃部队饭、穿部队衣，寒暑假昂首挺胸地穿越在小县城的大街小巷。

小路依旧是过去的小路，李队长两夫妻依旧每天在那里散步。冬日的阳光照在他俩身上，紧握的手和对视的眼神里写满了爱意。

选择一座城，爱上一个人，执子之手，与子偕老。在温暖有爱的岁月里，爱在延续……

三、说古道今

洛阳围屋

金秋十月，丹桂飘香。周末，在清风流水的应和声中，我驱车五十余公里来到井冈山下的大汾镇洛阳村洛阳围屋。宁静的小山村里，古屋静卧在青山绿水间，等着我去揭开它神秘的面纱。

洛阳围屋又称彭氏辉斗宅，深居湘赣边界井冈山下的江西省吉安市遂川县大汾镇洛阳村。传说在围屋兴建升梁时，一只从天边飞来的乌鸦突然俯冲下来落于正要落定的屋梁上，乌鸦是当地的吉祥鸟，乌鸦落梁被当看作吉祥的象征，遂取名“乌鸦落梁”，谐音为“乌鸦洛阳”，又被称为乌鸦洛阳大屋、彭氏辉斗公祠，后统称为洛阳围屋。

洛阳围屋由客家人彭辉斗开基创建。彭氏原籍广东兴宁，清康熙三年（1664 年）迁入本地，以经营木材生意发家。彭宅始建于清乾隆五十三年（1788 年），嘉庆六年（1801 年）建成，历时 13 年。彭宅坐西向东，建筑面积为 4606 平方米，占地面积为 7830 平方米。房屋面阔 94 米，纵深 51 米。洛阳围屋历经 200 多年，经历了无数风雨洗礼，依然屹立不倒。

2004 年，洛阳围屋被遂川县人民政府列为重点文物保护单位。2006 年，被列为江西省重点文物保护单位。2014 年和 2020 年，遂川县两次争取到专项资金用于修缮复原洛阳围屋。

洛阳围屋内墙为木构件、土砖隔栈，五直房通道。屋内四通八达，祠堂、住宅、厨房、仓库、学堂、水井、厕所等设施一应齐全。整座围屋的木构件都经过精雕细琢，花纹各异的花鸟和人物图案有上百幅。室内共有 14 个天井、24 个厅、240 多个房间，而且防火、防水、防御功能设施齐全。洛阳围屋虽然建筑规模宏大，但每栋之间既可独立又互为贯通，具有客家古建筑的特色。

洛阳围屋的建筑外墙为青砖，一排共五栋。整座建筑以彭氏辉斗公祠为中心，左右各对称排列二直住宅。屋前的禾坪宽阔平整，铺满黑色鹅卵石的坪上摆放着几个小簸箕，里面晒着豆角干、白皮辣椒和红辣椒，这是农家特有的味道。屏墙偏西部位竖有“乾隆五十九年甲寅岁次”款旗杆石一对，功名及姓名字迹漫漶，已无法辨识。

站在围屋前的晒谷场上远眺，长达四五十米的围屋后傍山、前依水，掩映在一片层林尽染的秋色里，灰白墙体流露出百年的沧桑感。禾坪前厚实的墙垛外是一个半月形池塘，水面清浅，肥大的鲤鱼在水里嬉戏，阳光下，金色的鳞片像嵌满钻石一般闪闪发光。远望，池塘如一面半月形镜子，波光闪烁。池塘是客家人的“风水塘”，塘能蓄水，荫地脉，养真气，故有养人蓄财的寓意。风水塘外再砌一道围墙，围墙外种着一百多亩黄桃，树上的黄桃早已被采摘。一望无际的长箭叶蓼的紫色小花在微风中翩翩起舞，美极了。远山如黛、山峦起伏，在云雾间伫立、等待和坚守，让人有遗世独立、心旷神怡之感。彭氏后人告诉我，彭宅的围屋、风水塘和四周的花草树木与围屋的雕梁画栋形成一幅诗情画意的风景画。彭宅既是古代阴阳思想的投射，也符合“天人合一”的哲学理念。

立在禾坪上端详洛阳围屋，石门楣上遒劲有力的横联格外引人注目。最醒目的是“彭氏宗祠”四个红底黄字的隶书匾额。彭氏家族辉煌的历史就从这方劲古拙、蚕头燕尾的一笔一画中显现。“笃庆锡光”四个黑色正楷大字镶嵌在彭宅民居石门楣的青砖上，仔细琢磨才知，它出自先秦《皇矣》。描写周家的兴起，着重写王季、文王的父德。意在告诫彭氏子孙要诚实、守信、善良、正直地做人，这样彭氏子孙们才会紫气绵绵、门楣生辉、福庆不断。

彭宅民居石门楣上“晋益震观”四个大字一样蕴含深意。“晋”是起步，进也，明出地上。“观”是观察。“震”为雷，风雷激荡，是益卦的卦象。预示家族不断兴旺发达。“豫泰恒升”，“豫泰”指喜悦安康。“恒升”出自先秦《天保》：“孝事其亲行有恒，移忠于君德日升。”这样的践行者一生的喜悦安康如月之恒，如日之升。“德门集禧”，“德门”指有道德的门第，“集禧”指汇集诸多的幸福吉祥。古人云：“德养运，善养福。德善之人，必福运双至。”洛阳围屋门楣上的横联句句内涵深远，彰显了中国儒学思想的博大精深。正如彭氏宗祠墙壁上悬挂的彭氏祖先延年公立的家训十则一样，句句是金玉良言，催人奋进，让人警醒。彭氏祖先彭延年（1009—1095 年），江西庐陵人，进士，大文学家欧阳修的远房表弟。他幼勤善文，学识渊博。历任福州推官、大理寺评理、大理寺副卿知潮州军事、大理寺正卿等职，他为官廉洁、克己奉公、政绩显著。彭延年是古代践行“修身齐家治国平天下”的封建士大夫的代表，国家需要文化自信，家族同样需要文化自信。

洛阳围屋门上还镶刻有多副楹联，例如：“二水合流徽地腾，双峰并峙蔚人文。”“天高秋占凤凰毛，日暖春生兰蕙草。”“东来紫气迎祥宇，南照珠光蔼瑞庭。”对联内容高雅大气，足见彭氏家族的底气。

彭氏宗祠具有典型的客家古建筑特色，一层为砖木结构，室内二进三厅二天井，大厅里的两个天井都是横向长方形的。碧蓝的天空中飘着几朵洁白的云，和天井四周白色的雕花檐牙相映衬，构成一幅美丽的画卷。大厅正中上方的雕花木梁上挂着“承辉堂”三个大字，大字下悬挂着三位彭氏祖先的画像。画像下摆放着神龛，专门供奉彭氏始祖遗像。正厅精墙六扇花窗，镂空雕花，玲珑剔透，惟妙惟肖，显示了雕刻工匠高超的技艺。彭氏后人彭作好说，神龛上曾经一直摆放着两个景德镇青花瓷大花瓶。现在花瓶被彭氏传人收藏，一般不轻易示人。

宗祠建筑非常精美，雕刻绘画独具一格。祠堂里的藻井、门窗、斗拱、斜撑等均雕刻着精美的图案和花纹。天花板是遮蔽建筑内顶部的构件，而建筑内呈穹隆状的天花则称作“藻井”，这种天花的每一方格为一井，又饰以花纹、雕刻、彩画，故名藻井。藻井通常位于室内的上方，呈伞盖形，由细密的斗拱承托，象征天宇的崇高，藻井上一般都绘有彩画、浮雕。祠堂第一进藻井上绘有九星河洛图。这些与宇宙星空阴阳有关的浮雕绘画，寓意彭氏家族催丁、催财救贫的美好愿望。第二进藻井绘有世受皇恩图，寓意着彭氏家族希冀世代受着皇家恩惠的美好愿望。第三进藻井中间绘有一个“福”字，四角绘四只咖色蝙蝠。蝙蝠张开双翼，两耳竖起，腾空飞跃，生机盎然，意为五福临门。卷棚绘有张良拾履、姜太公钓鱼等民间故事。藻井上还绘有三十余幅以名人传说、戏文故事、珍禽异兽、花鸟鱼虫为题材的画作，画工精湛、风格独特。其中，蝴蝶图逼真又寓意深远，是吉祥、美好、幸福与爱情的象征。此外，宗祠两边的墙壁上还绘有六幅现代水彩简易画，色彩以淡蓝和白色调为主。有几辆拖拉机在田间地头忙碌的图画；有东风牌汽车运送一包包公粮和海上货轮鸣汽笛航行的图画，画下还写有标语；有工农兵三类劳动者的图画，农民抱着稻穗，解放军穿着军装，肩扛劳动工具头戴矿帽灯的工人形象最引人注目；有神情专注、认真学习的学生图画；有工人和农民的合影，工人戴着蓝色工人帽穿着蓝色工装裤手指前方，农民戴着草帽挽着裤脚手拿镰刀。工人与农民的后面还画有一排排着气的工厂大烟囱，图画下面还写着“人民公社第二好，工农业生产齐飞跃，工业农业相并举”的标语。这些图画都富有时代的烙印，虽然拖拉机、东风牌汽车等都慢慢远离了我们的视线，但是工农兵齐上阵是强国之本；劳动最光荣、劳动创造美是最美好的语言。

彭氏后人彭作好说，有几年彭氏宗祠里还开设过三个班级的学堂。1998 年至 1999 年，他的女儿彭清兰就曾在宗祠里读过书。站在宗祠里环视，感觉每一个角落都富有文化气息。这一刻，宗祠上空似乎传出了当年孩子们带着客家乡音的琅琅读书声：“鹅，鹅，鹅，曲项向天歌。白毛浮绿水，红掌拨清波……”

彭宅靠东围屋的后栋已倒塌一半，前门左右房仍有彭氏后人居住。一个短发少妇倚在门柱上，见我们来了微笑着迎接。攀谈后得知，大部分居家住户都已搬走，但这家人仍然坚守老宅一角。少妇笑笑说：“围屋冬暖夏凉住着很舒服，再者，这么一栋大宅，我们一家人守着还可以防火、防盗、防破坏……”我立在老屋的过道上任过堂风拂过，的确凉爽宜人。

来到围屋民居西屋，别有洞天。围屋为二房土木结构的三进四厅三天井。跨过高高的门槛，一面木质屏风立在眼前，屏风上的浮雕隐约可见，岁月让屏风变得古朴庄严。从屏风两侧的小门进入室内，镂空的花窗可让人隐隐约约地窥见窗后天井里晃动的光影。站在这里，能让人感受到“隔窗花影动，疑是故人来”的意境美。

从木屏风走进去，眼前顿时豁然开朗。一个十多米的竖式长方形天井嵌在几层的黛瓦屋檐下，天井下仅四十厘米左右的小过道旁对称排列着屋舍，中间是会客厅，两边是住所，还有厨房、饭厅。下堂是一方很大的长满青苔的纵向长方形天井。围屋内采光效果好，阳光从檐牙上折射下来，天井里的苔藓顿时有了生机。天井由青石板铺成，一缕缕光线直射下来如银花绽放，光影投射在被雨水冲刷得斑痕累累的青石条上，穿越时空的古朴感顿生。古语云：“水不宜直流，水不宜出门下，皆主耗散。”与天井配套的排水方式使水流曲折而出，敛气聚财。

中国人讲究安居乐业，房子是每个人身心的归宿。住宅房屋与外界通风可以除去室内的晦气，纳入自然的和顺之气，这也是天井存在的价值。风水学上认为，住宅不仅需要镇守住“地气”，还得接“天气”，天井正是接“天气”的渠道。天井与天相通、与地相连，和宅院完美地融合在一起吐纳阴阳，充分体现了我国古代朴素的辩证唯物主义哲学思想。下堂、中堂和上堂的精墙由镂空雕花的山木门组成，精雕细刻着各种形状的花纹：有扇枕温衾的黄香，有奉茶、讲古、讲伢啥等客家趣味浮雕，有晴耕雨读的书生，有蓑衣斗笠、犁耙风车等农事用具，琴棋书画、奇珍异兽、花鸟虫鱼等不一而足，各种镂空雕花精巧玲珑、栩栩如生。

天井上檐牙参差高耸，黛瓦、青砖和木梁相呼应。下堂和中堂用一扇木屏风隔开。跨过屏风两侧小门的门槛，就来到了中堂，曲径通幽，走过通道又有一天井，天井依旧是长方形的，只是比下堂的天井更小一些。天井里有一株小小的绿植从砖缝里钻出来，开着紫色小花，淡淡的花香弥漫着。天井的两侧为居住的房屋，房子已经旧了，但整个结构还完好，房檐下，精美的镂空木雕完好无损，在壁窗通往侧屋的廊心墙四周，雕刻的图案非常精美。

中堂和上堂由一个拱形石门连接。五栋并排的围屋也由拱形石门连接。拱形石门上雕刻着“叙伦乐事”四个大字，告诫后世子孙应享受和睦家庭的快乐。民居内门、窗、墙枋上的彩绘随处可见福、禄、寿、喜的吉祥文化图案，是民间艺术中的珍品，呈现出浓郁的文化韵味。

走进一间卧室，卧室门旁砌着厚实的一米左右的墙，墙以上都是镂空的红木雕花窗子，一直延伸到一楼房梁。卧室里安静祥和，只听见梁上有几只小燕子的呢喃声，远离喧嚣，天、地、人完美融合。

民居的里墙，粗糙且泛着土黄色，墙壁都是采用“金包银”砌法，即三分之一厚的外墙体用砖或石砌，三分之二厚的内墙体则用土坯或夯土垒筑；也有的外墙用三合土垒筑而成，即用石灰、黏土、沙子相拌，掺入糖、糯米等黏性物质。

民居的木板书法和彩绘图案保存得较为完整。彭氏民居门楣上的石雕和木梁上的木雕大字生动具体、气势磅礴，给后人以警醒。那一刻，我忘记了自己是一名游客，似乎变成了彭氏家族的一员，在接受彭氏先祖们给予我的训诫。

客家人各个姓氏的家族都有一个基本固定的对联。例如，彭姓的对联是“商贤世德　宋史家声”；彭姓的堂号为“信述堂”。

“商贤”，指彭祖。彭姓本为黄帝后裔，黄帝裔孙陆终，生子六，第三子名篯、字铿，封于彭城（今江苏徐州），为商朝时的诸侯国之一，他的子孙就按照当时习惯，以国命姓，称为彭姓，以国为氏，是为彭姓之源。篯铿据说活了八百多岁，经历了夏、商两代，所以又称他为彭祖。彭氏经汉至唐、宋时期，繁衍于江西、广东一带。

“水有源，树有根。”敬祖祭祀是客家人沟通亲情和巩固团结的凝聚力。“敬神不如敬祖”，客家人的远祖来自中原汉族，长期以来，客家人重亲情，宗族血缘观念强，敬祖祭祀是他们重要的民俗活动之一。彭氏后人每年都会举行祭祖活动，特别是每年的清明节，彭氏子孙都会从湖南、广东和广西等地回乡祭祖，仅清明节一天，在彭氏围屋里就要摆上一百多桌宴席。

夜幕降临，彭氏后人先集中“迎灯”，随后锣鼓喧天地舞狮、舞龙。他们举着五花八门的灯笼鱼贯而行，由村头迎到村尾后回到祠堂。九时许，祭祀仪式开始，鼓乐齐奏，鞭炮响声不绝。

彭氏家族的祭祖仪式很特别，这是彭氏先祖流传下来的奇特习俗。族里长辈先准备好一张八仙桌，放置在祖宗牌位前，接着把前天准备好的纸钱铺放在八仙桌旁，而后把大锅里舀出的半生的米饭舀进大饭甑里，最后把大饭甑放置于八仙桌上。紧接着家族大小按辈分依次排列在祖宗牌位前，一人把纸钱放到八仙桌下点燃，火苗熊熊，而后不断加多纸钱和元宝，一边烧一边低声许愿，然后燃放爆竹，跪拜三下。不消半小时，八仙桌上大饭甑就会冒热气，饭也慢慢熟了。当看到饭甑里的热气弥漫在祠堂里，饭香扑鼻时，彭氏家族的人们都会欣慰地感慨：祖先保佑我们了。

彭家人把饭甑冒气看作祖宗显灵，认为这样能够得到祖宗的护佑，然后带着一颗虔诚的心努力地生活。这看似迷信的祭祀方法，细想一下其实也是有科学道理的，米之前在锅里煮得大半熟才被捞起放到饭甑，然后在只隔一层木板的下面不断地烧火，这样传递过来的热量也非常大，所以最后饭甑里的米饭能煮熟也是正常的。

在两晋至唐宋时期，由于战乱、饥荒等原因黄河流域的汉人被迫南迁，历经五次大迁移，先后流落南方。由于平坦地区已有人居住，只好迁于山区或丘陵地带，故有“逢山必有客，无客不住山”之说。当地官员为这些移民登记户籍时，立为“客籍”，称为“客户”“客家”，此为客家人称谓的由来。因为“客家”人一路迁徙，历尽艰辛，在外一直为“客”，所以定居下来后家族的和睦团结就显得格外重要。

念及此，顿时一幅其乐融融的家庭场景图浮现在我眼前。我站在天井下细细聆听，仿佛听到孩子们“咯咯咯”的笑声和充满童趣的嬉闹声，听到了老人们和风细雨的教导声，听到了妻子依在丈夫怀里的娇嗔声。慢慢地，声音随风飘散，从天井穿过檐牙飘向天际，久久回荡。我仿佛又看到了彭氏先祖立在堂前对子孙的谆谆教诲，家族的文化精神深深地刻在岁月里从未磨灭。慢慢地，岁月让习俗演变成一种文化精神，融入每一个彭氏子孙的骨血里，陪伴他们走过每个春夏秋冬。

洛阳围屋的青砖、黄墙、黛瓦都已陈旧，但仍别具风格。每一块青砖上都被刻上了“彭辉斗”三个字，而今依然隐约可见。彭辉斗在当时是个传奇人物，他天资聪颖、仁义忠厚。彭辉斗当年做木材生意发家后，在洛阳村开了一家饭店用来救济当地的穷人，不论本村还是外村人每天都可以到这家饭店免费吃饭，这样的善行持续了三年。有一次，彭辉斗在外营运木材途中遇到一个壮年男子在河里捕鱼而亡，他见该男子家中贫困，一家老小难以度日，便出资助其下葬，并给予这家人两个月的生活费，如此善举让世人大为感动。彭辉斗生前养了一条大汾土狗，通身黄毛，模样清秀。土狗因偷吃、捕猫令彭家人嫌弃，他们准备把它卖给买狗人杀了。这条狗见状，立刻低头跪在彭辉斗面前，摇着尾巴求救。彭辉斗当即呵斥土狗："你以后不要这样了，要学好样，明白吗？"土狗似乎听懂了彭辉斗的话，摇着尾巴就离开了。从那以后，土狗就变了一个模样，不再做坏事，还像家仆一样跟随彭家老小。彭辉斗过世后这条狗嗷嗷痛哭，彭辉斗还山时这条狗衔着白巾跪在其坟墓左边守孝三年，后来死在墓侧。彭氏家族的人念其通灵性，便筑穴埋葬了它。物犹如此，感人至深，这也是彭辉斗善者仁心、仁人立德的高贵品格的写照。《易经》云："天行健，君子以自强不息。地势坤，君子以厚德载物。"人活一世，万事德为先。祖先福泽深厚，是家族后人兴旺发达的根基，也是国家繁荣富强的根本。

据彭宅的后人彭作好介绍，洛阳围屋历经二百多年的风雨，最早有彭氏住户四十多户、一百八十人，而后慢慢发展，从彭宅走出去的彭氏后人就有六千多人。他这房四代单传，虽然之前他这房拥有很多彭宅的房子，但终因人单力薄而放弃或借给同族的人租住，现在还留有十多间房子。他爷爷早年做鸟硝生意，临终前曾告诫子孙："不要争房子，后代争气就好。"

在洛阳围屋里乾隆时期出过很多状元，近代出过一个抗美援朝的英雄彭清明，还出过一位名叫彭存武的大军官。据说，彭存武早年毕业于黄埔军校。1940 年彭存武回到家乡，洛阳村的村民见过他的都赞叹他威风凛凛、气宇轩昂，走在路上别人多有敬畏。光阴带走了彭存武将军，最后他只给彭氏家族留下一条马鞭子和一根皮带作为永远的纪念。斯人已逝，天地动容。

1931 年 9 月，王震率独立一师来遂川驻扎在大汾。驻扎在洛阳围屋的王济才、彭学渊等地主武装，经常出动匪兵骚扰红军。当年，围屋两边都设有炮楼，三个碉堡坐落在一片稻田里。四周水很深，当时红军没有炮，用枪射击又起不到作用，只能四周分布兵力，包围古屋围困敌人，监视敌人的一举一动，只要敌人一出屋外就开枪击毙。据说，当年匪兵盘踞围屋内时，还特意打了两口水井解决吃水问题，现在在宗祠承辉堂后侧两个角落的小房子里，还可以看到两口井的原址，其中一口井仍在但已废弃，另一口井的遗址做了土灶。尽管地主武装凭借大屋的坚固构造和防御功能负隅顽抗了四十余天，但最后还是因粮草断绝以失败告终。彭氏后代彭作好指着东面的山头说：红军战士就埋伏在那个山头上。他又指着彭宅外墙青砖的一个坑洼处，凝重地说："彭宅外墙都是原始的，这个墙角的凹陷处，就是曾经红军用枪打烂的。"彭氏后人彭作好的儿子彭光华也说，小时候他和村里的小伙伴每次到围屋前的半月池游泳时，还可以摸到很多子弹壳。

我用手摸着墙壁上的两个弹孔，思绪回到那段峥嵘岁月，红军战士英勇奋战的身影在我的脑海里久久萦绕。我抬头眺望远方，天空瓦蓝瓦蓝的，一排排杉树依旧挺立山间……及目近处，看到洛阳围屋的外墙上写了很多不同年代的标语。这些富有时代烙印的标语，无疑成为中国革命胜利的最好的历史见证。

卢氏围屋

遂川县堆子前镇集龙村有一栋卢家围屋。围屋坐东朝西，一字排开，三门三厅三天井，中间是祭祖大厅。整栋围屋共二十二个房间，迄今有一百多年的历史。

走进院门，院子狭长，砂石路面坑洼斑驳。这是一栋普通的土砖木瓦结构围屋，石灰白墙，黛青的泥瓦，红色木门、木窗和木栏杆，用料是大山里常见的杉木。围屋厅堂上方镶嵌着“卢氏宗祠”四个刚劲有力的黑色大字。

走进厅堂，目光所及之处，一个燕子巢穴筑在房梁上，一张长木梯倚靠在白色墙壁上，还有一个长方形大竹榻和一个竹编鱼篓安放在墙角。

环顾厅堂，正前方大厅里挂着一块古朴的匾额，上题“念本堂”三个字。念本堂下有一个神龛，上面摆着一个牌位。牌位两旁贴有一副红纸对联：“念涿郡芳名诗书继世光前烈，念宗支聚于一堂序昭序穆。”正堂大厅木柱上也贴有一副对联：“塘内纳祯祥长蕴春光盈福地，塘泛清涟映祠宇轩昂钟灵毓秀千秋盛。”厅堂内有一个长方形天井，天井很小，由麻石条铺就，一方阳光从天井上方高啄的檐牙间漏下，洒在天井苔藓上盛开的一朵白色小花上，一份素雅的美在时间的长河里静静流淌。

围屋采用传统的土木结构，柱、梁、檩、枋等构件形成框架来承受屋面、楼层的荷载，外加白色的墙体，整体呈现出简约大方之美。

卢家围屋和其他围屋有所不同，围屋的二楼四周都设有木质阳台。阳台约一米见方，由木板铺就，竖着隔空的木头围杆。茶余饭后，朝晖夕阴，坐在小木凳上在阳台乘凉观景，山风拂过，惬意舒适。

卢家围屋旁十米处的小山坡上，有两棵约二十米高的楠木树和柘树相拥而立。据当地老人卢义祯介绍，这是两棵爱情树，也是两棵红色树。这栋古屋曾经是红军屯兵的地方，1928 年毛泽东和朱德在这里开展了“打土豪、分田地”的革命工作。当年毛泽东和红军将士还在这两棵树下歇息过。

而今，这栋古屋随着社会的发展和时代的变迁，远不能满足卢家人丁兴旺的需求了，卢氏的后人就在围屋不远处新建了卢氏宗祠。而今，卢氏宗祠也成了卢氏家族文化传播中心，意在传播儒家经学文化和红色文化。

卢氏文化传播中心是一栋庙宇式砖木结构建筑，墙面一色的水磨青砖，堂前还有一个半月形的池塘。左侧青龙砂高峻昂扬，右侧白虎砂低矮驯服，堂局大，案山平整，朝应峰为笔架山，四周山峰挺秀。

卢氏文化传播中心坐北朝南，外观高大雄伟，内部富丽堂皇，古朴又富有现代气息，共占地六百多平方米。传播中心是一井两进式，分为上下厅堂，中间有一天井，上堂集庆堂，供奉祖先牌位。卢氏文化传播中心的大门为三山门，即文化传播中心的正门开有三个门，中间的为中门，两旁的门略小，像个“山”字。平日走两旁的小门，只有逢大节日、大祭祀等重要的日子，文化传播中心才中门大开。

卢氏文化传播中心的大门气势恢宏。大门上安装着狮头铜门环。这铜狮张着牙，怒目圆瞪，很是威风。狮头铜门环有镇屋、辟邪之用。另外，“兽”与“寿”音同，兽头配合如意纹有“寿如人意”之意。门环也是时代的见证，承载着岁月的光影。轻叩门环，时光老人为我们轻轻打开那厚重的历史之门，便能走进历史的烟云里。门环是古人安土重迁，不忘故土的标志。大门上还整齐地镶嵌着许多铜钉，金黄色的铜钉不光代表等级，也与朱门颜色相匹配，同时起到了装饰、加固的作用。

卢氏文化传播中心的三个外大门的对联力透纸背，内涵深远，意义非凡。中大门，有红底金色大字横联：卢氏宗祠。两旁有黑底金色字对联：祠宇重光几度沧桑华构迎来新气象，堂名永盛千秋俎豆后贤再续古雄风。外面左右大门有黑底金色字对联，横联：武略，上联：范阳望族，下联：涿郡高楣。外面右大门，横联：文韬，上联：德为世表，下联：学乃儒宗。

卢氏文化传播中心正堂内阶梯形供奉老祖宗牌，牌上悬挂着开基祖魁茂公的黑白画像，画像两旁是一副黑底金色字对联：魁祖奠基南赣德范功勋芳列世，茂公派衍龙泉兰薰桂馥秀群伦。牌下正中安放着一方铜大鼎，鼎上雕刻着“卢氏宗祠”四个隶书大字。

正堂上方的“集庆堂”三个黑底金色大字立在梁上，两旁红色木柱上刻有一副红底金色字的对联：集建宗祠一脉源流光世泽，龙兴望族两全忠孝显家声；范垂百世宗功浩荡开先绪，阳泽千秋祖德辉煌裕后昆。

正堂的檐牙下的木梁上各种图案的色调以金色、蓝色、绿色和白色为主。其中十多条龙的彩绘技艺精湛、惟妙惟肖，高贵典雅又华美：或游于云空，云雾掩映；或龙戏水珠，波涛汹涌；或雌雄相待，欲追欲逐……

卢氏文化传播中心前堂左侧挂有唐朝卢氏八大宰相的图片和简介。唐朝中期，先后有八位范阳卢氏成员官至宰相。这就是“八相佐唐，士之楷模”佳话的由来。传播中心的四周还贴有卢氏世系图、家训、家规和卢氏的起源等，让人们可以全面了解这个家族的发展史。

卢氏先祖在唐代末年便带着族人先由北方辗转到了赣州宁都，而后经福建、广东，最终才选定堆子前集龙村安居乐业、繁衍生息，只把他乡做故乡。由世族变成地道的农民，开荒拓土，建立家园，其中的艰辛可想而知。卢氏家族一生在天地间为客，筚路蓝缕，卢家围屋是卢氏客家人长期迁徙，与天斗、与地斗、与人斗的产物。试问堆前镇集龙村应不好，却道：此心安处是吾乡。

晚晴里的快阁

一千多年前的一个晚晴，红霞染红了天际，壮美又惊艳。

公事之余，宋初泰和知县沈遵又一次登上“慈氏阁”，他登高观景，泰和城一片祥和。他神情从容，信手拨弹，《醉翁吟》那一声声圆润的音符从他指尖泻出，古琴绕梁，琴音时而内敛浑厚，时而松沉旷远，让人起远古之思，时而如昆山玉碎，有清冷入仙之感，余音袅袅，有穿越时空之感，又有无限的感召力，宽宏高古。兴尽之余，沈遵当即把“慈氏阁”更名为“快阁”。

快阁，雄踞于江西省吉安市泰和城区东侧。这座楼阁始建于唐代乾符元年（874 年），距今已有一千一百多年。它初为奉祀西方慈氏（俗称观音大士）之所，原名“慈氏阁”。

1986 年，这座由国家拨款并发动全县人民捐资仿原快阁式样重建的歇山顶阁楼，规模和布局上保留了唐代楼阁建筑的风骨和壮势之美。大气磅礴的唐代楼阁建筑，尽显儒家美学思想。阁楼色彩繁简得当，圆柱、房檐前额、房顶斗拱、殿门、窗户、墙和栏杆都是用红漆涂刷的，门窗朴实无华，这是最经典的唐代样式。蓝天、金色琉璃瓦、红柱、绿色檐底、阴影等元素构成了唐代建筑独有的色彩感觉，色彩艳丽又不失典雅，彰显唐代建筑独特的风范。

新阁建在原台基上，占地面积四百多平方米，钢筋混凝土结构。快阁共三层，每层二十四根大红柱负栋，四周有檐廊环绕，显得格外庄严，穹顶勾连纵横，横梁饰以精美图案，两侧山花雕刻精美，金色双龙戏珠图案栩栩如生。阁顶举折和缓，檐牙高啄，阁面宝顶压栋，金色琉璃碧瓦在阳光下熠熠生辉。阁楼斗拱硕大，雄健有力，出檐深远，凌空斜出的三重飞檐犹如大鹏展翅，翱翔于蓝天白云间，蔚为壮观。

我登上快阁寻找千年前先贤们的足迹。他们的每一个脚印下都藏着一片精美的银杏叶，叶子上写满了文字，记录着他们在泰和这个千年古县的前世今生。

元丰五年的一个晚晴，晚霞依旧灿烂。黄庭坚身着绿色官袍，头戴方顶硬壳幞头长翅官帽，腰上系一犀饰革带，他倚靠在快阁的栏杆上眺望，远山如黛，无边落木萧萧而下，澄江碧透，灌溉着万顷良田，袅袅炊烟和着落日余晖，美如画卷。此情此景，黄庭坚不禁喜从中来，造福一方百姓即便消得人憔悴也无怨无悔。月上柳梢，黄庭坚的愁绪忽如蚕茧般缠绕。他在寻找俞伯牙和钟子期如高山流水般刻在骨头里的知音之情；他也在寻找那个直到生命结束，依然激情豪迈弹奏《广陵散》的嵇康及那个醉酒如泥时恣意痛哭的阮籍。秋风四起，金色的叶片如蝴蝶在空中飞舞，风吹皱了他的衣袂，吹乱了他的发髻，把栏杆拍遍，“不如归去，不如归去”。他梦想与孤山上的林逋一样，抛开繁杂的公务和身心的郁闷，每天荡舟西湖，过着梅妻鹤子的闲适生活；他也梦想如李白一般梦游天姥山、羽化登仙，去找回那个丢失已久的真实的自我。觥筹交错后，黄庭坚带着几分醉意，迷蒙间，他驾一叶扁舟在白雾弥漫的澄江上漂荡，澄江之水清也，可以濯我缨；澄江之水清也，可以濯我心。这时，悠扬的笛声飞扬，引来无数白鸥，他便随着白鸥一同划向遥远的天际，日暮苍山远，桃源的一隅已隐约可见，那才是他理想的心灵彼岸。

思绪在漫溯，蜀口茶的清香在快阁的每一个角落氤氲，黄庭坚渐渐清醒，嘴里还不停地喃喃："鸥鸟、鸥鸟……"他的诗情如月下的流波暗涌，如朗月一泻千里。于是，他挥笔泼墨，用婉转流畅、瘦硬挺拔、笔笔精妙的瘦金体写下了千古名篇《登快阁》。

痴儿了却公家事，快阁东西倚晚晴。
落木千山天远大，澄江一道月分明。
朱弦已为佳人绝，青眼聊因美酒横。
万里归船弄长笛，此心吾与白鸥盟。

鸥鸟是黄庭坚的心灵依托：畏予者白鸥也，起予者白鸥也，化予者白鸥也。《列子·黄帝篇》所著"鸥鸟忘机"的典故成为中国隐逸文化史上不可抹去的内容，鸥鸟也成为历代文人传颂的隽永意象。黄庭坚《登快阁》的诗篇一流传，文坛渐生一种鸥鸟文学现象。

北宋著名的文学家、政治家，江西诗派开山鼻祖黄庭坚因一首诗歌让千年前的快阁成了网红景点，他在成就自己的同时，也成就了快阁和一座城——泰和。泰和是千年古县，历史悠久，人才辈出。据《泰和县志》记载，泰和秦属九江郡，西汉为庐陵县境。被中外专家和游客誉为"千里赣江第一岛"的蜀口村，明清两朝二百七十多年间登科进士就有二十一人，后裔散播世界十四个国家和全国十一个省市。

而今，黄庭坚辉煌的诗篇仍刻在快阁的大理石上，供后人拜读瞻仰。快阁因有黄庭坚的题诗，惹得许多士大夫和文人骚客慕名前来游览题咏，历经宋、元、明、清诸代不绝。而今，快阁的展厅里还以图文的形式展出了九个古代先贤的故事：有南宋范仲淹之孙广南东路转运判官范正国经过泰和，凭吊古迹而作的《重经快阁》，有南宋大诗人杨万里为快阁所作的《题泰和宰卓士直寄新刻山谷快阁诗真迹》三首，有元代广东省元帅永丰人刘鹗所作的《登快阁》，有明洪武吉安府通判徐彦齐登快阁所作的《公余登快阁怀古》二首，有明代江西提学副使李梦阳所作的《快阁引》，有明万历十九年泰和知县陈舜所作的《复修快阁记》，有清乾隆年间翰林院修编查慎行过泰和所作的《泰和城外望快阁》等。

其中文天祥的《囚经泰和仰望快阁感赋》为黄庭坚《登快阁》之后最负盛名的诗篇。宋祥兴元年（1278 年）十月，民族英雄文天祥兵败广东，被元人所执，囚于船中，解往大都，船过泰和，望见快阁，如遇庐陵父老乡亲，作诗以志伤怀。

书生曾拥碧油幢，耻与群儿共竖降。
汉节几回登快阁，楚囚今渡过澄江。
丹心不改君臣义，清泪难忘父母邦。
惟恐乡人知我瘦，下帷绝粒坐篷窗。

文天祥患难之际，仍不忘泰和的父老乡亲，他的凛然气节和赤子之情跃然纸上，“人生自古谁无死？留取丹心照汗青”是文天祥伟大人格的生动写照。而今，英雄已逝，天地动容。

在快阁的展厅里，还珍藏着一块珍贵的南宋大诗人陆游的“诗境”碑，石碑青石质地，通碑阴刻，“诗境”二字为楷书，字径二十七厘米。该碑为清光绪壬午刊刻，碑体完好，文字清晰可拓。古人云：“一切景语皆情语。”用心用情去感受外物，终会有所得。六祖慧能推崇“顿悟”法门，物我合一，营造一种良好的诗境氛围，佳句便可信手拈来。纵观陆游，是追求“诗境”、笔耕不辍的一生。他的“诗境”之美不光体现在他的文学创作上，也体现在他的军旅生涯中，更体现在他的伟大人格中。

从古到今，快阁受到了世人的青睐，而今，快阁华美转身，由一座供奉观音菩萨的楼阁演变成一个天地人神和谐共生的文化载体，它带着传播中华民族的优秀传统文化和弘扬中华民族文化自信的使命屹立江边，见证泰和的繁荣昌盛。

冥冥之中，黄庭坚其实没有走，他如同一颗璀璨的星星，在历史的星空中熠熠生辉。黄庭坚深爱着庐陵这片土地，他的家族跟庐陵也有着很深的渊源。黄庭坚在泰和做过知县；黄庭坚的哥哥黄太临在龙泉县（遂川）当过县令；黄庭坚的好朋友苏轼应黄太临之邀到过遂川；黄庭坚的曾孙黄藻由分宁（修水县）双井村迁徙到遂川县禾源川坳，黄藻十一代孙黄文端、黄文宠、黄彦道由遂川迁上犹木呰定居。我想，这位念旧的山谷道人一定会在闲暇时再来庐陵的。也许，他在泰和喝早酒，他在金色的稻浪间穿梭，他在武山上望月，他在蜀口村听王阳明讲学，他在井冈山机场候机……

中秋节烧塔

每年的中秋月圆之日，遂川县于田镇新泽村都要举行一场盛大的烧塔民俗活动。当天夜晚，整个村庄人山人海，有万人空巷之势，热闹程度堪比过年。

清同治《龙泉县志》载：“小儿累瓦为浮屠，鳞次角锐，积薪燃之，曰‘烧宝塔’。”

“中秋烧塔”习俗主要有垒塔、烧塔、封塔三项内容。

农历八月十五一大早，老人和孩子们便忙碌起来，四处捡拾残破瓦片、砖块、枯枝、废木等，中秋节下午，人们在空旷的禾坪上用砖瓦垒起一座空心的圆锥形塔，塔里塞满了稻草、竹、干柴、谷壳等。

瓦塔垒砌很有讲究，塔高三至五米不等，大瓦塔用砖打好一个六边形的基座，各留一个进火和一个出灰的灶口，上面再用瓦片一层层错缝叠压，慢慢收腰，形似宝塔。塔的顶端留出烟囱，供吐火舌之用。为了使塔身通风透气和造型美观，大的瓦塔常是两片瓦片合在一起按“品”字形架放。

晚上，随着月上中天，鞭炮响起，全村男女老少纷纷齐聚塔前。各家自带薪柴，主烧人另备上老酸酒或米汤。村民们在塔前设香案，点好香烛，摆上柚子、月饼，再次鸣放鞭炮祭月。祭毕，随着三声锣鼓响起，烧塔开始。在热烈的气氛中，村民开始唱山歌，歌唱好年景与美好生活。

火苗在塔里跳跃，主烧人往灶口塞薪柴，瓦片被烧得通红透亮，整个塔身如红色大鲤鱼一跃而起，立于夜空中，红色鱼鳞熠熠生辉。随着火势上蹿，人们会拿出酸米酒、米汤泼向塔上，霎时，宝塔犹如火龙腾飞，光芒四射。主烧者不断加柴，宝塔烧得四野通红，美不胜收，像一个镂空的圆口红色花瓶，火焰从瓦缝罅隙中迸射出来与明月争辉。塔身的火焰也像碎金一般向上蹿，而后形成一个一个的龙卷大火球冲向云霄，随着风儿飘得很高。火光在夜空闪烁，像仲夏夜的繁星，场面十分壮观，迎来了围观者一次又一次的欢呼喝彩声。烧塔过程还伴有舞龙灯、举龙凤旗、撑宫灯等活动，特色鲜明，引人入胜。

民间流传，塔越高，火越旺，老百姓的生活就越红火。老百姓通过这个千年流传下来的民间烧塔习俗，来表达收获的喜悦，祝福生活像塔的火焰一样红红火火。

午夜以后，塔火慢慢熄灭，看烧塔的人们意犹未尽地渐渐散去。主烧人要等稻草烧完后再燃放一串爆竹来祝贺活动结束。

烧塔是一个民俗活动，更多的是老百姓的一种精神信仰。

自古塔是一种风水，是佛的象征，象征着人们对信仰的追求。“塔”字拆开，正好是“土”“草”“人”“一”“口”，合起来既是秋日里的丰收，又是农耕时代的温饱富足。

烧塔的“烧”字繁体字是“燒”，里面除了“火”字，还包含三个“土”字，意味着老百姓在他们繁衍生息的大片土地上需要红火和收获。烧塔的过程中，火有炎热向上之性，土有和平存实之性，木有生长发育之性，水有寒凉滋润之性，金有肃杀收敛之性，金木水火土五类物质的不同属性构成了阴阳五行相合、万物生长。中秋之夜，燃烧的火焰、欢庆的人们、繁星璀璨的星空、广阔清冷的大地，还有人们心中祈求的那个神灵完美地融合在一起，让烧塔民俗成了天地人神和谐共生的美好见证。

烧塔参与者，一群活得通透的老人和一群心清如水的孩子在中秋节捡拾烧塔的木柴，也是在重拾先人生前留下的脚步，有慎终追远之感，更多的是一种精神的传承。烧塔一直延续百年，预示着游子们走得再远也不会停下回乡的脚步，那缕缕乡愁永远藏在游子的心田里，历久弥新。

烧塔起源于元朝末年汉族人民反抗残暴统治者，于中秋起义时举火为号。也有说烧塔之俗，源自元末刘伯温于月饼里藏字条，约以八月十五举火为号，实行武装起义。

据史书记载，遂川县的烧塔习俗还有一个历史缘由。据说，烧塔的起源与吉安人文天祥有关。宋末元初，文天祥领抗元义军行至泰和一带。正值中秋月圆之夜，在此率全军及老百姓共万人在渡口边上拜月神，祈求早日收复失地，国家兴旺发达。这份爱国之心天地可鉴，日月可表。当地村民用砖瓦砌成约三米的高塔，点燃塔身，顿时火光如昼，照亮了牛吼河浮桥，军队得以成功渡河。

而今，烧塔这一民俗还在延续，那宝塔红彤彤的颜色慢慢衍生成一个经典的遂川元素，它与遂川县的红色故事和红土地构成遂川最美的色彩文化，流传千古。

月光下的资福禅寺

宋元丰年间，苏轼道相夜宿资福禅寺，并题诗曰："月明写炤寺林幽，最是江湖人念头。衣染炉烟金漏迥，茶烹石鼎玉蟾留。山星几点躔官舍，僧院百年过客舟。封事未投圣主意，长安此夕亦多愁。"曾记否，那晚的月光皎洁，苏轼手握佛经，立在资福禅寺的院子里反复吟诵，凝视远方若有所思，他定是被佛经里的偈语所感染。

千年来，遂川县资福禅寺历经风雨，几经损毁，最终因机缘巧合坐落在遂川县城北的森林公园里。古寺重建，佛光再一次普照众生。

岁月不会忘记。资福禅寺原址位于遂川县城北，为赣南最早佛刹之一。晚唐五代时，沩仰宗四世资福如宝、五世资福贞邃、六世龙泉古梅先后任住持。宋至道二年也就是公元 996 年，由僧侣云峰募捐新建，后于明洪武元年也就是 1368 年僧侣应瑞募捐重修。

从遂川县红军小学围墙边的小道登山而上，大概一公里便可来到位于森林公园的资福禅寺神道入口处，几匹石马安立在神台之上，石马的马鞍、辔中的绒球、缰绳的绳纹、项上的鬃毛、全身的肌肉以及眼、耳、鼻、口都雕刻得精细逼真。

走进古寺，大雄宝殿巍峨矗立在眼前。大雄宝殿倚山而建，楼高数丈，金碧辉煌。殿宇巍峨，雕梁画栋，不仅是佛家弟子的身心去处，也是历代文人骚客的静修之地。

大殿外立着一个高大的铜香炉，供信徒插线香之用。香炉身刻“资福禅寺”的寺名。

来到正门，大雄宝殿四个黄色大字的匾额安放在大殿门楣之下，让人肃然起敬。大雄宝殿的“大雄”二字指的是释迦牟尼的德号，其中“大”是指保罗万物，而“雄”则是降伏群魔、法力无边的意思。

步入大殿，敬畏之心顿生。大殿内正中如来佛盘腿端坐在莲花座上，微闭双眼，永远是慈悲、微笑的表情。他全跏趺坐，左手横放双膝上施定印，右手下垂于膝前，掌心向内接触地印。

正当你心中思绪万千时，殿内两侧的十八罗汉塑像又呈现在眼前。他们姿态各异、栩栩如生。十八罗汉寓意配合默契、团结协作，是一道坚不可摧的力量，特别是降龙、伏虎罗汉是勇敢和坚毅的代表，寓意人要坚强、自信，自然会事事如意。十八罗汉的寓意里包含每个人的生命历程不可或缺的精神元素。这就是佛教的魅力，佛海无边，回头是岸。

古寺大悲殿下是阶梯，隔着放生池，放生池的中央耸立着一尊南海观音像。观音菩萨立在池中的莲花座上，她低着头，举止端庄，慈眉善目，世事洞察，眼睛里写满了“等众生回头”的蕴意。南海观音象征智慧、平安、仁慈，这也体现了观音的般若德，相信只要您心存善念，有感必应，所求都能如愿。

绕过放生池，便可来到副殿。副殿内供奉的是送子观音和千手佛，一只硕大的木鱼置于殿中。在通往正殿的神道两侧，各有一级小小的台阶，那是前往山顶风雨亭的登山道。

站在风雨亭往下看，那映在绿树丛中的寺院、杏黄色的院墙、金色的殿脊若隐若现。穿过风雨亭，下得山来，就绕到了大雄宝殿的后面。在大殿的后墙，镶嵌着一块黑石板雕刻的功德碑。

千年古寺，给予世人智慧。遂川县资福禅寺是众多寺庙中的一座，古寺虽小却福德万千。南唐泉州招庆寺的僧人所作《祖堂集·归宗和尚》："须弥纳芥子，芥子纳须弥。"须弥山能容纳小小的芥子，小小的芥子也能容纳一座须弥山。

一个一生历经二十一次贬官的苏轼能如此顽强地屹立于天地之间竹杖芒鞋轻胜马，始终保持内心也无风雨也无晴的豁达开阔的胸襟，源于他在困境面前表现出来的佛学中的积极"如是观"。他在黄州前后经历四年之久。这四年里，悟得佛法大要"如是观"。"如是观"是以一种非世俗的般若佛智来观照世法真实现状的正确看法。"菩提本无树，明镜亦非台。本来无一物，何处惹尘埃。"一个人的认识度有多长，眼光就有多远，世界的边就有多宽。

千年前的苏轼走了，带着一颗虔诚的佛心走了，他走得从容，走得淡定，走得让人永远怀念。

夜深了，资福禅寺的月亮又爬上了星空，依旧很皎洁，它把影子投在资福禅寺上，轻轻地向世人诉说一个久远的故事……

大坑贞节牌坊

贞节牌坊是古代用来表彰女性的门楼。随着历史的变迁，贞节牌坊如今尚存的非常少。在大坑乡赤坑村下权组，就有一座保存完好的黄氏贞节牌坊。这座昔日象征“贞节”的建筑物，虽久岁月远，但依旧拥有往日的庄重与神圣。它虽历经岁月的洗礼，但仍然坚强地矗立在村子的大路旁。

据史料记载，这座贞节牌坊始建于清代道光丙戌年（1826年），距今约有两百年。牌坊是为表彰邓绍翔之妻黄氏的贞节而立。它是当年封建礼教时期朝廷所提倡女人结婚后要遵守妇道，从一而终，一女坚决不侍二夫，夫死不得改嫁的封建礼教的产物，也是从倡导家事国事同理、忠臣不侍二主的传统文化中演化出来的特色建筑。贞节牌坊对研究清代旌表女性从一而终的封建制度具有重要的历史价值和艺术价值。

牌坊设计采用门楼式造型，为四柱三间三楼牌坊。四条菱形石柱伫立在长条形的须弥座上，每根石柱前后都有抱鼓石支护着，非常稳固。横梁上雕刻着象征无穷无尽的“回形纹”，这是中国传统的吉祥图案之一。其中寓意大概是希望子孙源远流长、生生不息。祥云纹，寓意祥瑞之云气，表达了吉祥、喜庆、幸福的愿望以及对生命的美好向往。祥云纹造型独特，婉转优美，其美好吉祥的寓意让我们感受到中华传统文化的博大精深。祥云纹作为我国传统吉祥图案的代表，同龙纹一样，都是具有独特代表性的中华文化符号，它不仅具有深厚的文化内涵和丰富复杂的象征意义，而且是最具生命力的艺术形式之一。

这是一座四柱起楼石牌坊，坐西北朝东南而立，高约六米，宽约五点四米。顶部为三檐歇山顶，中间高，两边低，翘角飞檐，大气精美。

牌坊从基础至脊顶均采用青麻石打造，以中国传统榫卯结构和镂空雕琢方法营造，造型优美庄重，雕刻技艺精湛。牌坊基础由四块长方形条石纵向摆放，基础上立四根石柱，石柱前后配以石鼓纹装饰的巨大抱柱石固定，为云朵形座，由大到小前后对应，使坊楼总体显得稳固且颇有气势。柱与柱之间形成三道门，中门高阔，左右便门各一，主次节律分明。一层门楣雕刻着“旌表邓绍翔之妻黄氏坊”。书字体为楷书，遒劲有力，古朴大方，显示了古代工匠的书法水平。“文化大革命”时，村里人都想拆了牌坊，但牌坊稳如泰山，没有半点儿破损。这也足见牌坊的坚实。

牌坊上方的中间区域原本应该有“圣旨”二字可能“文化大革命”时被毁了，现如今榫扦处还清晰可见。贞节牌坊上的“圣旨”与“旌表”四个字寓意深刻。“旌表”是指封建社会由官府立牌坊、匾额对遵守封建礼教人的表彰。“圣旨”则是指封建社会时皇帝下的命令或者发表的言论。通过这四个字，足见当时黄氏品行端正，是全村女性的楷模，所以才给黄氏立如此规格的贞节牌坊。

这座集雕刻、书法、绘画于一体的贞节牌坊，具有较高的艺术价值和史料价值。立在牌坊前，久久地凝视，似乎看见了一扇沉重的大门徐徐打开，那尘封已久的故事立刻流淌出来。

时光回到了约二百年前。邓氏有两兄弟，老二是黄氏的丈夫邓绍翔。邓绍翔年轻气盛，脾气暴躁，经常把邓氏家族搞得鸡犬不宁。无奈，邓氏大哥召集家族成员商议，决定让老二邓绍翔出外闯荡几年，让他在社会的洪流里接受锻炼和磨砺，为今后的生活积累经验。

那天，天刚亮，雾气弥漫在家乡的河面上，宽阔的河面上时不时传来几声白鹤"吱、吱、吱"的声音。黄氏挺着大肚子，她左手牵一个孩子，右手牵一个孩子，立在河岸边，俏丽的面庞藏不住内心的忧伤。邓绍翔背着一个布包，踏上族人给他置办的两条竹排。竹篙一点一点没入水中，河面上泛起片片涟漪，竹排慢慢消失在雾色中。

带着乡愁，邓绍翔离开了亲人，谁料，这一走竟成为绝唱。一年、两年……十八年，黄氏始终没有等到丈夫邓绍翔的归期，等待的日子里，每天黄氏的容颜如莲花开落。等待是漫长的，从春到冬，从青年走到壮年。在黄氏的心底始终坚守一份信念，她的丈夫一定会回来的。在那些等待的日子里，她既要当媳妇，又要替夫行孝；既要当母亲，又要代替父亲教导孩子。她怀揣对爱情的坚守、对亲情的责任和封建男权社会里那份根深蒂固的从一而终。春耕的细雨里，有她穿着蓑，戴着笠，赤脚踩在泥泞里；秋收的烈日下，汗水浸透了她的衣襟；冬日的暖阳里，有她捧着簸箕，纳着鞋底……春华秋实，夜深了，煤油灯下，那难耐煎熬的夜里，一声声的叹息，刻骨铭心的思念像毒蛇一样缠绕着她，挥之不去。一觉醒来，泪已沾襟。擦干眼泪，又开始新的一天，年年岁岁，岁岁年年。

贞节牌坊的用料取自井冈山市下七仙口，那一块块巨大的青麻石都是用竹排走水路运到大坑的。选址也很有讲究，原本是选在邓家祠堂旁边，最后还是选定在村口大路旁。这块贞节牌坊是神圣和值得敬畏的。起工时，第一块石料一直没有放稳，于是，黄氏赶紧在牌坊前烧炷香，敬神后，石料立刻放正了。牌坊最后一块檐顶放置时，怎么都放不稳。原来牌坊下恰巧有一个卖麦芽糖的老汉经过此地，他戴着破旧的毡帽，皮肤黝黑，身上挑着担子，他呆呆地立在牌坊前端详，若有所思，若有所想。正当这时，黄氏远远地看着他，先是一愣，她怎么看这个卖货郎都很像她朝思暮想的丈夫。当黄氏还在思忖时，那个卖货郎转眼就离开了，工匠们的最后一块檐顶也就顺利完工了。黄氏望着卖货郎远去的背影，禁不住潸然泪下。这也许就是上天对黄氏的考验吧。

据邓姓后人介绍，这个贞节牌坊文物原本归属于邓姓五兄弟管理。十多年前，遂川一个做古董生意的二贩老板想用十六万元现金买下牌坊，后因五兄弟意见不统一未能成交。近几年，贞节牌坊作为文物古董由国家政府部门统一管理，不允许私人售卖，才得以完整地呈现在世人面前。

贞节牌坊，既是中国女性惨遭封建礼教压迫的见证，也是中华民族传统美德的一种象征，也是对孝道文化很有力的一种诠释。在传递女性恪守妇道的同时，它以独特的形式和深刻丰富的文化内涵，无声地诉说着一段历史、一个故事和一种美德。

古人的足迹已经远去，在牌坊铿锵有力的书法雕刻里，我看到古代劳动妇女的忠贞与坚韧。黄氏牌坊就是一面镜子，照见你我前行的路，在爱的路上多一份坚守与执着，生命的美就在天地间绽放。

鄢溪古村

夏日，我驱车来到遂川县堆子前镇鄢溪自然村一睹“中国家庭私塾奇葩”的燕山书院芳容。

沿着开满百日菊的乡间水泥小道，我来到了燕山书院。书院大门是典型的随墙西洋门，大门上雕刻着一副对联：右联为“山色真图画”，左联为“水声奏管弦”，横联为“燕山书院”。对联有清代正楷书法的秀润稳健、圆润大气、骨力遒劲的独特之美。

推门而入，呈现在眼前的是一个偌大的庭院。整个院落具有朴拙之美：青砖、灰瓦、素石、黑栗色木柱及雅淡的清代绘画自成一体；厚重的墙体，刚直的屋脊、檐口等表达着粗放的风韵。庭院正中小道由八组“V”形青砖铺就，立体感强，视觉效果好；小道两旁是院坪，院坪上绿草如茵，富有生机；书院古墙体斑驳，古墙前有马厩和棂星池，虽已陈旧，但仍有过去的模样。

燕山书院采用传统建筑中独特的“金包银”墙体。“金包银”是在建筑工程上的一个俗称，即三分之一厚的外皮墙体用砖或石砌，称“金”；三分之二厚的内墙体用土坯或夯土垒筑的砌法，俗称“银”。砌墙称“金”的青砖或石砌垒筑的外墙体防火防盗，坚实耐用；土坯或夯土垒筑的内墙通风透气，让室内温度恒定，从而达到整个四合院冬暖夏凉的舒适状态。

四合院建筑结构有三千多年的历史，是汉族的一种传统院式建筑，其格局为一个院子四面建有房屋，将庭院合围中间，故名四合院。这与中华文化中哲学、宗教中强调的“天人合一”“阴阳和谐”“万法归一”等思想文化的精髓融合在一起，符合我国历来已久的风水学说、民风民俗等。

沿着青砖小道前行，便来到书院的第二道大门前，传统的大门门楣上横着两个门簪，成语“门当户对”中的“户对”指的就是门簪。门簪是门楣上的装饰物，它像妇人们头上的玉簪，也像门的眼睛，纵目圆睁，历经着风雨，感知四季更替，年年岁岁见证了燕山古书院的发展历史。大门前矗立着两根圆形房梁，梁上刻有对联：右联为“鄢地钟毓应有新诗怀孔孟”，左联为“溪水哺英才重开书馆访圣人”。对联仍是正楷字体，对联内容把山水宝地鄢溪融进孔孟圣贤的思想中，让鄢溪这个古村多了几分文气。古语云：“仁者乐山，智者乐水。”顿时给人气场大开、旷达辽远的意境美，更彰显了书院深厚的文化底蕴。房梁顶部的藻井上的画图精美，意蕴深远。其中房顶正中的藻井上“鱼跃龙踞图”的绘画更是美轮美奂。图画中风起云涌的海面上，一条神龙腾空而舞，光芒似骄阳，神龙目光如炬，鳞爪飞扬，口中水柱喷射而下，一条鲤鱼在翻滚的浪花中昂首挺身，用尽全力回应神龙，刹那间，龙鱼的缘分就此开启，天为证、海为媒，那场面气势磅礴又余味无穷。自古龙和鲤鱼都是人们心中的吉祥之物，龙是中华民族的图腾，它是高贵、权势、尊荣的象征，是正义的化身，又是幸运和成功的标志，而鲤鱼是好运的象征。在我国古代的绘画中，鱼龙在一起一般都跟鲤鱼跳龙门有关，而在燕山书院绘画中鲤鱼与祥龙一同遨游大海的场景却是极少的，足以突显建造燕山书院的黄氏先祖高远的庄老境界。中华文明源远流长，“积善之家，必有余庆”，家族先祖对后人有生养和开化之恩，祖先圣德的庇荫和智慧的引领让家族后人兴旺发达。这是家族精神的传承，也是中华优秀传统文化的传承。

燕山书院是徽派建筑和客家建筑的融合体。徽派建筑又是中原建筑形式与当地土著建筑融合发展后逐渐形成的特有的徽派建筑风格。燕山书院是徽派民居中的多间四合大院的格局，既传承了中原文化中的大气方正之美，又具有江南水乡的精雕细琢之美。

跨过第二道门，映入眼帘的是一个巨大的正方形天井。书院天井院落结构为平面方形，布局紧凑，实用又美观。天井四周檐牙高啄、钩心斗角。站在天井下举目四望，天碧蓝，云纯白，有明澈清新之感。巨大天井由麻石条铺就，地面长满了青苔，绿意浓浓。阳光照射下，整个书院亮堂、开阔、舒适。书院天井两侧为砖木结构的厢房，厢房被隔成一个个大小均等的小教室和学生宿舍，两侧靠墙有窄形廊屋，窄形廊屋的卷棚上绘有众多图画，雕刻内容非常丰富，包括人物、花鸟、走兽、山水等，雕刻的人物多选材于历史故事、民间传说，画面生动形象、栩栩如生。房屋的屋面均向天井内倾斜，形成著名的“四水归堂”式结构。古人采用院内天井建筑结构，寓意深远，天井是气口，不光便于取光，而且能聚财延寿，汲天地灵气。书院天井是住宅内唯一能感受外界变化的地方，更是学子们情怀的寄托之所。遥想，某一个晴天，学子们坐在天井旁诵读《三字经》《弟子规》等儒家经典，他们摇头晃脑，长辫在背脊甩动，小脸蛋上洋溢着青春与活力，清澈的眼眸里写满对未来的憧憬和期盼。黄昏日暮，春雨滴答，雨雾迷蒙了天井，课后的学子们依旧坐在天井旁，他们双手托着小腮帮子，凝视着灰蒙蒙的天际，思绪伴着和煦的春风飘向远方。学子们寻思，远方的双亲一定还立在水田里，他们披着蓑衣，戴着斗笠，弯着腰，不一会儿一行行嫩绿的秧苗就插满了田地。田坎角上的缺口处春水哗啦啦地流淌着，预示着又是一个丰收年。冬至的夜来得格外早，家人们早早吃过饭，围坐在火炉旁。母亲抱着刚出生的弟弟喂奶，年幼的妹妹穿着厚厚的棉衣情不自禁地从棉被里伸出小手烤火。炉盆火让妹妹的脸变得红通通，像苹果树上熟透的红苹果，她嘴里喃喃道："妈妈，快过年了，哥哥什么时候回家呢……"

天井的北面圆形木梁上刻有对联：右联有"燕舞莺歌欣遗古院传国学"；左联有"山环水绕幸有贤才济家邦"。天井南面木梁上刻有对联：右联有"崇文重教敬长尊贤成典范"，左联有"尚礼敦伦和邻睦友立家风"。这两副清代行书对联字体平稳中和、珠圆玉润、飘逸洒脱，足见黄氏先祖家事、国事、天下事事事关心的高远心境。书院正楼天井右侧房檐上刻有四个正楷大字"天地吾庐"，左侧也刻有四个正楷大字"古今吾友"。黄氏先祖是有德行的儒商，靠木材生意发家后不忘传承中华传统文化。徽派建筑精美细腻的建筑格调里融有黄氏先祖心怀天下的大情怀、大格局。这些木板上的刻字历经二百多年岁月的洗礼，字迹仍然非常清晰，这是黄氏先祖们对黄氏学子的殷切厚望，也是一种精神的传承。

沿着天井四周的走廊漫步，楼下的小教室里摆满了仿制的桌凳，小教室泛黄的墙上还挂着一幅幅介绍遂川自古以来的著名书院和从遂川古书院学成后的名人逸事：《西溪砥英书院》《新兴书院》《八角楼书院》《遂川古代书院名录》《遂川古代书院的管理》《遂川古代科举名录》《遂川古代书院诗聊选辑》《彪炳千秋两知府》《一门俊杰"孙氏三龙"》《"庐陵首宰"刘沆求学遂川考记》《北宋刑部尚书郭知章》《明末兵吏两部尚书郭维经》《周题赠书院诗词选》……一个远离城市喧嚣的小山村，居然有如此规模的家族书院，人才辈出，这是鄢溪自然村的骄傲，也是堆子前镇的骄傲，更是遂川县的骄傲。顿时，我的耳边似乎传来了琅琅的书声，书声伴着清风，从天井上传出去，声音很清脆、很响亮。

沿着天井旁的游廊，我来到了书院二进文昌阁，这是书院的主体建筑。“阁”是旧时楼房的一种，一般两层，周围开窗，多建于高处，可凭高远望。文昌阁是砖木结构的两层建筑结构，楼下大厅是讲学堂，讲学堂摆放着桌子，试想：一群半大小孩儿在此学习，氛围一定很好。文昌阁上厅木屏风上方刻着“文昌阁”三个正楷金色大字，字体遒劲有力，力透纸背。大字下面的木屏风上雕刻着“孔子作揖行礼”的金色画像。画像中的孔子身着长袍，长须冉冉，两手相交，手心向上放在胸前，身子向前微倾，表现出谦恭礼让。此孔子形象创意来自唐代吴道子的《先师孔子行教图》。孔子作揖，传达的是中华传统文化中“仁”和“和”的精神，而黄氏家族在燕山书院里雕刻“孔子作揖行礼”图，意在引领黄氏后人对儒家思想所倡导的仁者爱人、天下一家的思想和精神来传承。文昌阁楼下卷棚上的木质绘画非常精美，内容有狮啸鹤舞、龙翔风翥、明理求学和修身仕途等，充满浓郁的文化气息。讲学堂左右两侧有两个小门上分别写有“文行”“忠信”四个大字，这是孔子教学的思想内容，意指“文献、品行、忠诚、信实”。“子以四教”是由外至内、由浅入深的教育理论，在孔子的理念中，一个人成才必须是才智教育和道德教育融为一体的。“文行忠信”四个字言简意赅，却道出了教育的大方向，这也是一个人生命教育的根本。通过小门入内，两个长方形小天井矗立其中，这是书院厨房所在地。

通过文昌阁木屏风两旁的小木门，可以拾级而上二楼。二楼是书院的教师宿舍，宿舍门口挂着一件蓑衣，宿舍里摆放着古旧的黑栗色办公桌，黑栗色八仙桌和木箱子，还有毛笔、墨水等。站在二楼凭栏而望，远山如黛，峰峦起伏；近处檐牙高啄，钩心斗角，浑然雄伟。整座二进四合大院自成一体，有浓烈的历史厚重感。阁楼卷棚上的绘画富有文化底蕴，阁楼上的木雕更是精妙绝伦、栩栩如生。书院内的木雕有典型的徽派建筑特点，多用于梁架、梁托、斗拱、雀替、檐条，楼层栏板、柱棋、窗扇、栏杆等部位，尤其民居天井四周的栏板是木雕装饰浓墨重彩的部分。其中门窗、横梁和栏杆等处的木雕是最大亮点，有西番莲花的木雕，图案华丽传神。二楼外檐额舫与柱相交处的雀替木雕古朴大气，雀替从柱内伸出，起承托额舫、拉结梁架的作用。

如此高大上的燕山书院并不是公办书院，而是供黄氏家族子弟亲友免费研习的普及式私家学府。由黄氏由相带领其子义方、义言、义齐兄弟于乾隆五十九年（1794 年）紧随井下正亮堂大屋兴建，于嘉庆十一年（1806 年）竣工。燕山书院建筑面积为 1982 平方米，高 9 米，由内外两院组成，整个书院建筑占地面积为 3000 平方米，是四水归堂的四合院式建筑。书院为砖木结构，飞檐翘角，楼下有房 20 间、楼上有房 6 间。

怀着敬仰之心，我来到了黄氏正亮堂。“燕山书院”与“黄氏正亮堂”相隔 300 多米。“黄氏正亮堂”建筑面积为 3240 平方米，占地面积为 6000 平方米。该房是典型客家围排屋，正亮堂正面有平排五扇双开木大门，围屋前有一宽阔的禾坪，赣南红粉石镂空窗户，结构独特，风格古色古香。屋内为二进三厅一天井，整栋围屋由九个厅堂和十八个天井组成，俗称“九厅十八井”。围屋内部的木隔门、门窗、斗拱、屋梁和支撑都有设计精美、雕刻精细、花纹各异的图案。正屋前东西两侧各建有 90 平方米的“兰庭”和“桂室”两陪屋。两米高的围墙将围屋紧紧围住，围墙外设有半月形风水池塘，水面清浅，一一风荷举，有鱼儿在嬉戏。“池塘”是客家人的“风水塘”，塘能蓄水，荫地脉，养真气，故有养人蓄财的寓意。围墙的西面设有大门楼，石质门楼上的精美石雕代表黄氏先祖的高雅情趣，西面角设高大雄伟的石雕大门也彰显了黄氏先祖低调中的奢华。恢宏的黄氏正亮堂、明镜般的风水塘和四周的花草茂林与内敛的燕山书院构成一幅绝美的画卷，黄氏正亮堂是清代书斋文化、庐陵文化与客家文化建筑风格的完美融合，这是古代阴阳思想、儒家思想的投射，也符合“天人合一”的哲学道理。

自黄氏正亮堂和燕山书院相继完工，黄氏家族便热闹起来了。做工的，求学的，教书的……每天人来送往，门庭若市。为解决众多人的喝水问题，黄氏先祖特意在正亮堂西面大门不远处开凿了一口水井。

从西面大门出来右拐 20 米处，便来到了一眼仍然冒着水雾的古井旁，井水清澈见影。一块块新旧交替的青石板铺满古井周围，见证岁月的沧桑。古井的左右旁边，坚如磐石的水泥地板把古井紧紧抱住，固如金汤。

我怀着深深的恋水之情，探究古井渊源。于是，我找到了七十多岁的黄老伯。当他听说我来探访古井后便滔滔不绝地说起了古井的故事。1806 年的一个秋日，鄢溪黄氏正亮堂正式落成后，正亮堂男主人黄由相带着他的几个儿子踏上了寻找水源的道路。功夫不负有心人。几番周折，在离正亮堂后山三百米处一棵老樟树下找到了一处泉眼。老樟树雌雄两棵同根生长，百年屹立，苍翠勃发，一位老先生根据山坡地理，断定树下有泉眼。黄由相的儿子们根据老先生的指点，在老樟树下深挖下去，一股泉水汩汩而出。之后，黄由相命家人买来几十根烟囱，在烟囱上抹上桐油石灰，然后把小烟囱连接起来，最后用火砖将烟囱拼接密封，做成一条长龙一样的水管，通向了正亮堂大院前左侧，一股泉水轻轻柔柔、清清爽爽地来到了正亮堂院门前落户。

黄由相请来了当地最好的凿井泥匠，连夜加班，一口井便落成了，圆圆的井周身直径近 2 米，水深约 1.8 米，井口由麻石条砌成，井的周身和井底都由青砖砌成。井底的前侧井壁上特意留了一个口子透进山泉水，井底的后侧井壁上也留了一个口子把井水引到井旁一个长形的小池子里，做村人洗衣洗菜洗澡之地。

井是人类生命的圣物。一口井掘成了，便是一方水土养育一方人的生命源泉。1988 年秋天，黄氏后人黄南生从台湾来遂川省亲。两鬓花白的黄南生抚摸着黄氏正亮堂陈旧的雕花窗棂和斑驳的墙面，感慨万千，岁月可以带走许多东西，但带不走的是他一颗回归故园的赤子之心。秋风里，他站在古井旁，思绪在风中飞扬。古井没有变，依旧清澈甘甜，依旧是麻石条的井沿、青砖的井围和井底，还有他儿时在井边的歌谣。古井安然，不喜不忧。井围的青砖参差了许多，都是岁月做的蛊，过往的岁月里古井边那一张张幼稚可爱的脸、苍老颓废的脸、英姿勃发的脸，像一幕幕电影在他脑子里闪现。黄南生决定出资修葺古井。修葺后的井围结实耐用，古井水依旧清凉可口，井底整齐排列的青砖上的青苔见证了一切过往。

古井一路走来，风雨兼程，不改的是它的古朴，年年岁岁，风吹雨打，雷电霜雪，也不曾动摇过它静卧听雨、滋润每一个黎民百姓的初心。

一代又一代的小伙伴们最喜欢在古井旁玩耍。盛夏，疯玩后的小伙伴们总会来到井边，先咕嘟咕嘟地喝个饱，然后把清凉的井水用小瓢淋在穿着汗衫小短裤衩的身上，有的小男孩儿干脆脱光衣裤让井水在他的小屁股上尽情流淌。嬉笑声冲向云天，在空中回荡。女孩子相聚到古井边挑水回家煮饭，更喜欢在古井边洗头洗衣洗菜，轻柔的话语像雾像云又像雨，在青春的记忆里流淌成一条河。

据说，这口古井曾经有祛毒治病的神效。新中国成立前，有一年乡民大规模染上痢疾，由于当时医疗条件十分落后，很多乡民得不到有效医治，苦不堪言。不久，人们发现唯独鄢溪村井下组的乡民没有类似病症。查探原因后得知，村民同饮了黄氏古井的井水。这一消息顿时传开，有些邻村人慕名前来取水饮用，发现此井水果真有治病的奇效，就连一些染上痢疾的病人喝了井水后都被医治好了。后来，这个消息一传十、十传百，十里八乡的乡民都闻讯而来，每天古井旁都排着取水的长队。黄氏家族的人们非常慷慨，为前来取水的乡民提供便利，赢得了很多人的尊重。

一口古井彰显了一个家族成员的高贵品格。古井和黄氏后人互相成就，抒写着黄氏家族的春秋故事。

2012 年，百年不遇的大旱灾，小河枯水了，但古井清泉依然汩汩而出。据说，这口古井最热闹的时候是正亮堂主人黄由相继建起正亮堂后再建起燕山书院之后，黄氏家族子弟亲友都在这个私塾学府免费研习。这个建筑面积约三千平方米的书院，容纳了几十上百名不同年龄段的学子。每天清晨，学子们有的穿着青布长褂，有的穿着宽大的短衫、大裤，梳着长长的辫子在古井边洗漱，黄昏时分学子们在井边洗衣服。清晨，他们在井边诵读，咿咿呀呀的诵读声在井边萦绕。站在古井边，我仿佛看见了学子们的身影，听见了他们的琅琅书声，看见了黄仁波（曾任婺源巡检）、黄常棠等秀才款款走来。

昔日学子们的足迹已经远去，但他们的身影却在井边留下了印记。每当鄢溪小学琅琅的书声响起，井边棒槌声回荡，村民们就会引以为豪地讲起燕山书院黄氏家族的文化传承故事，就会情不自禁地谈论燕山书院与古井的过往。

“天地为庐，古今为友”的书院文化精神就像这口古井一样在鄢溪这块美丽富饶、历史悠久的小山村源远流长、流芳百世。

“鄢水迴环源远流长”，“鄢溪”发源于“九龙山”，绵延数十里，溪水清澈甘甜，环绕大半个村庄，经过村前流向对面山脚下，汇入右溪河，使鄢溪村成为一座清水环绕的水中村。水是生命之源，水利于万物不与外物争。古人云：“上善若水。”一个家园因为水而变得有灵气，寻找诗意的栖居地，营造家园，是我们每一个人的梦想。而水，是家园最为诗意的载体。

在水的滋养下，鄢溪古村到处生机勃勃，呈现出一派新农村建设的新面貌。一条条水泥小道四通八达，一栋栋高楼大厦拔地而起，一片片茶油树硕果累累，黄澄澄的金橘随处可见，荷塘里的映日荷花香远益清，村里人不约而同地聚在一起，谈论着丰收的喜悦、生意的成功、孩子们的家庭教育，还有村里通高速的大喜事……

护村河静静地流淌，碧水盈盈，清澈见底，河中鹅卵石下有小鱼小虾在嬉戏；高大的皂荚树、古老的樟树和一些不知名的大树矗立在溪水旁；不远处，一座叫“稻香亭”的亭子立在河畔，亭子顶上的稻草让人心生浓浓的乡愁；开放渠有幸福水陂，陂上一座巨大的水车矗立水中，水车转动，飞溅起玉珠般的水花，在阳光下折射出七彩的美景；碧绿的菜畦掩映在良田修竹间；风吹稻浪，稻花飘香。闲暇时，你可以带着家人来到堆子前镇鄢溪村，沿着鄢溪河的仿古九曲长廊漫步，去感受鄢溪的秀美景象；你可以远眺，也可以近观，兴奋时可以摆弄几个满意的姿势，拍几张美颜照片；也可以在长廊的石凳上休息，闭上眼睛，放松身心，尽情吮吸乡村的清新空气。月亮爬上星空时，鄢溪村如一个迷人又神秘的西域美女，吸引着人们驻足欣赏。皎洁的月光下，灯光五彩缤纷，闪烁璀璨，绿得灿烂，黄得耀眼，鄢溪古村俨然成了不夜城。最妙的是观赏文化长廊展示的最精美的摄影作品，作品内容是鄢溪的古今风貌：有亮丽的村落、文化广场、网红打卡点、碧水映新堤、书院古学堂、燕山书院、古村通高速、大若古寺、黄氏大宅院、黄氏正亮堂、金橘果园和古村新貌。鄢溪传统手艺有打铁匠、编斗笠、裁缝匠、老篾匠、爆米花、剃头匠，是传统手艺能工巧匠们“工匠精神”的一种弘扬和传承。游人还可以了解鄢溪婚俗文化，也可沿着鄢溪古村主游道步行数百米，去观赏一处精美的仿古景观雨读桥，雨读桥通往高标准农业基地，与下游的晴耕桥相呼应。“晴耕雨读”是古代农村读书人的一种生活作息，也是文人士子理想的文化境界和精神家园。晴雨之间的变化和耕读之间的变换是社会中的实践与反思的过程。人生旅途中，我们不可能改变世界，但我们可以改变自己，以更好地去适应社会，凡事“无可无不可”，看似无为而治，实则把握自然规律，顺应自然。这也是生活的“道”，生活时时做到“道法自然”，就有了生命之美，才能活出生命的意义和价值。

站在雨读桥上，隐约中，我的耳边似乎又传来了两百多年前燕山古书院里的琅琅读书声，声音依旧很清脆、很响亮……

萧萧班马鸣

苍穹下，高山峡谷间，古道上，马铃声，目断四天垂。

由南向北，有一条古道，路在千山云雾的深处，古道上刻着唐宋的马蹄印，马背上驮过明清的盐和布，马锅头们前行又前行，让茶的芬芳飘向远方，沿着一条伴着千山万水的茶马古道，探寻一段正在消逝的历史。

贵州的青岩古镇至今还保存五公里长的青岩古道遗址。玉带河镶嵌在古道上，这一条从西北峡谷中华美转身的小溪，就是我们现在看到的青岩河。河水清澈见底，两岸风景秀丽。清晨，河面上升起了薄薄一层雾气，仙境一般；蒹葭在雾气里君子一般伫立着，随风摇曳；岸边一些不知名的小花开得恣意，红的、黄的、紫的，星星点点地点缀在草丛里，像星星在眨眼；微风阵阵，送来缕缕花香、稻香和青草味；白鹭在河边徜徉，亮眼的白给无边的绿增添了亮丽的一抹；河边村庄里的表嫂、大姑娘、小姑娘们摇曳着身姿来到河边，挑水、洗衣、洗头……她们沐浴着朝阳，光影投在河面上，一张张俏丽的脸庞羞红了潜底的鱼儿。多情的汉子在河边的树下偷望着河边自己心爱的姑娘，时不时把小石子掷向河里，顿时水花溅起，河面泛起一片片涟漪，水珠落在姑娘的脸上、身上，她们娇羞地嗔怪着，心里却荡起阵阵喜悦。夕阳西下，田地里收工的老汉牵着他心爱的老牛来到河边，老牛俯身侧躺，在水里嬉戏，“哞哞”地叫着；老汉吆喝着牛儿回家，浑厚的男中音在空中回荡；暮气沉沉，笼罩着山川河流，月亮爬上山坡，像一个醉了的仙人，迷望着玉带河，深情款款。

青岩河上青岩桥，人在桥上走，水在桥下流。“有溪自西北峡中出，至此东转，石梁跨之，是为青崖桥。”明崇祯十一年，大旅行家徐霞客经由茶马古道来到青岩古镇，在他著名的旅行日记中，记录了这座桥，古代才俊的造访，给这座桥增添了许多传奇色彩。

青岩桥是一座长二十八米、宽二点七米，单孔净跨六米的三孔石拱桥。这座桥设计独特，别具一格，有娇柔女子的婉约，又有君子的大家风范。桥的拱圈很薄，拱顶至桥面也很薄，因而显得桥形十分优美。三孔石拱桥横跨在青岩河上，低吟浅唱，倒映在水中，有长虹卧波之感，水美，桥也美。桥上的青石板路被羁旅之人的足履磨得光滑圆润。桥下的水曲曲折折，日夜流淌，像多情的布依族女子唱着动人的歌谣从桐木岭方向而来，又袅袅婷婷地经惠水而南下泗城，之后入涟江，出岭南而去。这是一条河的美好年华，远离世俗的喧嚣，伴着清风，和着白云，抒写着朴素美好的生命乐章。

青岩河静静地流淌，青岩桥上离意浓。秋风飒飒，黄叶纷飞，青岩桥上马蹄嗒嗒，催促着青岩的布依族马帮男子远行，他们裹着的头巾、开衫短衣、长裤在寒风中飞扬。盛装的布依族妇女，穿着足鼻绣花鞋，佩戴着银手镯、耳环，依偎在心上人身旁，泪眼蒙眬，轻轻的抽泣声让河水也为之动容。两鬓斑白的老母亲把头晚烙好的大饼和家乡自酿的米酒安放在马背上的袋子里，千叮咛万嘱咐，老泪纵横。念去，路途遥远，高山峡谷，风霜雨雪，盼归已成梦。在经年的野外生活中，不知有多少赶马人和马锅头就这样客死他乡。马帮历史已经证明，茶马古道原本就是一条人文精神的超越之路。马帮每次踏上征程，就是一次生与死的体验之旅。茶马古道的艰险超乎寻常，然而沿途壮丽的自然景观却可以激发人潜在的勇气和力量，使人的灵魂得到升华，从而衬托出人生的真义和伟大。

茶马古道踏过青岩桥，就摇身穿越青岩镇。这是一个历经了六百多年风雨洗礼的古镇。从前车马慢，现在也慢，古镇用青石呈现最暖的慢生活。古镇从金戈铁马、车马轰鸣中闯来，依山而建的古城墙雄伟壮观，一块块巨大的青石是狼烟四起的见证人，它见证了英雄保家卫国的勇敢与坚韧。城内雕梁画栋、楼阁参差；家家户户自成的院落中片片青石垒叠的院墙，古朴中透着沧桑，光滑平整的青石板路诉说着曾经的记忆与故事。忽而瞥见“卖花担上，买得一枝春欲放”那类女子，青岩的卖花女子健康的小麦肤色下窈窕的身姿成了青石板上一道亮丽的风景，浑身上下洋溢着活泼、健康、明媚与天真。试想，城中曾经也许有一个等在季节里容颜如莲花开落的多情女子，每天晨光熹微就立在青石板的小巷里直到日暮，她在期待寂寞中等待着她的归人，金线菊是善等待的，也许，寂寥和等待是多情女子的专属。只可惜落花有意，流水无情，嗒嗒的马蹄声里望着远去的过客黯然神伤。此外，古镇淳朴的民风，富有特色的美食也吸引着络绎不绝的八方来客。古镇远离喧嚣与战火的清静安宁，就连周总理和邓颖超等的亲属也因躲避战火客居于此。一幕幕红色故事在古镇上演。

茶马古道的青岩堡在历史上有着举足轻重的地位。青岩堡位于贵阳府南的青岩下。天启初，安邦彦又攻打贵阳，派他的手下李阿二带领四十八庄兵围攻青岩，阻断了贵阳的粮道。抚臣王三善派他的手下将领王建中营救青岩，烧毁叛军寨营四十八庄，定番路才开始畅通。明初，朱元璋为了立足贵州控制西南拱卫贵阳，设贵州前卫所辖的十几个屯堡的第九个百户，在狮子山西南麓的山脚，控制着贵阳至黔南的驿道，一丸封关，地形险要。公元1381年，五十四岁的朱元璋派三十万大军远征滇黔，大批军队进入黔中腹地后驻下屯田，这也是青岩屯逐渐发展成为军民同驻的“青岩堡”的缘由。

而今，烽烟已逝，青云堡遗存的茶马古道一段，变成了一条宽阔的道路，再往前是山村原野和连绵的山脉，绿意葱茏间古道踪迹全无，但从起伏的山峦间我们可以瞥见当年马帮们翻山越岭的概貌。这是一条经历风霜的古道，刀光剑影间写满了生离死别的战友情；风起云涌间，道尽了人世间的沧桑变化；暮霭沉沉间，马蹄声、厮杀声，响彻云霄；天朗气清时，英雄的形象像一道道光芒射进人们的心房，让人们永远铭记那段不朽的历史。

赵理伦百岁坊是茶马古道上的三牌楼。百岁坊位于青岩城北约半里处贵阳至惠水的古驿道上，这座建于清道光二十三年的石坊是一座四柱三间三楼阿顶牌坊，巍然矗立在南街。石坊的石狮护柱，外观大气雄伟；雕琢质朴的狮子，张着巨口，二目圆睁，前爪握宝，后脚壁立于柱上，灵气中多了几分威武。虽经百余年风侵雨蚀，石狮仍活灵活现，精妙无比。赵理伦百岁坊的建造是老寿星们的心灵家园，更是尊老优老的标志。“一方水土养一方人”，古有“仓廪实而知礼节，衣食足而知荣辱”，从一个侧面反映了青岩镇百姓当年尊老爱幼的古朴的民风及老百姓安居乐业、怡然自得的生活状态。青岩镇如世外桃源一般庇佑着这方百姓，在岁月的长河中写下了浓墨重彩的一笔。而今，我们更应踏着古人的足迹，传承美德，造福一方。

走茶马古道，探遗风神韵。费孝通说："沉积着许多现在还活着的历史遗留，应当是历史与语言科学的一个宝贝园地。"青岩茶马古道上的一河、一桥、一镇、一堡、一坊都构成了大写意的古道风景。青岩茶马古道，用沧桑来祭奠那一段流逝在历史大河中的艰辛和辉煌。

问道葛仙岩

在遂川县枚江镇的园岭村，有座葛仙岩。它屹立于县东枚江镇百余米高的石壁中。传说岩洞能通赣州通天岩。站在葛仙岩顶远眺，遂川城东的全貌尽收眼底。

史料记载，晋升平年间（357—361 年）葛洪曾云游至此，见石室深邃幽静，遂结庐凿井炼丹于此。传说岩洞能通赣州通天岩。如今岩洞绿树成荫，风景优美。

葛洪（283—363 年），字稚川，自号抱朴子，丹阳郡句容（今江苏句容市）人，东晋道教理论家、著名炼丹家和医药学家，世称小仙翁。所著《抱朴子》继承和发展了东汉以来的炼丹法术，对之后道教炼丹的发展具有很大影响，为研究中国炼丹史以及古代化学史提供了宝贵的史料。葛洪还撰有医学著作《玉函方》一百卷（已佚）、《肘后备急方》三卷，内容包括各种医学知识，其中有世界上最早治天花等病的记载。《正统道藏》和《万历续道藏》收有其著作十余种。

相传葛洪在修道炼丹期间，经常为山民治病，曾治愈天花、霍乱患者数百人，深受山民爱戴和尊重，人们尊称他“葛仙”。每当他治好一个病人，病人的家属就在山上栽一棵杉树和一棵映山红，葛洪也载同样的树表示答谢，久而久之，山上就长满了这两种树。

葛洪谢世后，当地山民为了纪念和感谢他，便在此建了一座道观。道观中悬挂葛仙画像及神位，四时祭祀，香火不绝。很多文人墨客常来此吟诗作赋，寻访仙迹。后来，虽历经战争，但道观仍然香火很旺。正是由于葛洪的存在，才让遂川县枚江镇园岭村的葛仙岩有了遂川道教圣地之说而闻名于世。

又相传，葛仙岩洞里有一条巨蟒，千百年来盘踞山洞。一旦惹怒它，巨蟒便爬出山洞，随之而来的是山洪暴发，洪水顷刻间湮没整个遂川县城。这个传说从小听到大，可巨蟒都不曾出洞。我想，一是葛仙岩洞居住环境好，二是人与自然和谐共生的缘故吧。

葛仙岩春夏秋冬风光不同。葛仙岩是春天都不忍略过的地方。春游葛仙岩，收获的是好心情和美景。站在山顶望山谷，层峦叠嶂，山谷里的湖水清澈碧蓝。每年春风四月映山红怒放，漫山遍野，目不暇接。它与清风流水、松涛鸟鸣应和着，在幽静的山谷里尽情绽放，美得不可方物，惹得游人流连忘返。

沿着阶梯上山，一路上映入眼帘的映山红宛如一片火红的朝霞，又如山野间奔放的舞者，于草丛中、山坡上、岩壁上、山脊上轻歌曼舞……那一株株或粗壮或俊秀的枝干上，缀满了浓密青翠的绿叶。在那层叶片之上，簇拥着一朵朵吐着蕊的艳红的映山红。举目四望，一棵多枝、一枝多花，棵连棵、枝连枝，一簇簇连成了花海，用火一般的热情召唤着山野。盛开的映山红像一个个俏丽的小仙女，穿着小喇叭似的红纱裙，在阳光下翩翩起舞。凑近一闻，一股淡淡的甜蜜味沁人心脾。

夏天，到葛仙岩观云海看日出也是一种享受。晨光熹微，月亮还挂在空中，远山富有层次感。群山万壑都笼罩在云雾间，远山如黛，像极了一幅水墨丹青的画卷。远处，一条一条参差排列的山脉线飘在天际间，若隐若现、气象万千；近处，墨绿的杉树、灰黑色的石头掩映其间；深蓝色的山脉上，一条碧蓝色的云天线、一条粉色的霞光线和一条淡蓝的色彩线连同大团的白云平行铺在天际上，像织女机杼上刚织出的云锦绸缎。慢慢地，太阳升起来了，光辉照耀着大地山川，一切都是那样生机盎然。黄昏日暮，苍带点缀花海丛林，神秘又雅致。

秋冬季节，约上几个朋友去葛仙岩攀登高峰，观赏漫山遍野的缤纷色彩，领略“一览众山小”的豪情壮志。也可选择山间的一块空地盘腿坐下闭上眼睛冥想，所有过往一一想起而后又一一掠过，顿时，纵有群山万壑藏于心底也波澜不惊，顿悟之心渐生。屏气侧耳听一片叶子落下的声音，听一滴山泉滴落的声音，听风声、雨声和问道的声音，才知世间万物都应道法自然。正应验了唐朝李翱所云：“练得身形似鹤形，千株松下两函经。我来问道无馀说，云在青霄水在瓶。”

冬雪初晴的葛仙岩的美景是惊艳的，山峦如仙子一般披上了白色纱衣，飘逸洒脱，仙气满满。山风拂过，雪花碎银般飘落后隐约透出一点绿意，清新之感油然而生。此景只应天上有，人间哪得几回闻。

葛洪曾云：攀登高峰者应该戒备追求登顶时的危险，涉渡深水者要防止舟载过重而沉船。此以登山涉水为喻，说明在追求最高境界的目标时务须谨慎、倍加细心，以防祸患生于不测的道理。葛真人认为，追求得道成仙，最重要的要是有一颗立志向道的心。只有淡泊名利，抛弃世俗功名，才能道有所成。

而今，葛真人虽已仙逝一千多年，但葛仙岩依旧巍峨矗立于天地间。

听雨

雨，是中国古典诗词里“着我之色彩”的常见意象。从《诗经》的“昔我往矣，杨柳依依。今我来思，雨雪霏霏”开始，两千年来，轻盈的雨，任重道远，承载着沉甸甸的艺术生命。一首首诗词，经过雨水淅淅沥沥的滋润，变得蓊郁、晶莹、清新、透亮。

有雨这个意象的古诗词不胜枚举，如春夜喜雨、秋雨梧桐、雨打芭蕉、枯荷听雨、江南烟雨、杏花微雨、双燕细雨、空山新雨、巴山夜雨、天街小雨等。学界按诗人心境，一般将雨的意象，分为喜雨与苦雨，另有禅意之雨、希望之雨、朦胧之雨等划分。无论怎样划分，雨皆寄寓着人类的生态之美。

雨是多情的。一个雨夜，冷清的小巷深处，一座古宅里，昏暗寂寥的小院里，风簌簌地刮着，树枝随风摇曳，落叶纷纷而下，冷雨落在屋瓦上“滴答滴答”似打在离人的心上，梧桐夜雨间，那次第怎一个愁字了得？烛光下，一个如花女子，摘花不插花，盘起的发髻里藏着思念，俏丽的愁容上写满了孤寂。搔首踟蹰间，泪光点点；形单影只间，烛光映红了她的脸颊；思绪飘向了遥远的塞外，那里有她整装待发、英姿勃发的心上人。为了一份约定，一份承诺，任由风吹乱了发髻，也痴心不改。雨夜，等待的心绪在空中飞散……

雨是灵动的，也是悲戚的。雨后的林子，落花流水去也，雨打芭蕉，滴滴思雨梦破碎在心间。昨夜风疏雨骤，桃李不言，落红点点，娇喘吁吁间，花谢花飞间，红消香断无人怜惜，独把花锄暗洒泪。今日雨无情，人却有情，花落有人葬，他日人去谁来怜。潇湘馆里泪涟涟，无尽心事与谁诉。

雨是痴情的，更是无情的，伴人品味岁月的流转、时光的飞逝。歌楼上一个青葱少年恣意洒脱，雨对他来说无非是生命的一个小点缀，不管是和风细雨还是狂风暴雨，都影响不了少年的心，幸福与喜悦都融在欢声笑语中，觥筹交错间，以为生活原本就是这样，直到永远。然而，天有不测风云，生活的狂风暴雨终究要敲打在他的脸上和身上。在壮阔无边的江面上，在大雨滂沱间，在烟波浩渺间，他撑着油纸黑伞，身着水墨色衣，乌黑的头发在头顶梳着整齐的发髻，昔日清秀的面庞上新增了几根皱纹。斜风大雨飘打在他黝黑色的面庞上，他禁不住打了一个寒噤。谁说人生尽欢愉，地阔云低处，失群的大雁才最知晓他的心，孤雁的阵阵哀鸣穿透他的魂灵，岂是一声哀叹就能说得清道得明？点点的烛光里，轻盈的罗帐间，缥缈的歌声处，那个恣意的少年的身影再也寻不回了。惆怅间，任凭雨水浸湿衣襟。谁道人生无寂寥，只因当初未尝到，而今寻得愁滋味，欲说还休。

前路遥遥，长夜漫漫。众里寻他千百度，蓦然回首只是春梦一场。竹林深处，古筝悠悠；空寂山谷，箫声低回；高堂明镜，鬓也斑斑；黄河岸边，白浪翻腾；青砖红瓦，银箸甜羹，红绸玉簪，花红柳绿，低栏楼阁间，可终究解不了他千古的愁怨。大江东去，淘不尽心中的愁怨；青山白云，寄托不了壮志豪情。香烟缭绕的庙宇大殿间，树林荫翳的晨钟暮鼓间，染了秋霜似的眉宇发髻，即便心境沧桑，波澜不惊，也还未大彻大悟。任凭雨轻落大地，尘归尘，土归土，让往生者安宁，让在世者重获解脱。

悲欢离合总无情，一任阶前点滴到天明。雨是恣意的，也是旷达的。即便路途中遇雨，也可以在料峭春风中竹杖芒鞋轻胜马，一蓑烟雨任平生。这是雨给予他的灵感和快意。雨是多情的，也是忘情的，回首向来萧瑟处，归去，也有风雨也无情。

坐在阳台上，静静地听雨。雨中有悲欢离合，雨中有人情冷暖，雨中有不尽相同的人生境遇和人生情怀。渴望千年前那场旷达的雨，永远回荡着灵魂修行的喧响；渴望千年前的那场雨能穿越时空，淋湿世人的心境，在开怀抑或落寞中与古人一道竹杖芒鞋、且歌且行。

守与变

树干上，洼地里，台阶上……苔藓尽显风采，有的青绿，有的墨绿，有的咖啡绿，变换的是它的色彩，坚守的是执着坚定的依附。湖边的草丛中，各种花儿随着一年季节的变换在风中摇曳，变的是颜色和种类，坚守的是对美的追求。

古人喜欢用诗歌表达感情：“国破山河在，城春草木深”“等闲识得东风面，万紫千红总是春”“无边落木萧萧下，不尽长江滚滚来”“千山鸟飞绝，万径人踪灭”……四季更替，各类风景纷至沓来，快乐的忧伤的，不变的是诗人内心蕴藏的深沉情感。

就如中国画，依据中国传统美学的思想，一直在守与变中不断探索。守住的是中国画的文化传统和精神传统。例如北宋董源的水墨山水画《龙宿郊民图》，它描绘了居住于江边山麓的民众庆贺节日的情景。此图以山为主，右侧的两座大山占据了画面的大半，山顶且有矾头。山下水面空阔，溪流蜿蜒，树木茂密成林。山下的人家在树头挂起了灯笼，溪边又有两条舟船，上竖彩旗，数十人自岸及舟联臂排列，似正在表演庆贺的歌舞。山下道路上点缀着一两行人，似在赶路，又似在游览。这幅图画的用意应该是表现清雅的江南山水中居人生活得舒畅和愉悦。“山水，大物也”，有北宋强大的政治经济军事国力，北宋的山水画呈现的也是雄浑壮阔的气象，就如“一花一世界，一叶一菩提”中所包含的“天人合一”的宇宙观，这样一个“大”的宇宙观，也直接道出了中国山水画的精神内涵，即中国人的世界观和作者的精神追求。这种精神从远古而来，一直慢慢根植在中国人的骨头和血液里，这在无形中也增加了中国人的文化自信。

在遵循中国画自身发展规律的同时，我们要充分意识到中国画的笔墨技法不是独立存在的，要和画的“写意”相得益彰，在富有审美情趣的“写”上，让画的“立意”言有尽而意无穷。例如顾恺之的《洛神赋图》中渗透的就是顾恺之“痴黠参半，明哲保身”的处世哲学，正因为这种处世态度，让他的画“意”达到了艺术的最高境界。

守中求变，与时俱进，是中国画呈现给世人的另一面。古为今用，推陈出新，中西合璧，也是中国画的另一个走向。例如庐陵画家曾建生老师的《暖冬》就极富代表性。这幅画从传统走来，又极富现代气息。它保留了古代中国画的绘画技法，又在写意上有新的突破，对新旧窑洞赋予了象征性的写意，不仅展现了画的意境美，更赋予了画作更深刻的主题。在大气磅礴中表现中华的山水美、时代的变迁及温暖和谐的人文关怀。

中国的学校教育从春秋战国开始，最早由教育家孔子兴办私学，“有教无类”。西汉武帝时期推行儒学教育，在长安兴办太学，还令天下郡国设立学校，初步建立起地方教育系统，这也是很有代表性的官学。到了隋唐时期，科举制度的完备推动了教育事业的发展，从中央到地方，建立了一整套学校体制。宋代的学校制度更为完备，中央有太学、国子学，私人讲学的书院也在兴起。明朝强化了前代的科举制度。为了严格控制士人的思想，实行八股取士，这体现出君主专制的强烈色彩。明代中期以来，书院比较兴盛。清朝前期的科举和学校，官学色彩更浓。

从古到今的学校教育，不同朝代教育的模式和思想都在不断地完善及推陈出新，时代在进步，学校教育也需要对中华传统文化中的教育思想进行创造性转化和创造性发展。在变中求守，守住古代书院的优良传统，守住古代书院的去功利化，强调人格教育的重要性和家国情怀的培养。这些书院在古代很多儒人身上得以体现。例如宋代的朱熹、南宋理学陆九渊、复兴岳麓书院的张栻等，他们的教学理念至今对中国近代、现代的学校教育影响深远。

所以，大千世界，万物苍生，历来都不是以单一的形式独立存在的。守中有变，变中有守，就如景致之壮阔和脆弱的感觉。你行走于山间，一朵花、一片叶子、一块怪石、一棵草，抑或一个小山坡，当它们都以单一的状态呈现在你眼前时，你会冠以它们“脆弱”二字。草在集它们的种子，风在摇它们的叶子，即便站着不说话似乎也能感受到它们的呼吸，这样的景物和“壮阔”二字是绝不沾边的。但是当你抛开单一的某一个物，在空中俯瞰那一片有花有草有叶子有怪石的山峦时，心中便会突兀生出“壮阔”二字。这两种情怀的产生变的是角度，不变的是物。世界就是这么奇妙。奇妙得让你时时心生许多感慨。

心中有了守与变的理念，就能看懂和体悟更多的事物。就如藏人心中叫“卡瓦格博”峰的梅里雪山，至今无人成功登顶，并且在2000 年卡瓦格博峰被永久禁止攀登！卡瓦格博峰是藏族人民心中神圣不可动摇的神山。并不是所有的高山都可以攀登，并不是所有的河流都可以游泳，对于自然、对于信仰，人们应该多守住心中的那份敬畏之心。

在守与变中感悟生命中遇到的一切。遇见未知的事物，感悟更多未知的守与变，只有这样，人类对世界的探索才会更有意义和价值。

渔夫畅想曲

宽阔的水面上，漂浮着几只小船，有人垂钓，有人撒网。清风徐来，小船荡漾，渔夫看起来很快乐，仿佛正在哼歌，随心所欲地打着鱼。夕阳的余晖映在渔夫的脸上、身上、小船上，一幅“渔舟唱晚”图就挂在天际间，温馨浪漫。

在中国文学等艺术中，渔夫有着特别的含义。《楚辞》中有一篇《渔父》，其中就有渔夫登场。当时任楚国宰相的屈原在谗言下被驱逐出国，彷徨中遇见了一个老渔父，渔父问屈原为何如此闷闷不乐，听完屈原回答后，他唱着“沧浪之水清兮，可以濯吾缨；沧浪之水浊兮，可以濯吾足”，然后就划船走了。士大夫屈原和烟波浩渺的江面上的渔父组合起来的画面，足够吸引人的眼球。屈原是一个努力到无能为力，奋斗得感动自己的高层官员，他的骨子里一直秉承着儒家的价值观，应该说屈原也算是古代激进士大夫的代言人。而渔父不受束缚，不过分拘泥，将自己托付给自然，怡然自得，这精神反映了老庄的思想。

人们总说：“姜太公钓鱼，愿者上钩。”在周朝一个又叫吕尚的姜子牙，他就是以一个渔夫的形象出场，他在渭水河畔钓鱼时遇见周文王，文王请他出山辅佐自己的儿子。最终姜太公不负众望，受世人敬重和推崇。所以，在儒家传统中，钓鱼人象征了隐于野的优秀人才。招纳出众的隐士也是为政者善于执政的证明。

无独有偶，柳宗元的《江雪》中“孤舟蓑笠翁，独钓寒江雪”就描绘了一幅这样的景象：一叶孤舟、一袭蓑衣、一顶竹笠、一根钓竿，垂钓的渔翁与壮阔的雪景形成巨大的反差，更突出了渔翁的孤独与坚持。在这漫天飞雪、寂寥寒冷的江上，他能钓到鱼吗？

显然，这个渔翁能否钓上鱼来已经不重要了，“渔翁”这一人物形象在这里一样具有特别的含义，他是淡泊名利与世无争的隐逸者的象征。柳宗元写这首诗的时候，大约是被贬永州之后，他用“渔翁”作为诗中的主人公，绝不是为了表明自己在仕途失意时的归隐之心，而是对自己政治主张的执着坚持。哪怕朝野一片反对，哪怕自己没有同道中人，哪怕一贬再贬，他都要像独钓寒江的渔翁那样，苦苦地守候，相信总会有收获希望的那一天。本来消极出世的形象在这里翻出了积极入世的新意。

中国渔夫的形象还表现在晋朝陶渊明的《桃花源记》里。作品讲述的是一个美好的故事。晋朝太元年间，武陵有一个渔夫，有一天，他沿着溪水前行打鱼，忽逢桃花林，继续前行，在林尽水源的地方发现了一个世外桃源。里面无论男女老幼，都怡然自得，过着没有纷扰与战乱的生活。渔夫在桃花源住了几天就离开了，并沿途做了记号，告知当地太守。但无论是太守派的人，还是后来像南阳刘子骥那样的名士，都没有找到这个世外桃源，之后再也没人去寻找这个世外桃源了。

作者陶渊明无非是借武陵的渔夫，来表达自己归隐的心情，同时表现陶渊明对安乐、自由、平等生活的向往和对现实生活的不满。文中渔夫的形象就是一个理想通向现实的载体。之后，陶渊明和家人一起隐居山间，怡然自得。可见，隐者可以是一个人的生活，也可以是一家人的生活。这和郭熙的《早春图》里所表达的思想有异曲同工之处，《早春图》里所描绘的山峰树林、湖泊瀑布、停船靠岸的渔夫、怀抱婴儿的妇女、黄发垂髫的小童、挑担的男子、欢脱的黑色小狗，构成了一幅春游欢愉的还家场景。这为读者营造了“可行”“可望”“可游”“可居”的境界。

可见，绘画、文学等艺术中的“渔夫”意象还有更深的内涵，在某种程度上代表了士大夫的出世情怀，这和老庄的思想契合。

对于中国的知识分子来说，儒家思想与老庄思想构成了个人的表和里，它们既矛盾又统一。作为士大夫阶层，能兼济天下者内心形成了一个丰富多彩的士大夫精神传统，作为集官员与文人学者于一体的社会角色，士大夫精神一直有入世与出世、执着与超脱、忧患与喜悦的不同精神层面。

士大夫作为社会精英，有着积极入世的一面。由于士大夫自觉对这个社会有责，故而其内心总是有一种强烈的社会焦虑与文化焦虑。孔子面对纷乱的世界表白：“天下有道，丘不与易也。”他们面对天下无道、社会秩序混乱，必须站起来承担社会责任，重建一种好的社会秩序，追求修齐治平。但是，如果只有社会责任，只有忧患意识，只有道义情怀，就会常常处于痛苦、烦恼的状态，他们需要化解这些痛苦、烦恼的不良情绪。对于那些参与天下大政的儒家志向在现实的官场中几乎无法实现的官僚，他们对此耿耿于怀与自己的理想不符。所以，困顿中，他们就会生发出世的隐逸愿望，这种姿态让他们能够向现实世界妥协，却又不陷其中，这是让他们接纳自我，让自我有一条精神回路，这也是“渔夫”意象产生的缘由。

远古的“渔夫”已慢慢淡出我们的视野，但是“渔夫”作为一个载体将会一直牵引着我们的心，让心灵在入世后得到一点出世的心灵歇息。从某种程度看，他们出世实则是为了更好地入世，这对今天有积极意义。

雩溪宝塔

在距遂川县城十一公里的雩田镇北港桥下首小河边，离 105 国道约一千米的地方有一座雩溪宝塔。史料记载，雩溪宝塔建于明嘉靖三十三年（1554，甲寅年），迄今为止已有近五百年的历史。宝塔底座直径约五米，塔高约二十四点六米。

雩溪宝塔最初是为镇龙而建，是一座风水塔。相传，明嘉靖年间，雩溪一带夔龙作祟，旱涝频发。当地村民请道士作法镇压夔龙，而后在夔龙伏法处建造了一座宝塔。整个塔身七层八面，每层飞檐翘角，均有八个明暗相间的窗子，互为相称，窗顶云卷纹饰。

相传，明嘉靖二十三年（1544）年，嘉靖帝加授陶仲文为少师，还兼任少傅、少保。历史评价陶仲文："一人兼领三孤，终明之世，惟仲文而已。"官居极位的陶仲文时常感恩邵元节的提携之恩，明嘉靖三十三年前往仙源宫拜谒邵元节陵墓。

之后，陶少师前往南安府（当时管辖大余、南康、上犹三地）与好友刘节（时任南安知府）相见。阴月某日，陶少师一行路过吉安府龙泉县（今遂川县）雩田镇时，陶少师骑行的骏马突然仰天长啸。顿时，陶少师大惊，定睛一看，只见眼前众多百姓跪拜在地，其中领头的是一个穿着七品官服的中年人。正当陶少师纳闷之时，中年人突然大呼："龙泉县令携乡亲跪拜陶少师，去年龙泉大旱，大地干枯，庄稼也被太阳晒死。这里叫雩田，雩者，雨少也。这个地方非常干旱，希望陶少师能施展法力为龙泉百姓求雨。”

陶少师掐指一算，顿时明白了。于是对乡亲说道：“这个地方常年盘踞着一条夔龙，遇水化为龙。所以此地的雨水都被夔龙所吸取，如果想要雨水，一定要斩夔龙建镇龙塔才可啊！”

说时迟，那时快。陶少师右手五指平伸，指尖朝上。中指、无名指弯曲入掌心。大拇指、食指、小指各矗一方形成一鼎状，捏了个三清诀。顿时，晴朗的长空天雷滚滚。不多时，空中出现一头形状像牛、全身无角的怪物。那怪物大叫道：“是谁惊扰了我的好梦，快快前来受死！”

陶少师应声怒斥道：“大胆妖孽，你本应修真龙，做善事，你却集水祸害百姓，这种修炼不可留你！”话音刚落，陶少师便手指翻转，立马捏了个阳雷法诀，一个金黄色的巨雷向夔龙头顶劈去，将它打落在地。夔龙落地，一声轰鸣，砸了一个巨大的坑。随后，陶少师又捏了个反天印牢牢地将夔龙封印起来。

随后，陶少师对龙泉县令说：“在夔龙落地处建镇龙塔，坐东向西，葫芦为顶。四明四暗，不正为正，七星之数，八卦之形。可保当地风调雨顺。”

因此，雩溪宝塔被建成坐东南朝西北，且以葫芦宝刹为顶。葫芦是道家常用的法宝和风水道具，因为它嘴小肚大的外形可以收纳好的气场，所以自古就被人们视为辟邪、祈福的镇物法器。塔顶砌葫芦形宝刹，正是取其驱邪镇祟之意。

雩溪宝塔整座塔身都是用青砖平砌、糯米粉加石灰混合浆灌缝的楼阁式精美建筑，整座宝塔没有用一点儿木料。古时路小，牛车不能把县城的青砖拉到宝塔的地方，只好请有钱人家建一座大砖瓦房，请来工匠在建塔的附近修一座砖窑，专门建窑为建塔而烧砖制作，青砖有长方形、正方形、菱形等。尤其圆弧形修边的青砖在烧制好后还需要人工打磨。宝塔第一层较高，正面大拱门上嵌一块青石横匾，镌刻“雩溪宝塔”四个楷书大字；二至七层大小高矮层层内缩，中间为八角实心，可绕螺旋阶梯上至顶层，顶端砌有葫芦状塔刹。

同时，塔身修建得略微倾斜，也印证了“不正为正”；塔高七层，象征“七星之数”；底部为八边形，象征“八卦”。塔内砖制塔心，柱上设有神龛，每层每面四明四暗相间的八扇窗口印证了陶少师的“四明四暗”之言。

雩溪宝塔的塔顶曾经有一大一小两棵苦楝树，可以预测旱涝，十分神奇。每逢干旱之年，两棵树要到 5 月下旬才会长出几片树叶；而如遇洪涝之年，苦楝树在早春二月就会冒出新芽，直到初冬时节树叶才会渐渐变黄。

千年古县百年塔，高耸入云话春秋。

四、绿色生命

桃源梯田美如画

夏日周末，从遂川县城出发，一路向西，穿越六十余公里山水田园，从赣湘省道分道，沿着盘山公路，很快就来到了左安“桃源梯田”景区。

车在梯田山腰停下，欣喜油然而生，远山中的梯田在半空中弥漫着缥缈的云雾，朦胧而蜿蜒绵亘的梯田水面泛起粼粼波光，像极了一幅水墨丹青的画卷，太壮观了，这就是“全球十大最美梯田”之一，有着“中国最美梯田之乡”美誉的桃源！

醉美五月，此时的桃园梯田，正沐浴在一片温暖祥和的夏韵中。

桃源梯田地处海拔一千四百四十二米的神女峰的崇山峻岭深处，总面积十平方公里，有梯田五千余亩，其中集中连片的就有两千余亩，是国家4A级旅游景区，2014年被评为“全球十大最美梯田”。

梯田山腰，一条泥泞小路弯弯绕绕，顺着一丘丘错落有序的梯田翩翩起舞。小路上方的梯田铺向山顶的云端，一股山泉水从山上流下，哗哗啦啦，清脆悦耳，打破了桃源大山里的寂静。山泉水从上一丘田坎上的一个缺口流向下一丘田，一丘注满，又从田坎上缺口处自动流向下一丘田，一直流向山底，犹如一场接力赛。

我们转入梯田中间的一条水泥小路往山下走，初夏时节，温度很高，山风吹来，从内而外仍然透着凉意。小路两侧的梯田大小不

一、规格不等，梯田高度落差幅度较大，田与田之间隔着较高的田坎，一种渐变式的峻峭之美。田坎上有青草和各色野花装点着田坎，散发出迷人的气息。几只肥鸭伏在田坎上私语，见我们来了，“嘎嘎嘎”都跳进稻田里嬉戏，溅起的水珠在阳光下折射出七彩光芒。夏至，禾苗绿油油，一个中年村民立在田里施肥，青青的禾苗吸吮着营养，如刚落地的娃娃，静静地享受润泽成长。

望天丘是桃源梯田的主要景观。踩过一段田坎路，登上九级台阶，就可抵达。望天丘呈大椭圆形，田里注满水高高凸起在桃源梯田的半山腰，像一面平整光洁的镜子；又像一枚羊脂玉印玺，清水里的稻茬如一个个印玺上篆刻的大篆文字，浑厚朴茂。水是梯田的灵魂，“问渠那得清如许，为有源头活水来”。灌溉之水像是从天上而来，望天丘由此得名。

站在望天丘上极目四眺，桃源梯田像极了王母娘娘的瑶池，池落山间，头顶白云素帽，环抱碧波静，积水空明，吸天地之精华。望天丘如一个晶莹透明的水晶大舞台，立在层层叠叠的梯田之上，四周的梯田被重峦叠嶂的群山环绕，如一层一层排列而上的梯形水晶流线型看台，在蓝天白云下，勾勒出一条条清晰而又优美的弧形线条，像一串串银链挂在山间，又像一根细软的长飘带，弯如月悬在青山绿水间，美不胜收。

顺着梯田中间的小路，我们来到了不远处的一栋老屋。农家宅院立在半山腰，红色的大门和窗子，木梁撑起屋檐，土砖黄墙，木屋连着几间低矮的小屋，猪圈、茅厕和杂物间。屋前有一大院子，没有围栏，在天地间敞开，两只老母鸡在院子的沙地上晒太阳，悠闲慵懒地享受着阳光，见有人来，赶紧往柴垛里钻。

屋旁的篱笆中圈着春天，野桃含笑，菜畦里种着蒜苗、包菜、韭菜、芥菜；黄色油菜花还零星地开着；豆荚藤爬满了竹篱笆。菜畦紧挨着一口小鱼塘，水不深，红色小鲤鱼有百许头，快乐地享受水的爱抚。老屋院子前的坎下竹木成林，春雨过后，竹笋赶集一般破土而出。老屋后的茶树油油绿绿长势喜人，一个中年女子戴着草帽，斜背着小背篓，忙着采摘谷雨茶，人间五月采茶忙，茶香醉心人神往。

桃源梯田有了人家便有了烟火气，一缕乡愁便从心中慢慢升腾。老屋的女主人邀请我在她家用餐，我欣然答应，不一会儿，农家小菜摆满一桌，屋前现拔的小竹笋炒酸菜，竹笋的清香扑鼻；屋旁菜园里现摘的蒿头炒腊肉，腊味飘香；屋后新采的苦斋素炒，苦有回甘；田畴里嬉戏的肥鸭做成的客家白切鸭，外加一碗由花椒油、醋、辣椒末和葱姜蒜末调制的蘸料，吃时蘸上，麻麻辣辣、酸咸上口，岂止“美味”二字能形容；还有霉豆腐、辣椒酱、浸坛、油炸果蔬……山里的人们最会编织生活，老屋里有客家美食，我迫不及待地大快朵颐。

饭后，我和老屋的女主人攀谈，她告诉我，她的祖先们千百年前为避战乱，从中原长途跋涉，筚路蓝缕南迁在这偏僻闭塞的山峦之中繁衍生息，形成了一个独特族群——客家人。

一方水土养育一方人，客家人在经历千辛万苦之后创造梯田，梯田也成就了客家人，成为人与自然和谐共生的生动体现。

天下最美白水仙

盛夏酷暑，我从遂川县城出发，驾车二十四公里到达遂川县碧洲镇白水仙景区游玩。一下车，山风徐徐，拂面而来，浑身凉爽舒适。山里的空气清新湿润，氤氲的花香、青草味弥漫开来，阳光下看不到一丝尘埃。置身如此佳境，我身心愉悦，有飘然若仙之感。

白水仙风景区位于江西省西南边境，地处罗霄山脉南段东麓、井冈山山南的遂川县境内。风景区总面积32.72平方千米，外围保护地带面积32.949平方千米。古为扬州地域，历史悠久。1995年被江西省人民政府批准为省级风景名胜区。

景区入口处大空地的正中央矗立着一座巨大的白色雕像。一个仙女梳着飞仙髻，嘴不点而含丹，淡眉如秋水，俏丽若腊月之梅，清素若九秋之兰。苍穹之下，青山环绕间，她右手抚在白色长裙上，凝视远方，神情平和，仪态万方；左手托着一个花篮，有天女散花之感，更有腾云驾雾飞天之势，仙气十足，令人神往。

仙女雕像的四周几棵大树错落有致，高耸挺拔，枝繁叶茂。大树上有几只不知名的毛色黄绿、俏皮可爱的小鸟在我耳边不停地啼叫。环顾四周，白水仙方圆百里层峦叠嶂，茂林修竹，满目青葱。从山顶喷薄飞流的七个仙女瀑布，水天一色，令人惊艳叫绝，真可谓人间桃源仙境。

据清同治《龙泉县志》记载：传说有三姐妹在这里的岩上学道，一日有一身穿白衣的仙人赠她们丹砂，她们吞服后，便羽化飞升成仙，空留一蛇精守护这一方水土，遇水泄洪、逢荒赐粮，方圆十里百姓才得以在此风水宝地繁衍生息，代代相传。后来，有人立庙祭祀这几位仙女及蛇精，四方百姓闻名登高敬神，有求必应，无不应验，香火一直鼎盛。历年来，求名、求财、求丁、求福、求缘者络绎不绝。因此，它被命名为“白水仙”。而今，风景区里这座千年古庙——白水仙庙仍掩映在竹林深处，庇佑四方百姓。

我兴致勃勃地来到景区的方形大门前，大门两侧的对联非常醒目。左联：白瀑千尺谁挽星河降九天；右联：碧篁万顷我登仙境辞五岳；横联：白水仙。对联大气磅礴，声震山河。碧洲镇白水仙三叠瀑布泉瀑迭出，风光秀丽。其落差达 428.5 米，为我国大陆落差最大的瀑布。白水仙三叠瀑布名不虚传，还留下了很多文人墨客的足迹。碧洲镇自古以产毛竹而著称，素有“翠竹之乡”的美誉。毛竹在群山万壑间拔地而起，形成一片竹海，蔚为壮观。用碧洲镇的竹子做成的土纸还出口到东南亚的一些国家。当地很多篾匠还用翠竹制作精美的竹床、竹椅、竹篓、竹筐、竹筒、竹筷等，这些指尖上的艺术品，给予人一份宁静一份坚韧，更寄托一份浓浓的乡愁。

跨进景区大门，便走进了白水仙景区的核心观赏区。白水仙的美，在山，在树，在水。景区里一条小路曲曲折折通向山顶。我放松身心，漫步在石头铺就的小道上，野花香草沁人心脾，虫鸣鸟叫清脆悦耳，水流叮咚不绝于耳，虬松青竹目不暇接。石桥之上，悬泉之下，气势雄伟，震慑人心。

小路旁百日菊遍地开放，红的、黄的、粉的，姹紫嫣红，煞是好看。一条溪水叮叮咚咚蜿蜒前行，溪水清澈见底，小鱼、小虾在溪水的小石子间嬉戏，大岩石则立于岸边或溪中，石上长满了翠绿的苔藓，黄色的苔花沐浴着阳光，恣意地绽放。低矮的蕨类和青藤等绿植从溪边岩石的缝隙里钻出来，与清风流水应和着。我抵不住溪水的诱惑，来到岸边，双手掬起一捧，喝下，溪水清冽甘甜，这是水的灵魂。古人云：水滋润万物又不与万物争，这是水的高洁，也是白水仙最吸引游人的地方。

小路上的豆沙红栏杆也是一道亮丽的风景，惹得游人在石栏杆旁，三步一回头，五步一转身，回眸浅笑，举手投足，手机里便留下了许多娇美的倩影。我站在山水间搭建的石桥上俯瞰，仿佛置身于一幅天然的画卷之中，山水楼阁尽收眼底。在山水间徜徉，累了便坐在石阶上、石桥之上、悬泉之下，气势雄伟，震慑人心。在翠竹的掩映下，对着手机镜头露出皓齿，甩一下长发，双手托腮卖萌，心中满是甜蜜和满足。

慢慢拾级而上，来到山顶，便有一览众山小之感。白水仙的山不似龙虎山的山雄伟，它是山中的儒雅之士，高俊秀丽，层峦叠嶂。奇峰出奇云，秀木含秀气。夏日青树翠蔓，蒙络摇缀，参差披拂。山间的牵牛花摇曳身姿，红得灿烂，白得清纯，紫得让人怜爱；栀子花袅袅婷婷，清新脱俗；远山上的松柏苍翠肃穆，岁月在年轮上流转，记录下了光阴的流逝。万亩翠竹，远看郁郁葱葱，重重叠叠，望不到头；近看颀长挺拔，疏密有致。竹子在风中摇曳，发出动听的声响，像巨大的竹箫演奏深沉的乐曲。一根根翠竹，亭亭玉立，裹着深绿的外衣，在风中微笑，在雨中沐浴。

在绿树掩映中，怪石嶙峋，巉峻陡峭，别具一格。抬头远望，一条深200米、宽约1米的岩顶裂开一席，从中漏进天光一线，宛如跨空碧虹，让人顿有“人生天地之间，若白驹之过隙，忽然而已”的感慨。远眺峰顶突兀的大巨崖，形似鹰嘴，形神毕肖，有“鹰击长空”后傲然挺立岩上的威严，人称“鹰嘴崖”。还有“仙药臼”“撑腰石”“棋盘石”“瞻馀望月”等怪石，惟妙惟肖，屹立山中，成了山的守护神，年年岁岁，聆听着山的心音。

大山里，两株树龄超过1000年的苍劲古拙的古银杏树。其中较大的一株胸径2.26米、高25米，另一株胸径1.65米、高23米。千年银杏，经历了一千多年的风风雨雨，仍然那么苍翠、挺拔，充满生机，旁逸斜出的老干虬枝见证了岁月的更迭，生命的轮回。试想，暮秋时节，两棵古银杏枝干粗壮，树枝四面伸展，苍老遒劲，树上结满了泛着红色的银杏果，巨大的树冠非常雄伟，古银杏金叶铺地，宛如金色地毯。遒劲的根，深深地扎进岩石的缝隙里，像一个饱经风霜的老人，端详着慈和的面庞，守护着这方青山绿水，用绿色唤醒大地，用黄色召唤生灵，生生不息。

白水仙景区的水最滋润游人的心田。这里山高水长，景区有一个三叠瀑布，飞银泻玉，终年不息，气势磅礴。三叠瀑布如一条柔和的玉带首尾相衔，远望如一个白衣仙女站立于群山万壑中，袅袅婷婷，娉婷可爱。第一瀑为仙女瀑，高达86米、宽10米。白色的水流喷薄而下，像天际间奔驰的野马破云而出；阳光照射下，瀑布上帘便映出七彩长虹。彩虹随着水珠往下飘落，那奇异的彩虹珠帘从仙女的头顶两侧落到林间，瀑布宛若白衣观音依山端坐，身着一袭白纱裙。她梳着高发髻，天庭饱满，玉面含喜，端庄素雅，仪态万方。第二瀑叫珍珠瀑，幽谷中，绝壁间，岩石层叠，四周草木茂盛，奔腾的溪水从50米高的崖上跌下，奔珠溅玉，玲珑剔透，有白居易笔下“大珠小珠落玉盘”的清脆悦耳。瀑布跌落潭中，继而在石缝之中蜿蜒流淌，奔向下游。第三瀑称登山瀑，约 30 米高的瀑布顺岩而泻，水石相激，形成一级级台阶状，姿态十分优美，惹人喜爱，那阶梯状的水流，跌落水中，发出婉转悠扬的乐音；恰有古人登第得功名“一日看尽长安花”的欣喜若狂之感。我不禁体会到“山不在高，有仙则名。水不在深，有龙则灵”的含义。

离白水仙瀑约 300 米远的另一山中，还有个五级瀑布，称作“七星瀑”中最低一层，一个丈余宽、逾两丈长的石盆嵌于悬崖陡壁上，形似斧凿，大自然鬼斧神工。瀑布自上泻入，在此形成巨大漩涡，又从盆沿飞溅出去，犹如仙女在沐浴戏耍，人们称之为“仙女浴盆”。我看到“仙女浴盆”后蠢蠢欲动，沿着湿滑的岩石匍匐靠近，在浴盆旁享受一下仙女沐浴的舒爽感，此景只应天上有，人间难得几回闻。

下山的路上，我见到了几栋破败的竹房子和几个废弃的洞穴。同行的向导告诉我：在白水仙风景区旁，曾经有一个特殊的“村落”——小龙钨矿良碧洲分场。这个矿山 1995 年建场，2002 年宣布撤销解体。近半个世纪的岁月里，全国各地 13 个省市的 3000 人在这个风景优美的山沟沟奉献自己的青春和热血。他们把家安在山上，房子依山而建，石头做地基，竹木结构。他们不错过白水仙风景区每一朵鲜花的绽放，每一片叶子的凋零，每一声鸟儿的啼叫，每一朵雪花的飘落……斗转星移，时光荏苒，他们因钨矿而相聚，因时代而谢幕。这是一段山水人情的故事，山因人而名，人因山而雅。

阅尽山间风景，我的心神倍感宁静。古人云：“仁者乐山，智者乐水。”智慧的人，因其无所不知，思路通达流畅，与流水相似，故而喜欢水。高尚的人，因其厚重沉稳，品行藏而不露，与高山类似。这些乐山乐水的通达的智慧也就是生活中的“道”。

“我来问道无馀说，云在青天水在瓶。”原来真理就在青天的云上，瓶里的水中。道在一草一木，道在一山一谷，道在宇宙间一切事物中。

千年银杏传奇

初冬，我沿着山间小路一头钻进山里，一棵棵银杏树零星地点缀着修竹茂林的青山绿水，一份欣喜油然而生。

银杏的美在于它的明艳。抬眼看，满树的金黄直逼人的眼。金黄色的扇形银杏叶，像一只只美丽的黄蝴蝶，伫立在遒劲的枝干上，随风摇曳，顾盼生姿。冬阳洒下，满目斑斓透亮。微风过处，银杏叶袅袅婷婷地从半空中飞舞下来，铺满了大地，像一层黄地毯，远远地看去，像一幅浓墨重彩的油画。这时的人们来不及多想，拿出手机或相机，“啧啧”赞叹声中迫不及待地在古老的银杏树下拍照留念。有的倚靠在粗大的枝干上，抬头看天，似乎要跟银杏比高；有的则从地面上随意捧起无数亮黄的叶片，摆着各种造型恣意地抛向天空，欢笑声在山间回荡；有的干脆“扑通”坐下或躺在铺满叶子的黄地毯上尽情地留下许多难以忘怀的瞬间；更甚者，穿着红色、白色、绿色汉服，带着素琴，来到树下，让时空穿越，美丽的瞬间在时光隧道里传递……我站在树下，几片落叶翩翩而下，悠然无声，一切静美如画。我俯下身子，轻轻地从地上拾起一片精美的叶子，仔细端详，眼眸里浸透了对叶子的珍爱，带回家做一个精美的书签吧，让银杏叶的书签和我一起慢慢变老。世上所有的美有了人的衬托就越发美。冬日的艳阳下，清新的空气里，一拨一拨的游客纷至沓来，把银杏的美带到了四面八方。于是初冬金黄的银杏树便成了一个美丽的传奇。当一份明艳注入我们的意念中时，心也就变得豁达与旷远了。

我驻足一棵千年的银杏树旁，它高达十多米，胸径近两米，根如龙蟠，巨干参天，枝叶茂密。它像一个巨人，粗壮的树干要几个成人才可以合抱，高耸入云的枝叶显出它的挺拔与雄伟。顿时，心中生发一份敬畏与虔诚。我走近它，银杏灰褐色的树皮上长了许多苔藓，有许多大大小小的斑驳的疙瘩，还有许多小沟壑，我情不自禁地抚摸它，树皮很粗糙、很坚硬，像古稀老人身上皲裂的皮肤。我陷入了沉思，一棵千年的古树到底要经历多少岁月，才可以这样屹立不倒，千年的等待，千年的不屈，千年的执着。

银杏树自古就是树中的长寿君子，更是植物王国的“活化石”。它从远古走来，是树中的高洁之士，长寿、高俊与优雅是它的代名词。宋朝女词人李清照在《瑞鹧鸪·双银杏》中不禁对它发出感慨：“谁怜流落江湖上，玉骨冰肌未肯枯。”她将双银杏比作玉洁冰清、永葆气节的贤士，贴切深刻。

世人总喜欢用“活了一千年不死，死了一千年不倒，倒了一千年不朽”来赞美胡杨的顽强与独特。它有屈曲盘旋的遒枝，总是旁逸斜出，像极了被生活重担压得瘦骨嶙峋、弯腰驼背的饱经沧桑的耄耋老人，靠近它无形中郁结一份沉重和无所适从。而银杏则不然，它是树中的真君子：挺拔、优雅、高洁。它有魏晋“竹林七贤”的风雅和超然物外，有周瑜“羽扇纶巾，谈笑间、樯橹灰飞烟灭”的大将风范，更有孟子大气磅礴的“浩然之气”。它的树枝是从中间长出来的，无数的树枝像巨人的手臂向四面八方坚定有力地伸展着。它的主干甘于平凡，支撑着无数从中间长出来的枝干不断地长大长粗向上再向上……它像一个慈爱的母亲，用她日渐衰老的身躯哺育她众多的孩子；又像一个坚定的母亲，用她的精神引领她的孩子们不断地变强大。即便大树被烧死了一半，它也仍然倔强挺立，生命不绝，枯树发新芽，逐渐蓬勃如初。它就像禅林古刹，千年的风霜雨雪，电闪雷鸣，世纪的更替，都不曾改变它向上生长挺立的初心。

一路前行，一路心香。山谷里的几户村民忙碌了起来，炊烟一起，就有了家的味道。等待就餐的游客有的站在银杏树下看远处的绿树青烟，有的在灶塘映红墙壁的厨房看锅铲盘碟的舞动，有的则静坐树下，引泉沏茶参禅论道，谈论着村庄的久远和银杏的千年传奇。在城市中生活久了，心中总会有一些放不下的东西，根源大多是些许的不甘心和不满足。在繁杂的工作之余，脱下高跟鞋，换下制服，背起行囊来古村的银杏树下吃饭、品茗、聊天，谈笑间，身心涤荡，也不失为一种修行，净身，静心，开悟，觉醒。

古书院里的乡愁

闲暇之日，来到一古书院，置身二楼。一老者坐在阳台上，据说是古书院的煮夫，身着灰白色休闲服，虽是煮夫，但眉宇间无不透着恬淡与闲适。

我先静坐于楼间大板凳之上，静心之美顿生；山风徐来，夹着花香和青草味，舒爽之感充盈于心；蝉在耳边鸣叫，与远处庙宇的钟鼓诵经声应和着，此起彼伏，沉浸于前世今生的轮回之中，生死之烦忧皆忘；取山中泉水，煮上一壶明前狗牯脑茶，滚烫的清泉水倒入玻璃小杯中，茶的嫩芽在水中翻滚，慢慢舒展着青绿的身姿。顿时，芽的清秀，芽边的小齿都呈现在眼前，茶的清香扑鼻而来，沁人心脾。端起小杯，轻轻喝一口，清淡有点小涩的茶味溢满舌尖，茶的清香和泉水的甘甜在口中回味，快乐之感便油然而生，以前只听说古人泉水煮茗之妙处，亲身体验之后，才知古人太会享受生活。佛缘、茶道、感怀的和谐之美在即刻达到了极致。反观当今，在每天匆忙的脚步里，在繁杂的情绪里，在吵闹的汽笛声里，在扬起的尘土里，现代人似乎丢失了很多本属于自己的东西。用本心碰撞世界，让自我与自然重归于心。

起身，立于二楼阳台，阳台上的三角梅红得灿烂，友谊花花容端庄大方，迎接着四方有佛缘的人们。紫色的紫罗兰花朵低调、高雅，阳光下的仙人掌、芦荟也神采奕奕、生机无限。远眺，青山环绕，松树林立，茂林修竹，白墙黑瓦掩映其间，家的气息在袅袅的炊烟里升腾起来。让那些有心无心缺心的人们找到回家的路，路的远近已经不重要。一条大河从古书院前缓缓流过，碧波里有水草摇曳的身影，大小鱼儿在水草间游弋；起风了，各色的叶子飘落水面，点缀着河面；河中有一个方小洲，隐匿于水中，挺立的一棵小树拂动着新生的柔软的枝条，在风中摇曳生姿。蓝天、碧水、山峦，各色树木，构成了一幅绝美的大自然的画图。岸边，小孩儿拳头大小的石榴缀满枝头，倒映在水中，红了的表皮如娇羞的女子的脸。亮玫红的木槿花鲜艳夺目，岸边台阶旁的百年榕树亭亭如盖，落地生根，独木成林。根须从树上直垂下来，枝干强劲，枝枝叶叶间彰显生命的顽强，见证了寺庙悠久的历史和积德修缮的人们的每一个脚步和每一段心路历程。

转身下楼，漫步在古书院的小路上，小沙子在脚下沙沙作响，这是极普通的乡间小路，路不宽，路边的小草青绿，野生的黄色、红色小花倔强地从杂草中探出头来，挺直身姿，虽没有格桑花的艳丽，没有绣球花的清雅，却带着浓郁的乡间的味道，天然未雕饰的自然美尽显。路旁山上的芦苇很注目，帕斯卡说："人是一根会思考的芦苇。"芦苇顺着山势而生，随着风的方向收放自如，白色的毛茸茸的芦絮在山间飞舞。弯下腰俯瞰着山下的大地，谦卑里多了几分悟透世间尘事的觉醒。顺应天意，顺应自然，活得真切，活得自我。

一条山间的大河，安静地流淌在青山绿树间，如庭院深处的少妇，娴静、悠然。山风徐来，河面上荡起一层层碧波，静水流深之感顿生。

沿着河岸小路漫步。大河的拐弯处，豁然开朗，乡间美景尽收眼底。一条小溪隐匿于路旁的草丛里，“哗啦哗啦”的流水声打破了山村的静谧。绿是山间小路的底色。青草里夹杂着各色小花。紫色的豆荚花优雅神秘，南瓜苗匍匐在地，硕大的黄花在阳光下格外亮眼。狗尾巴草零星地散落在草丛里，细细尖尖的叶子，中间伸出狗尾巴一样的穗。夏风过处，随着风跳着摇摆舞。自古以来狗尾巴草就是一种忘忧草，《诗经》有云：“无田甫田，维莠骄骄。无思远人，劳心忉忉。”大田宽广不可耕，狗尾巴草长得太快，可远方的人儿却不曾回家，小小少年转眼却冠帽已成年。而今交通便利，相思的人们也不用埋怨狗尾巴草的恣意，一根根狗尾巴草便自然而然地成了现代人向死而生、努力勇敢甚至霸道地活着的代名词。

小溪流“叮叮咚咚”，溪水旁几棵桃树不高却枝干粗壮，树上缀满了核桃大小的小桃子。小桃子表皮泛着红，树干上长满了桃胶，琥珀色、浅红色、暗红色，晶莹剔透。我驻足树下，剥下一个，软软的，尝一下，没有什么味道，有脆感而已。没想到，而今的网红桃胶我也能在山间与之亲密接触。这是山野带给我们的欣喜，是大自然赐予我们的美好感觉，这是久居城市的人们所不能体会的快乐。溪旁还有一棵小柚子树，深绿的叶子有老者的深沉，拳头大小的柚子从容地长在枝干上，上前抚摸着柚子光滑还沾有露水的表皮，一股诱人的清香扑鼻而来。难怪古人有“醉别江楼橘柚香，江风引雨入舟凉”这样的诗句来赞美柚子。毛栗子是山野的佳品，以前只见过炒熟了的光滑表皮的小小饱满的果肉，而今才知毛栗子树不高，长着刺猬一般的外壳，不是随便惹得起的，也算是长了见识。

沿着小路一路前行，大河离我越来越远了，慢慢有了人家，这是一个古老与现代相结合的村落。这是一个青山绿水环绕的江南小村落，青砖灰瓦，庭院里桃树、梨树掩映着，起风了，袅袅的炊烟飞散在空中，朦朦胧胧，如画卷般美好。院外是大片大片的庄稼，绿油油的，带着清晨的露水。田埂上采花的小姑娘，手里捧着一大捧粉色的小碎花，有甜蜜的味道。小男孩儿踩在泥田里捉泥鳅，农人们在泥田里拾掇着稗草。泥土的气息一阵阵弥漫在空气里。绿色的禾苗间，偶尔露出几只白鹤的身影，有低着头喝水的、啄食的；还有昂着头仰望天空的；突然，"噗"的一声响，一只白鹤展翅飞向了远处，慢慢消失在原野。所见所感，思绪万千，美好的感觉在一瞬间发生。

久居闹市，每天的忙碌让我们忘记了自己，似乎自己就是为忙而生。在忙碌中赚钱，在忙碌里消耗生命，在忙碌里实现自己的人生价值，以为这就是生命的全部。每天借忙碌在柏油马路上穿梭，借忙碌任凭晚上时钟嘀嗒过了 12 点还理所当然地伏案于书桌旁，借忙碌随便在快餐店里点几样垃圾食品就草草用餐，借忙碌在充斥着难闻的塑料胶的运动场上随便走两圈就算运动了……

岁月神偷，总是在不经意间溜走了许多光阴。以为哪怕活到六十岁，人生也还有漫长的几十年，曾经以为六十年会很长，而今掐指一算才发现，六十年充其量也只不过是两万多天，两万其实是一个可以完全数得清楚的数字。岁月熬出了白发，熬出了皱纹，熬出了阴阳不调，熬出了抑郁焦虑。

从古到今，人们对快乐的定义不尽相同。古人喜欢秉烛夜游，目之所遇，心有所感。天地是万物的客舍，百代是古往今来时间的过客，人生风云变幻，修短随造化，不可究诘，得到的欢乐又能有多少呢？楼台轩榭间、花海里，畅谈间，觥筹交错中，欢声笑语，尽享欢愉。

快乐不在人的外表而在内心。内心快乐，那么无论处在什么样的境地都会觉得快乐；内心悲苦，那么无论处于任何境地都会让人觉得悲苦。快乐在于心，不分贵贱长幼。快乐与忧愁也只在一念之间。

烦恼即菩提。菩提也是智慧。人之所以会有烦恼，是因为智慧不够。同时，人的智慧又是在烦恼和痛苦中增长的。

烦恼与智慧，是同一个东西的两个面，当没有光明的时候，那个东西就呈现烦恼的一面。当光明起来后，那个东西就呈现智慧的一面。

人只有经历烦恼和痛苦，才能在烦恼和痛苦中不断地反思参悟出很多道理。一切的禅理，有时从事上去说明，有时从理上去解释。所以，要知道宇宙世间，事上有理，理中有事；须弥藏芥子是事实，芥子纳须弥是禅理。如果能明白理事本无障碍，那么这就是游刃有余地理解禅理了。

古书院琅琅的诵读声在青山绿水中回荡，传向远方，告诉人们快乐的意义与价值。

龙泉公园览胜

遂川古称“龙泉”，县城中心有一个公园，故称为“龙泉公园”。公园不大，树影婆娑，湖光水色，景色宜人，魅力无限。

公园广场大门口，一座二米多高的大理石碑，雕刻着“龙泉公园”四个镏金大字，石碑左边和右边均刻有一个圆形的“龙”图腾以及宝塔、民居、石桥等精美图案，煞是引人注目。石碑左前方矗立着一块巨石，上面写着“遂川”两个篆体字，字形古朴，端庄大方。巨石背面刻有毛泽东的诗词《沁园春·雪》，作品笔法刚劲有力，洒脱自如，气势恢宏。石碑右后方是一个由八十个方格组成的正方形大木框。木框上悬空安放着一把铜壶、四个铜杯和几片茶叶。八十个方格宛如八十个小窗户，透过窗户看世界，目之所遇，皆是风景。

从小广场拾级而入公园中心，令人豁然开朗。龙泉公园以“远香榭”为中心点，以圆形步道为边界线，周围的风景就如同描绘一幅三维空间的风景图画一样，放眼望去，远处有亭台楼阁水榭的唯美雅致，有小桥流水彩灯的迷离韵味，有浮雕石墩石柱的古朴庄严……

“远香榭”的名字源自唐朝钱起的《登胜果寺南楼雨中望严协律》中“林端陟香榭，云外迟来客”。“香榭”也是田园的意思。

阁楼名字风雅别致，尽显文心和书卷气。

远香榭是一座单檐歇山顶仿古建筑，黛瓦青砖，檐牙高啄，檐顶双龙戏珠的金色山花图案，红色的木梁门窗和木柱无不透着质朴庄重的古典气息，宛如一位儒雅的书匠，从历史的画卷中走来，给游客讲述遂川县从建县以来一千八百多年的春秋故事。远香榭一天到晚都很热闹：运动的、聊天的、喝茶的、静坐的、追逐的……

“远香榭”前有几个相连的人工湖，横卧在公园的中心。蓝天白云下，天水一色、鱼欢绿树相映成趣。

湖面上时不时有红鲤鱼探头嬉戏，然后倏地钻到湖底。湖面上泛起片片涟漪，水草和青荇在湖底轻歌曼舞。孩子们一撒鱼料，湖面便热闹了，鱼料惹得几百条肥硕的红鲤鱼迅速浮出水面，嘴巴一张一翕，推推搡搡赶集一般争抢鱼料，场面非常壮观。

从远香榭右边下几节台阶，就来到了九曲桥。桥，是一座曲折迂回的仿古长廊。长廊中间有一个凉亭，凉亭是木构黛瓦顶，红色圆柱，石凳和地面是六角形的。静坐亭中，四周的湖光风景尽收眼底，有心旷神怡之感。中国人讲究曲直有度，圆方相容，曲直方圆彼此呼应而成为一首风雅动人的风景诗篇。

九曲桥的出口连接湖边的鹅卵石小路。小路弯弯曲曲、四通八达，连接着公园的各个角落，让游览者不错过任何一处风景。

从人工湖左侧前行，来到公园的左后方，可以看到三戽文化浮雕墙，墙体为半弧形大理石，上面雕刻着图案和文字。中间这堵浮雕墙上雕刻着毛泽东同志亲手创建的第一个红色政权——“遂川县工农兵政府”和“西庄红军革命烈士纪念碑”的图案。红军战士和老百姓在工农兵政府旧址门前双手捧着刻有“遂川县工农兵政府”的木牌，个个欢欣鼓舞，喜上眉梢。浮雕左后侧雕刻着“龙泉书院”“风情民居”“龙泉古塔”的图案，浮雕展示了遂川一千多年来的文化生活和风土人情；右后侧雕刻着“狗牯脑茶”“中国金橘之乡”“省级风景名胜——白水仙”的图案。浮雕艺术工艺精湛，人物形象栩栩如生，场景立体冲击感强，视觉效果好。

龙泉公园的南面入口不远处有一个大广场。大广场上设有一个古典的艺术舞台，舞台地面上刻有一个红色五角星的标志，舞台四周耸立着六根七八米高的大石柱。石柱顶部的浮雕像一本翻开的书，又像一顶官帽。白天，很多大型活动都在这个古典舞台上举行；华灯初上，一支好几百人的广场舞队伍就在这里一展舞姿的风采。

从北面石碑处下台阶南行，有一条环绕公园的红色步行道，每隔二十米左右就有一对醒目可爱的黄色大脚丫。沿着步道快走，两侧树林荫翳，樟树参天，杉木成林，梧桐夜雨，鸟语花香。

闲暇时，我最爱在湖边的鹅卵石小路上徜徉，和煦的风会抚摸我的脸，温馨、舒适感油然而生。

春天来了，公园里百花争艳。迎春花是百花的引领者，春未到亮眼的小黄花就次第开放，给大地穿上一件新衣。一树一树盛开着的艳红色茶花、伴着春雨齐刷刷开放的娇艳欲滴的粉色桃花、白雪一般的梨花、娇小玲珑的李花、香花四溢的含笑，春风一吹落英缤纷，迷醉了游人的眼。

夏天，一身正气的白玉兰花脱颖而出，惊艳了夏日，淡雅的馨香溢满了绿意盎然的公园。

秋天，龙泉公园更是美不胜收。明澈的天空下，公园四处色彩斑斓，玫红色的紫薇花一簇簇绽放，淡淡的清香引来蜜蜂“嗡嗡嗡”哼着小曲取花蜜。木芙蓉花是秋里公园最美的。秋意正浓的清晨，似锦如霞的木芙蓉花迎着朝阳露出粉红的小脸，一朵一朵缀在树上，远望，整片绿叶上飘浮着淡淡的一层，雍容大气的艳丽之美尽显。“国色天香觅何处，只有据霜酬西风。”木芙蓉在“众芳摇落”的烟树参差的季节，霜侵露凌却仍夭夭灼灼，占尽公园风情，最为难得。湖边，一朵朵、一丛丛的酢浆草花也竞相开放。在神奇的酢浆草世界里，也不乏四片叶子（如铁十字）的，甚至细小如小爪子似的叶子。除了千奇百怪的叶子，它的花色更是绚丽多彩，而且分单瓣的、重瓣的，可爱极了。酢浆草花是平凡而美丽的。当百花争艳时，它却在悠闲平淡中度过，它不用为争艳耗费心力，它就如花中的真君子，哪怕世事纷争，江湖险恶，丝毫不理会这些，尽管做好自己，它有足够的耐力迎接春夏秋三个季节的每一天。清晨，来到湖边，满眼都是黄色的小花，一朵朵小花在风中飘舞，更显高贵与优雅，整个湖边都是它们的家，想怎么开就怎么开，想在哪里开就在哪里开。就如古墓里修炼的小龙女一样清新脱俗，恬静与淡定从骨子里透出来。它亮眼的黄色似乎在向别人昭示：美丽是不分时节的，只要自己愿意想怎么美就怎么美。

冬日，不知名的景观树是我见过的最低调的植物，绚丽的红果子躲在叶子里面，一串串一簇簇，捉迷藏一样，没有半点儿的炫耀之心，尽管这样，还是惹得有心人禁不住跑到树前端详一番、感慨一番。顿时，那红得剔透夺目的红果子就像一个个高贵的公主在叶子中羞涩地涨红了脸。

路边的树木染了冬霜，就变了模样，银杏树算是初冬最美丽的了。满树的叶子都穿上了透亮的黄衣裳，那扇形的叶子就像一只只黄蝴蝶，伫立在遒劲的枝干上摇曳生姿。在夕阳的余晖下，显得格外俏丽耀眼，微风一吹，几片黄叶优雅而淡定地从树枝上洋洋洒洒地飘落，如天女散花一般，尽显雅致的美。

与银杏不同的是杜英树，不管春夏秋冬，它始终保持着自己的本色，春夏绿色盎然，秋冬绿得庄重中又有几分娇媚。阳光下，叶子更呈现出秋冬少有的亮深绿，满树的繁花里掺杂些许灿烂的红叶子，绿叶里的红叶子如一个个精灵，顿时让整棵树有了许多生机，谁说杜英就只适合绿，寂静的树林里绿映红也是别有一番风味的。

最霸气的当数法国梧桐。初冬的寒风让梧桐树满树皆带黄金甲。金黄色的大叶子像手掌，拍呀拍呀，送来了冬日私语。冬日里的柳树也长成了老柳，少了几分妩媚和曼妙，却多了几分端庄和典雅。湖边各色的格桑花早就变了模样，只剩下几株枯黄的茎秆和没了精气神的残花，在冬风里挣扎着。遥想春日，飘着绵绵细雨的湖边，争相开放的格桑花，让我心生几分怀念。

公园里的鹅卵石小路最亲切。小路四通八达，连接着公园的各个角落，让漫步的人们不会错过任何一处风景。古人崇尚曲径通幽，公园的小路则是通向开阔与旷远。

黄昏的余晖下，柳树梢的枝干干枯断裂，黄绿相间的柳叶在寒风里摇曳，显得沧桑与孤独。这是我未曾看过的风景，走近一棵老柳，仔细端详起来，老柳粗大的主树干呈灰黑色，表皮粗糙，褶皱很深，胜过耄耋老人的手，主干上长了几根粗大的枝干，有的枯死后被人工锯断，有的被风吹折断，干枯的乌黑枝干怒发冲冠一样立在树中间，格外突兀，在枯枝干上及四周又单薄地长出了许多嫩枝干，在冬风里努力地挺立着。

我以为只有这一棵老柳是如此状态，于是沿着湖边认真观察每一棵柳树，没想到，生命状态大体相同。瞬间，我想起了湖边春天的柳树，有唐代灞桥边柳树的风姿，柳絮纷飞，万条垂下的绿丝绦含情脉脉地与春风春雨应和着，烟雾迷蒙间，婀娜多姿的身躯不知偷走了多少游客的心。

我用手拍拍树干，柳树沉稳而淡定，枝干坚定地挺立着，没有因为我的拍打而喜怒形于色。突然，一阵狂风吹来，周围的大树被吹得哗哗作响，枯叶骤然落下。老柳没有，只是轻轻地有节奏地摇曳着，不快不慢、不急不缓，似乎和狂风是好朋友，静默如初。突然，一个大女孩儿跑到树下，纵身向上一跃，她想学唐人折柳来表达感情，她的手抓到了柳枝，整条柳枝都给拉了下来，尽管柳枝是九十度弯腰，但丝毫不影响它柔韧的腰肢。最后大女孩儿不舍地放开了手上的柳枝。

美与丑、繁华与落寞都是生命的内涵。但是人们往往习惯看到事物美好的一面，而忽略了生活的本真。就比如我，无数次在这条湖边的小路上散步，不论风和日丽还是小雨连绵，我只是感知了它的表象，却从未真正读懂它。原来，老柳的内心也有那么多的悲苦与沧桑。它把悲苦藏于心，把最美的姿态展示于人。当有一天它不得不将悲苦呈现在世人面前时，却又是那么淡然与豁达。就如叶尔羌河，一条在荒凉中一直保持自己品性的河流。哪怕最后流进沙漠消失了，也还是如此的坦荡。

要怎样强大的内心才足以撑起那些落寞与凄凉？每个人的生命中都有过繁华与落寞，又有多少人在落寞时做到坚持与淡定？人们总是习惯看到和深刻记忆事物好与不好的某一个瞬间，往往忽略过程的长短，就如人们总是记得一颗种子种进土里的那个场面和农人收割的那个场面，而忽略了这期间种子如何与暴风骤雨、风霜雨雪及害虫抗争的那个长久的奋斗历程。“舜发于畎亩之中，傅说举于版筑之间……天将降大任于是人也，必先苦其心志，劳其筋骨……

动心忍性，曾益其所不能。”很多人在悲苦中陨落，很多人在悲苦中崛起、在悲苦中坚持做自己。

老柳，是生命的引子。生命看似衰败，但美却还在延续，为来春的勃发积蓄力量。它把入世出世虚盈了一身，在我看来，那是一种生命的表情，努力活着向死而生的精神。

冬风又起了，不冷，老柳恣意洒脱地随风飘荡，突然间，我仿佛看到了柳树来年的浓浓绿意。

伫立湖边，我思绪万千，造物主是公平的。四季的交替，色彩的变化，让世界每个时间段都美得让人神往，让我们在初冬的暖阳里得到感官上的体验与无尽的心灵享受。

公园里的物种因季节的更替获得一份色彩美，人们因大自然的赐予而心生一份美。天地有大美，最是心静时。

凡事都不必急着得到答案，造物主会给予我们每个人、每个物种最合理的安排。大自然会在万物的各美其美中让岁月静好。

华灯初上，龙泉公园热闹非凡，市民赶集一般涌向公园，步道上、亭子里、游乐场、广场上、树林里……“与谁同坐？明月清风我。”朦胧的夜色里，人影、桥影、光影、树影在流光溢彩的灯光下晃动，生活的美在岁月长河里流淌。

龙泉公园的一花一草、一石一木、一亭一榭，让游玩者无论站在哪个点上，眼前展现的总是一幅完美的图画。“仁者乐山，智者乐水”，天地有大美。

记忆中的夹竹桃

一中校园旧礼堂后面有一排夹竹桃。那时，母亲在一中的幼儿园当老师，教室是礼堂里的一个大房间。教室三面都是半落地的玻璃窗户墙，透过窗户就可以看见墙外平地上的一排夹竹桃。

高大的夹竹桃成了教室的一面墙。夹竹桃开花的时候，那堵花墙特别美，阳光下，艳桃红色的夹竹桃花，一丛丛，一簇簇，满树都是，艳丽又不失雅致，微风过处，香气袭人；细雨中，夹竹桃花笼罩在团团迷雾中，娇羞可爱又不失神秘感。

我喜欢月色下的夹竹桃。因学校住房紧张，旧礼堂的大房间白天是幼儿园的教室，晚上课桌一拼凑就成了我们几姐妹的卧室。朗月高照时，我喜欢躺在床上看夹竹桃，花一团一团模糊成了乳白色，叶子一片一丛一簇贴着玻璃窗，树影随着风在玻璃窗上荡来荡去，迷乱我的眼睛，让我的心也荡漾。我想象那影子是一片大森林，里面住着白雪公主和七个小矮人，阿波罗变成了猫头鹰，杰克拿着他的竖琴施着魔法，丑小鸭变成了白天鹅，伴随着幻想我进入了梦乡，梦里夹竹桃又变成了仙桃树，满树满树的花飞散在空中，天女散花一般。

夹竹桃陪伴着我慢慢成长，久而久之，夹竹桃成了我心中的花，我爱上了夹竹桃。

夹竹桃是常绿的大灌木，它的枝干和叶子都长得很有特色，三片叶子组成一个小组，环绕枝条，从同一个地方向外生长，有长长的竹叶形的叶子边缘非常光滑，像打了蜡一般，叶子上主脉从叶柄笔直地长到叶尖，众多支脉则从主脉上生出，横向排列得整整齐齐。人们都说夹竹桃“叶似竹，花如桃”是夹竹桃名字的由来，宋朝翰林学士所吟的诗句“妾容似桃萼，郎心如竹枝。桃花有时谢，竹枝无时衰”就是最贴切的写照。

夹竹桃的枝干光滑灰白，枝干之间疏密有度，枝枝叶叶努力地向上生长，绝不旁逸斜出，放眼望去，整棵树无论站在哪个角度看，都是一幅完美的图画，每一片叶子、每一根枝干都有自己独立的位置，枝枝叶叶独立又团结，就像一个快乐的大家族。不曾想到，生命的边界在夹竹桃身上表现得如此淋漓尽致。

冬天的一场夜雨，凌乱了旁边含笑的花容枝叶，有的枝干断裂于地，有的被压弯了腰，有的东倒西歪，像一个受了惊吓的卖花姑娘，香气犹在花容失色。夹竹桃依旧挺立着努力向上，一片片叶子利剑一样冲向天空，它的枝干有竹子一般的韧性，任你东南西北风，我自岿然不动。它的不蔓不枝、洒脱自如，有如苏轼的淡定乐观，也有蔡文姬的风骨。春天来了，公园里花团锦簇。赏花的人群兴奋地拍照、合影、发微信朋友圈，姹紫嫣红的夹竹桃伴着深绿的旧叶和吐着嫩芽的新叶在春风春雨中徜徉嬉戏，春日的阳光时不时明媚一下，夹竹桃依旧花苞全无，只有它吐着嫩芽的新叶在春风春雨中嬉戏。春夏之际，花开荼靡，夹竹桃一夜之间花开满树，娇艳夺目。艳桃红色的花像云霞缭绕在绿色的山峰，黄色的花美得惊艳了天空，白色的夹竹桃花纯洁无瑕，像白衣仙子下凡人间。漫步树下，浓郁的香气扑鼻而来，沁人肺腑。夹竹桃花从春季开到夏季，从夏季开到秋季。一路走来，春季和樱花、桃花、茶花、迎春花、报春花做伴，夏季和荷花、美人蕉、金银花、扶桑、八仙花相伴，秋季跟蜀葵、大丽花、菊花、紫茉莉、玉簪花相伴。

徜徉花海，我的眼眸里充满了对迎春花的怜爱，对桃花的宠爱，“桃之夭夭，灼灼其华”是诗人们从古至今爱桃花的表现，映山红用歌声写进了人们的心扉；夏天，古人喜欢用“不蔓不枝，香远益清，亭亭净植，可远观而不可亵玩焉”来表达荷花的高洁和对它的敬意。古人还喜欢画向日葵来表达情怀，在这幅向日葵的画作身价不菲的同时，向日葵也被人们簇拥呵护着。秋天，人们感慨大丽花的高贵典雅，也喜欢茉莉花和玉簪花的清香迷人……这些赞美却极少给予夹竹桃。它被种在厕所边、坑洼地、垃圾旁、山路边、铁道旁，很少有人真正驻足静下心来观赏它。偶尔几个懵懂的孩子看到夹竹桃花太美了，伸手准备采摘，大人们都会大喝一声：“别摘，有毒!”

夹竹桃于花开时节一丛一簇地在春和日丽中盛开，在秋风冷雨中独自绽放、独自凋零、独自挺立。慢慢地，夹竹桃变得独立、自信和洒脱。

爱我所爱，如游侠般潇洒，如仙人般飘逸。就如古人云：“花腮藏翠，高节穿花遮护。重重蕊叶相怜，似青帔艳妆神仙侣。”

前几日，我重游一中校园，童年记忆中的夹竹桃再也无处找寻……

岁月里的竹笋

我的家乡在罗霄山脉的井冈山脚下，地处崇山峻岭之中，自古就有“八山一水一分田”的说法。漫山遍野的竹林把古老的水乡小村装点成绿的世界，袅袅婷婷的竹子像一个个精灵在山间曼舞，竹香四溢，沁人心脾。

春分时节，春雷一声巨响，唤醒了天地万物。同时，迎来了春雷后雷竹的第一拨种子，称雷笋。因早晚温差大，雷笋的保鲜期很短，即便第二天吃都恍如隔日。

雷笋一个月后闪亮登场，山里人有关春笋的美食故事才正式拉开序幕。山间铺满枯枝败叶的黄土上，裂开一条细缝，笋头犹抱琵琶半遮面，将出未出，这是家乡人说的“泥里笋”。这种笋白嫩鲜甜，细腻爽脆，是笋中的贵族。“泥里笋”的品质随时间而退化，朝晖夕阴间，口感就有天壤之别。春风拂过，春雨滋润着大地，踏着春的节奏，春笋一拨一拨地从黄土里探出头来，时间就是金钱，忙碌是山里人的习惯。春笋以笋体肥大、洁白如玉、肉质鲜嫩、美味爽口而被誉为春天的“菜王”，又被称为“山八珍”。笋，自古被当作菜中珍品。《诗经》中就有“加豆之实，笋菹鱼醢”“其簌伊何，惟笋及蒲”等诗句。笋从古到今都是餐桌上的宠儿，有劳作者喜欢的实在，也有文人墨客们喜欢的清雅。

新鲜竹笋可以凉拌、素炒、油焖、煲汤，但家乡人最喜欢竹笋炒腊肉。土灶大铁锅，甑板上铺满了山里人必备的葱姜蒜红辣椒干，灶膛里的松枝“叭叭”作响，热油下锅，笋的清香和腊肉的浓香相互对抗、相互交融，顿时成为绝配。

竹笋一年四季皆有，以冬至为界，冬至后形成的笋称为春笋。“九后春笋喜春雨”，春笋能迎春雨破土而出，成竹率高，宜留不宜挖。冬至以前形成的笋称为冬笋。“九前冬笋怕春雨”，冬笋不宜留下，人们一般挖冬笋吃，而且笋质更幼嫩，品质最佳。乡下还有一种我们称为“黄杆竹”的小竹子，大不过拇指，竹竿呈淡黄色，一丛丛、一簇簇的。肉丝酸菜小竹笋也是一道家乡人喜欢的美食。先将小竹笋焯水去除涩味，然后切碎，热油下锅翻炒后加少许料酒和切碎的酸菜，加上葱姜蒜末、盐、酱油、干辣椒等配料再继续翻炒，放少量水再翻炒半分钟起锅。这道菜是上好的下饭菜，小竹笋的鲜香和酸菜的酸及各种配料完美搭配，菜品酸酸辣辣极为鲜美，是上好的下饭菜，也是一道地地道道的绿色食品。

笋不但是佳肴原料，而且可入药。宋代文学家、诗人苏东坡称赞笋“待得微甘回齿颊，已输崖蜜十发甜”；宋代另一大诗人陆游还亲自烹制笋，有诗曰：“薏实炊明珠，苦笋馔白玉……山深少盐酪，淡薄至味足。”中医认为笋味甘、淡、微苦、寒，有清热利尿、活血祛风功用，可治风湿等病。

挖笋，有童年美好的记忆。在父亲下放山里的岁月里，每逢节假日，父亲都会带着我进山挖笋。春日里，我和父亲披着蓑、戴着笠，扛着锄头，背着竹筐，穿着水鞋，穿梭在山间小路上。那时要经过一座石桥，蹚过一条小溪，云雾迷蒙间，路边的青草地绿得亮眼，稻田里的紫云英花开灿烂。清新的空气沁人心脾。一路上，父亲一手扛着锄头一手牵着我的手，叮咛着“小心看路，不要摔跤”。钻进一片竹林后，父亲放下竹筐，眼睛在地面上搜寻地表土块有微微隆起、松动、开裂，用脚轻踩有松软感的地方；然后用锄头轻轻地敲打着地面，找好笋的位置，便用锄头将土刨开，对准笋的底部猛地一刨，一株笋被连根拔起。我看得发呆，觉得父亲很厉害，听到父亲叫我才飞快地把地上的笋宝贝一样小心翼翼地拿起再轻轻放进竹筐里。挖笋的时间总是过得很快，有时山间会有婉转的鸟叫声陪伴，有时也有凄厉的小动物的叫声划破山野的空寂……每当我害怕时，父亲总是会说：“不要怕，有我呢。”

之后的每一年，只要父亲有时间，都会带着我去竹林里挖笋，烟雨迷蒙的春日，抑或艳阳高照的冬日。父亲说挖笋不光是为了品尝山间美食，更是一种劳动生活的体验。慢慢地，我由“小看客”变成了挖笋的小能手，这都是父亲手把手教我的功劳。每发现一个竹笋的踪迹，我都会高兴地一跃，兴奋地告诉父亲。这时父亲就会微微一笑，鼓励我说：“好好挖，一定是一个大笋。”兴奋之余，我越挖越有感觉，仿佛山野的竹笋都是为我而生的。记得有一次挖笋后回家，小溪涨水，是父亲背着我蹚过小溪的，那时父亲的背很宽大、很厚实、很温暖……

而今，全家早已回城，父亲也年事已高。茶余饭后的闲谈间，大家不经意地说起挖笋的事情，父亲感慨地说道：“老了，老了，太久没有去挖过新鲜竹笋了。”后来，我特意在一个冬季的假日里，结伴几个好友专门去下放的山野里挖笋，我想找回很多年前父亲年轻的身影和我那张稚嫩的脸。而今竹林里的竹子都成了元老一族，粗大的竹竿伸向天空，在风中摇曳，高大挺拔又充满韧性，顿时让我感慨万千。

竹笋是一道美食，也是一种雅食，很符合文人雅士的心情与口味，更是一份难以忘怀的记忆。

那棵柿子树

家乡的小路，左侧是一望无际的稻田和菜地，右侧是一棵高大却不怎么粗壮的不知道名字的树。从春天到夏天，我都沉醉在一望无际的碧绿的稻香味中，偶尔有一两只白色的仙鹤独立其间，那亮眼的绿和纯粹的白勾勒出一幅亮丽的山水田园画，更让我流连忘返。左侧的风景太美，以至于我从来没有顾及小路右侧的那棵树。

冬日的早晨，阳光朗照，风簌簌地刮着，树叶在空中飞舞，那棵不知名的树的叶子全被吹落了，只剩下光秃秃的枝干。枝干上长着一个个红红的如小灯笼一般的果子，我这才知道，那是一棵柿子树，顿时，一份感动和欣慰涌上心头。我忍不住停下脚步仰望那棵树，一个个红柿子如小精灵一般伫立枝头，秋风四起的时候，它们没有畏惧，倒像一群舞者在碧蓝的天际里展现它们的舞姿，更像一群歌者在风的余音里歌唱，自由而恬静。

天冷了，树上的柿子在冬风冬雨中显得更加红润饱满。这是一棵无人顾及的树，果子成熟了也没有人来收获；偶尔几只小鸟笑着啄几个果子，“倏地”飞走了；即便是长得太熟了，从高空坠落下来，也是掷地有声，从容决绝。

这到底是一棵怎样的树？春天，它和万树一样穿上绿衣，尽情吮吸春天的甘露，黄色俏丽的壶形小花也只是害羞地藏在它那卵状椭圆形的大绿叶中，任凭花神千呼万唤也终究没有露脸，把世人的赞许给了桃花、梨花、杏花和迎春花。夏天，长出的一个个小柿子还是偷偷地藏在大叶子里，似乎在跟人们捉迷藏，让你永远摸不透它的心思。秋天一到，沉睡了一个季节的柿子树打起精神，果实结满枝头，青绿色的柿子也被秋风染成了黄色，在阳光下充满生机和活力。

生命需要从容与笃定。冬去春来，年年岁岁，这棵柿子树在小路的一侧快乐着自己的快乐，忧伤着自己的忧伤，似乎一切都与别人无关，只要自己认定了，繁华与落寞就尽在自己手心里了。

世间万物，各有各的生存之道。只要认定了就会每每表现出那份自我、坚持与笃定。这也算是一份修行。物犹如此，人也一样。生命中有不能承受的重，也有不能承受的轻。在轻与重之间，人们的心总是在焦灼、徘徊、彷徨。

真正的修行绝不是一件容易的事。“千峰顶上一间屋，老僧半间云半间。昨夜云随风雨去，到头不似老僧闲。”这样的看似悠闲但至少先要建立在绝顶结庐的基础上，要忍受常人所不能忍受的寂寞，要忍受常人所不能忍受的艰苦。绝顶高峰，一间茅屋，没有一点儿世间的喧嚣，只有清风白云为伴，而即便是孤高的白云也会被雨打风吹去，表面上是悠闲，实际上是坚韧，云随风雨去，老僧兀自寂然不动，心志坚定，不为任何外物所移。这份坚持与笃定就如柿子树。

五、感怀人生

接春躲春

立春，是人们最讲究的节气之一。“一年之计在于春”，春唤醒了天地万物，一切美好都从立春那天开始。人们称立春这一节气为交春，特指春到来的时刻。

交春之时，家乡的传统习俗里不管立春时间是白天、黑夜，家家户户都要放爆竹相迎，用噼里啪啦的爆竹声祛除严寒的晦气，把春天大大方方迎回家。房子大厅上席的祭桌上红烛高照，家家户户的饭桌上斟满了当年新酿的米酒，浓浓的酒香、春卷散发出的韭菜豆腐和油炸的香味融合在一起，丰收的画卷写满了惬意，春灯在夜色中闪烁，恭贺声中拉开了春的序幕。远古的客家人还用“拜春神”（祭芒神）、“吃春饼”和“送春牛”“舞春牛”等古老传统的方式以及家家户户朱红的门楣上张贴“迎春接福”“春到家兴”“春到福临”等红纸条幅来迎接春神，春神寄托着劳动人民美好的心愿。

童年，接春是全家人最虔诚、最隆重的时刻。接春那天，全家人都会放下手中所有的活儿提前半小时围坐在饭桌前静静等候。父亲把一个平底小搪瓷碟子放在饭桌中间，两个鸡蛋也安静地躺在饭桌上，它们是赴一场约，完成一个神圣的使命。屋里屋外一片寂静，时钟在耳边嘀嗒作响，当还有一分钟时，父亲轻轻地把一个鸡蛋放进小碟子里，用手帮助鸡蛋竖直站立着，我和姐妹们都全神贯注地盯着墙上挂钟的指针“1、2、3……”数着这迎春的60秒，时间一到，父亲拿着鸡蛋的手轻轻一松开，鸡蛋便稳稳妥妥地站立起来了，全家人都看呆了，惊讶得张大嘴巴，用眼神示意一下，眼睛一秒也不舍得离开鸡蛋，鸡蛋不倒就意味着这一年将会有一个美好的开始。这一刻非常激动人心，仿佛时光都顿时凝固，用心音告诉自己新的一年来临了。

隆冬悄然而逝，春来了，踏着轻盈的脚步，不必邀请，也不邀功，欣然而至。

母亲对立春的重视胜过很多人。每年立春的前一个月，母亲就再三嘱咐我：今年是几月几日几时几分立春，一定要记得躲春。当时间的概念精细到了分秒，那份记忆就会格外深刻。

“记得躲春！记得躲春！”这是家乡祖辈父辈们嘴里每年都必须提前念叨的，每每念叨都是一如既往的严肃表情。一开始我不以为然，反其道而行之，但是有一年立春时，一家人围着小方桌看见父亲拨弄着一个小碟子里的鸡蛋在立春的那一刻站起来，我似乎顿时开悟：立春居然可以让鸡蛋站起来，很神奇，必须躲春。似懂非懂中，躲春便成了我之后每年的必修课。

躲着让春天悄悄地来，在沉静中迎接春，没有喧哗，没有惊异，更没有矫情，让春在没有鲜花、没有鸟语、没有青草味、没有雨丝的某一时刻悄然而至，这是一种来自内心的欢愉与感动，寂寞无声中深情款款，静默不语中心领神会，春让天地交融，这是一种美好的感觉。

感悟之余，我查阅了老皇历才发现，躲春在中华传统文化中也是有缘由的。立春，农历二十四节气中的第一个节气。立春是从天文上来划分的，即太阳到达黄经315°时。命理学认为，立春这一天，由于磁场和气场的缘故，通常会比较乱，无论是家中还是办公室，容易招惹口舌是非。立春，许多地方都有些特殊的禁忌，如在立春的时辰不可以躺着，因为这时阳气开始上升，应该站立或者坐着庄重地迎接美好时刻的到来；立春这天不能有口舌之争，应该和和气气地迎接春天。对于属相相冲的最好要谨慎，也要避免发生争吵或口舌。邻居老奶奶前几年说的话我记忆犹新。她说："如果今年是虎年，猴属相的人就必定要躲春，不然冲犯了老虎，这可怎么了得？"我想，那如果是狗属相的人遇到鸡年的立春，那就一定也得躲春了，不然新年来个鸡犬不宁，那还了得……由此类推，相冲的属相那么多，心生畏惧。这虽是中国民间文化中的一些说辞，也许带了一些迷信的色彩，但归根结底，也只是广大老百姓内心最朴素的生活观，春风化雨，吉祥如意，年年岁岁平安快乐地活着才是生活的根本。

带着一份恐惧，年年躲春，希望躲出一个当年的幸福与安康。但之后很多的现实证明，幸福和安康岂是一个躲春就能平衡把握的呢？原本以为这就是躲春的价值与意义。其实不然。

一个"躲"字蕴含了很多的人生之道。俗话说："一年之计在于春。"春天就像刚落地的娃娃，从头到脚都是新的。每个人都愿意当年有一个全新的自己。而立春是二十四节气之首，是一年的初始；一年之计在于春，春天的养生调理将会影响全年的身体健康。中医养生的核心是顺天时，要顺应"春生、夏长、秋收、冬藏"季节的变化。春生，生什么？当然是生发"阳气"——"五脏的阳气"。

因此，立春拉开了"阳气生发"的序幕——到了阴退阳长、寒去热来的转折点。中医认为，春属木，与肝相应。所以立春养生以养肝为主，中医理论认为“肝主情志”“怒伤肝”。

终于明白，老祖宗们一直延续着“躲春”的习俗，其实是用最朴素而又有些唯心主义的言论来告诫后人，人无论在何时何地都要遵循道和阴阳的平衡。在养生方面，《黄帝内经》给予了最好的诠释。而内心的阴阳调和及自然规律就要靠我们自己在生活中不断感悟。

仰观宇宙之大，人寄蜉蝣于天地，渺沧海之一粟。在人世间安适恬淡地活着是每个人生命的节奏。每年立春，母亲总会唠叨几句：“记得躲春。”就如母亲常在我耳边唠叨做人做事要像躲春一样藏着点，做好自己的本分。细细想来，这话里似乎藏有大学问。俗话说：“孔明一生唯谨慎。”正如苏洵教育他的两个儿子苏轼和苏辙一样。单从苏轼和苏辙两个人的名字来看就大有文章。“轼”字的本义是古代车厢前面用作扶手的横木。古时候车子前方有一个横木，供人在车子颠簸时抓扶。大多数情况下没什么用，可是少了它也不行。古代车的“轼”同样也是经过无数血的教训而提出的安全措施。比喻不要显山露水，不要锋芒毕露，为人老老实实、安守本分。对于“辙”字，苏洵说，天下的马车行走都遵循前车的印迹行走，可说起马车的功劳，大家根本不会提到车辙。虽然车辙无功，但一旦车翻了、马死了，出了祸事，车辙也不会受到牵连。苏洵的意思是说，如果苏辙能够甘心做一个车辙，虽然不能大富大贵，但也可以免于灾祸。做人需要甘于平凡，在平凡中活出真我。他每每告诫苏轼做人要藏得低调，不然人生的苦是吃不尽的；而对稳重的苏辙却时常鼓励凡事只要他想明白了，尽管放开手脚去做。苏洵对他两个儿子的教育真是用心良苦。

若一个简单的“藏”字既能躲过人生的很多劫难，又能躲出生命的价值，也是很有意义的。

古时有一个名叫裴遵庆的书生，才思敏捷、勤奋刻苦，虽博闻广识却低调内敛，得到唐肃宗、唐代宗的信任与重用，官至吏部尚书。裴遵庆低调做人行事的风格非一般人所能企及。

一个躲春的“躲”字，却折射出中国几千年来的传统美德。做人做事崇尚中庸，低调平和中尽显人格的光辉。

其实，立春时你躲与不躲都不重要，重要的是你能用躲春的心境以平和心态低调稳重地为人处世就可以了。

用情去迎接春，接一份喜悦与对未来的美好期盼；用心去感悟躲春，躲一份浮躁，藏一份心安。

生命的救赎

这是一个久远的故事。

家乡的泉江河，自古以来每隔几年河水就要暴涨一次，那份惊心动魄，没有经历过是无法用言语说得清、道得明的。洪水一来，整个县城的人都胆战心惊，白天的话题是一成不变的洪水，晚上更是洪水，让人夜不能寐。河两岸的居民更是战战兢兢，唯恐洪流冲走房子，冲走他们家徒四壁的家，这是他们的家，无论如何也不能没有家。但是也有一些水性好的愿意在洪流中施展身手，在洪流中捡几根大树枝丫，捡几根长长的杉树木头，有的运气好的还可以捡上一头猪……艰苦的岁月，给予人的是无限的胆量和勇气，为的只不过是生计。

那是一个夏季的早晨，肆虐的洪水夹杂着折断的树枝从上游脱缰而下，像无数的怪兽藏于其中，汹涌着，撕咬着，翻滚着。撒着野急遽地奔跑，差点儿把桥墩全部覆没，这还算客气的，没有冲上桥面兴风作浪。豆大的雨点滴滴答答地打在屋瓦上，顿时屋檐上就形成无数的水柱，水柱沿着屋檐的凹陷罅隙飞奔而下。老人孩子们蜷缩在家中不敢出门，怕被洪水吞了。女人男人们是家中的顶梁柱，怎么也不能因为洪水肆虐而乱了生活的阵脚。

秋菊也不例外。一大早，她整了整一家老小九口人的衣裤，汗馊味直逼她的鼻子，虽是粗布衣服，但经不起汗渍的浸染。何况家中孩子大人也真的等着衣服换洗。

容不得秋菊多想，她就戴着斗笠，肩披一张大油布，提着一大木桶衣服径直往河边走去。晨光熹微，伴着雨瀑布，借着微弱的光亮，她来到了泉江河边。河面上一片迷蒙，洪水拍打着堤岸，发出喧嚣的怒吼，洪水挑战着秋菊的心。

秋菊顾不上多想，从桶里拿出一件件脏衣服，放进混浊的水里浸湿，虽是夏天，水也一样凉，当秋菊的手触碰到洪水时忍不住打了一个寒噤。秋菊把浸湿的衣裤依次放在码头上后就拿起一件抹上洗衣粉，然后用搓板一面又一面不停翻打。这样的洪水，这样的雨天，这样只有她一个人的码头，她没有理由不害怕，但她又没有时间去害怕，这是一个家庭主妇需要履行的职责。

搓板的拍打声与洪水的咆哮声应和着，空气中弥漫着神秘和诡异，如果这时秋菊马上洗完衣服回家了，那什么事情也不会发生。但问题是有些事情是否发生不是她自己说了算。

雨慢慢小了，正当秋菊把最后一件衣服放进河里清洗时，她隐约看到不远处有一个东西向她漂来，她一阵心慌，不想多看，但是远处的东西却直逼她的眼，让她不得不看。东西离她越来越近，一下就来到她的眼前。她终于看清楚了，那是一个很大的木盆，木盆里像是包裹着什么东西。她忍不住壮大胆子仔细地看，突然，木盆的后侧探出一个人头来，秋菊“啊”的一声差点儿晕过去。那是一个活人，一个女人的头，女人只探出头，整个身子都没在洪水里，头发散乱地漂在洪水中，只能看到女人的半张脸，她的脸看起来像是被洪水浸泡太久，浮肿得一脸死色。女人见秋菊看到她了，就气若游丝地对着秋菊说：“木盆里的孩子……就拜托……您了，孩子身上……有……银圆……留着吧!”女人话一说完，探出的头就不见了，秋菊在洪水里到处搜寻着也不见女人的踪迹。突然一个洪峰涌过，河面又恢复了平静。

秋菊一手拉住河里的大木盆，一手打开了盆里的包裹，她看到了一张可爱的小脸，孩子睁着大眼睛，还不知道这个世界到底发生了什么，只会用明澈的眼睛看秋菊，看这个迷蒙的世界。孩子也许还不知道他是怎么来的，之后他更不知道自己是怎么走的。秋菊小心翼翼地打开整个包裹，她发现那是一个刚出生几个月的男孩儿，包裹里还放着十块大洋。在那个年代，十块大洋是一笔可观的数目。

秋菊顿时明白了刚才那个女人的嘱托。她也是女人，她也有孩子，她也有爱怜之心。她毫不犹豫地从木盆里抱起男孩，继而又把几块大洋放进木桶。正当她起身要回家时，她又犹豫了。她有五个儿子，再添一个儿子，原本贫穷的家将会更加贫穷，更加不能翻身。丈夫帮别人打一点小工，她带着孩子，还有年迈的公公婆婆要照顾，家里还有一个几个月的男孩儿在等着她回去喂奶……

她脑子里一片空白，突然，一个罪恶的想法占据了她的心。秋菊把孩子又放回了木盆，继而把十块大洋也放进木盆。秋菊迟疑了一下，又赶紧把十块银圆拿回放进了木桶。就在这一瞬间，秋菊闭上眼睛，松开了拉着木盆的手。当她松开的一瞬间，她又后悔了，在心里骂自己是一个贪财且十恶不赦的女人。她赶紧伸出手去想抓回慢慢远去的木盆，因为她认为一切都还来得及。就在这一瞬间，一个更大的洪峰疯了一般地奔涌过来，木盆在水面上消失得无影无踪了。

泉江河的洪水虽已慢慢退去，但是秋菊忧闷的心绪却久久不能平复。那天，四周一片寂静，空气中弥漫着令人窒息的味道。秋菊用颤抖的手轻轻地抚摸着那十块银圆，眼睛死死地盯着上面的图案，她的眼睛湿润了。奔涌的洪水、女人苍白的脸、小男孩儿明澈的眼睛，像利剑一般直插她的胸口，那份止不住的疼痛让她欲哭无泪。这种疼痛只能自己守着，她没有理由牵扯第二个人。她小心翼翼地摊开一张大白纸，把十块银圆放进去包裹起来，然后用糨糊封好口，最后轻轻地放进她陪嫁的大箱子的底层锁好。屋外秋风起了，风穿透窗棂吹进了秋菊凉透了的心扉……

生活还是老样子，她每天忙里忙外，照顾着一家人的生活，只是谁也没有发现她再也不是过去那个健壮的、爽朗的秋菊了，沧桑感从那个雨天的清晨开始住进了她的心，挥之不去。

从那个清晨开始，每逢雨天，秋菊都会戴着斗笠忧心忡忡地来到泉江河边。她伫立着，眼睛眺望河面，不错过河面上任何一个细节。她心中有一丝念想，更希望有一丝奇迹……

从那个清晨开始，秋菊把每月初一、十五的敬神敬祖先改成每天的必修课。每天天蒙蒙亮秋菊就早早起床，洗漱完毕后就进厨房用甑煮饭。煮好饭的第一件事情就是装一碗满满的斋饭放在龛台上，点上三炷香，最后上举着香俯身跪地，嘴里不停地念念有词。那份虔诚的由来只有她自己明白。

又是一个雨天，她带着干粮前往近郊的一个寺庙。那是一个不大却香火很旺的寺庙，很为家乡人推崇，每逢初一、十五香客们就接踵而来，他们个个挎着布袋，带着一点自己亲手做的面食或者自产的水果前来跪拜。以前秋菊不常来的，除非是观音娘娘的生日，她才会从忙碌的家务活中抽身前往。而今的秋菊不但大节日去，而且任何一个小节日也不曾错过。跪拜完毕，秋菊就急匆匆地往县城家里赶去。山里的风有些凉，石头小路蜿蜒伸向远方。她看到，寺庙对面小路旁的山脚下有一个乡村小学，高高矗立的旗杆上红旗迎风飘扬。学校很小，老师也只有几个，简陋的教室，斑驳的墙壁，告诉人们学校历史的久远。

连绵的雨让小路泥泞，在学校通往小路的低洼处形成了一股山里汇集起来的小水流，水不大也不深但是很急，本就是黄泥土的低洼的水流更是让人站立不稳。只见一个老师，在小水流边不停地忙碌着将一个个学生背过河。几个没有过河的孩子被另一个老师看管着，唯恐孩子一失足跌进水流中。

秋菊被这一幕看呆了！她又想起了洪水中那双明澈的眼睛，她一阵惊慌，情不自禁地踩着泥泞来到水流边，脱下鞋子，踩着小浪花来到要过河的孩子们身边，帮助老师一个个地背着孩子们过河。当孩子们柔软温暖的小身体贴在她的背上时，当孩子们受惊的小手紧紧抓住她的脊背时，一股暖流涌上秋菊的心头，这一刻，她发现自己最幸福，心中就像秋天的天空般澄澈透亮。她顿时明白，所有的神灵都未曾给她解开的谜底，就在这一刻，孩子们帮她解开了。

从那以后，秋菊只要忙完家务活，她就会抽空去看望村小的孩子们。孩子们都亲热地叫她“秋菊妈妈”。家里种了空心菜、苋菜、包心菜……她都会时不时带一些过来；偶尔还会花几角钱买几块白色小长方形的雪梨糖和五颜六色的小豆豆糖给孩子们；孩子们的衣服破了洞，布鞋开了花，秋菊就会带上针线一一帮孩子们缝补。当孩子们脸上绽放笑容时，也是秋菊心里最美好、最开心的时刻。每当这时，秋菊会顾不上孩子脏脏的小黑脸，嘴边流淌的黄黄的大鼻涕，抱着孩子们亲了又亲。

如果生活就是这样延续，每一天应该会有许多的阳光铺洒。但是，有时生活的节奏却不是这样的。又是一个电闪雷鸣的夏天的黄昏，天像撕开了一道口子，雨如瀑布般奔涌而下。秋菊在家坐立不安，她知道这个时候正是孩子们放学的时间，她越想越不敢想，给家人煮好晚饭后，她就立刻穿上雨鞋，戴着斗笠，披着大油布向村小奔去。大雨肆无忌惮地肆虐，让秋菊睁不开眼，山间小路上空无一人，只听到雨声在耳边回荡。学校边的低洼处水势更大了，咆哮着上山的洪水沿着山脊低洼处奔涌而下，秋菊不能过河，呆呆地和许多家长站在河边等待，对面的孩子们早已放学，面对咫尺的家长，彼此无言以对，一条洪沟就像一条天堑，阻隔了亲情的传递。老师和孩子们一个个戴着斗笠，站在水边，企盼洪水回落。天色越来越暗，突然，一个一年级的小学生脚一滑，就被湍流的洪水拉了进去。家长和老师们顿时惊呆了，个个吓得像个木头人。就在这一瞬间，秋菊抛开斗笠，跳进水中，伸手去抓孩子的手，老师和家长们顿时反应过来，下水去急救。秋菊顶着洪水，使出浑身解数，把孩子往水边奋力一推，许是力气太大，一个趔趄，人顿时侧身重重跌进水中。人们赶紧去拉秋菊，可是混浊的洪水里，秋菊一下不见了踪影，水流的下游通向一条大河……

孩子得救了。当天晚上，秋菊给她的丈夫送了一个梦，梦里只说了一句话：记得把箱底的十块银圆捐给村小的孩子们。

石板上的秘密

太阳慢慢西沉，秋蝉没了声响，树叶打着卷儿静静地等候夜的寂静，柏油路上穿梭着车辆和人流，一切都那样顺其自然，只有远空中一片极亮丽的霞光似乎不舍离去。

喧闹的车鸣声里，嘈杂的人声中，有一个老人被几个老阿姨围着。老阿姨们有的在叹息，有的在询问，有的默不作声……只有那位老人斜坐在小区门口花坛的石板上，安然地吃饭。他的个子矮小但很精神，全身皮肤呈现出古铜色，瘦削的小脸皮肤尚好，只是眼睛四周的皱纹如刀刻一般，额头的三字纹如三条平行奔涌的河流，鼻子虽高挺但山根处两条横纹交织着，不大的嘴巴咧着说话，时不时露出他只剩下的四颗牙，像矗立水中的几座黄色的小山，稀疏的银发整齐地贴在头上，刺目又精神。

老人的面前放着一个黑白格子的小行李袋、一瓶矿泉水和一瓶药酒，他一边神采奕奕、笑容可掬地回答着围着他的老阿姨们的问题，一边吃着必旺客里打出来的饭菜。我仔细一看，饭菜还算可以，是肉炖煎豆腐。一块块煎豆腐安静地躺在饭盒里，迫切地等待着老人来享用，红色的辣椒丝和蒜梗在饭盒里跳跃。老人一边夹起一块精肉往嘴里送，一边端起饭盒不停地往嘴里送饭。老人牙不多故吃起来有些费力，但明显能感到他吃得很香。

围观的老阿姨问他为何不到店里吃饭，老人的回答非常干脆："出来吃舒服。"一个老阿姨关切地说道："快吃，天色晚了，早点儿回家吧！"不料，老人直言："今晚天气好，不回家，就在县城住，明天还要去泰和见老朋友。""那你在哪里住呀？"老人立刻不假思索地回答："在县政府那里的石板上过夜，我经常来县城，石板上过夜非常好，今天晚上天气好，就怕下雨。"言语间，老人的眉宇间露出了一些喜悦与幸福，石板似乎是他的最爱。老人说："在石板上睡觉很好的，可以省下很多住旅馆的钱。旅馆太贵了住不起，大夏天上半夜石板很烫很烫，不过没有关系，下半夜就凉快了，早上就更舒服了。何况广场的石板地方大，怎么睡都可以。"周围人的神情突然黯淡了很多，眼神里充满好奇与心疼。"唉，老人家，还是回家吧。石板上睡觉会生病的。""不会不会，我习惯了。我不回家，家里就我一个人，回家不回家都一样的。"老阿姨们疑惑了："你没有老婆孩子吗？""没有，之前娶过两个老婆，不过都没有生孩子。"老人一边说话一边大口扒饭，没有半点儿不快，似乎来去自如的一个人的生活才是真正属于他的生活。阿姨们听后不禁唏嘘道："唉，真是可怜，你还是去敬老院吧！""不去不去，敬老院要钱，又不自由。政府每个月补贴我六百元，一年几千元钱，现在农忙，我还可以帮乡里人收割稻子，每天还能赚一百元。"说话间，老人咧开嘴会心地笑了，那缺了的门牙像一座幽深的山洞。老阿姨们默默地听着，老人欢愉地说着，对老人而言，似乎每一件事都是欢愉的。老阿姨们久久不愿离去，她们平时清闲惯了，难得遇到这样一个有故事的人。

老人吃完饭舔了舔嘴巴，再用手擦拭了一下，然后满意地打了一个饱嗝。在他看来，这二十四元的晚餐非常美味，他的脸上洋溢着春天般的幸福。

见老阿姨们围着不走，老人又闲不住了，他清了清嗓子，用他说了几乎一辈子的乡里话说："我今年七十五岁了，一直很想有个孩子，可是两个老婆都没有生，后来我想干脆买一头牛吧。我体力好，农活做得好，不论是上山砍柴还是在田里种稻都是能手。买头牛可以耕地，也可以当儿子养。一个寒冷的冬天，我到集市去买牛。圩镇的大草坪上站着十几头牛，我挑了半天终于相中了一头高大的水牛。它的头上长着一对弯弯的大角，一双圆鼓鼓的大眼又明又亮，那对灰黑色的瞳仁能照出人的影子来。它全身灰色，皮厚厚的，毛稀稀的。它那两只小蒲扇似的大耳朵和长长的尾巴，赶起蚊子来真是有趣儿。于是，我就特意给水牛取了一个好名字叫'旺宝'。旺宝进家门那几年，收成特别好，秋收时那金灿灿的稻子黄地毯一般铺在大地上，我和老婆心里那个美呀。当稻谷被装进蛇皮袋时，我都会拍拍水牛的头说：'旺宝，我的儿呀！你的功劳大，好好干活，我会更加对你好的。'旺宝好像听懂了我的话一样，眨巴着大眼睛，看着我'哞'了一声。这时的我甜滋滋的，没有儿女的日子也是一样快乐的。可是，好景不长，那年春天我和旺宝耕地回家时，山路湿滑，旺宝跌进了山谷，残废一条腿。从那以后，水牛下不了地，每天只能在家里待着，还要吃饲料。我本想把它卖了，又不忍心，毕竟它为我干了几年活，再说卖给别人当肉吃，我会心酸睡不着觉的。每次我对着旺宝唉声叹气时，旺宝都会愧疚地'哞'一声，低下头去，我看到了它的泪珠。后来水牛许是生病了，食欲越来越差，又过了几年，水牛许是老了，许是因不能干活而伤心就死了，死的时候很瘦。当我摸着瘦骨嶙峋的水牛的肋骨时，我放声痛哭，我知道水牛是为我而死的。"

老人说："牛残废后，收成也不太好了，第一个老婆也开始得病。她得的是一种怪病，白天精神不好，能吃但不能做事，只能坐着或者躺着，一到晚上就很难入眠，在床上呼天喊地，一下说看到这个，一下说看到那个。我束手无策，只好抱紧她不停地喊她的名字，不停地安慰她不要怕。那时家里穷，去不了县城医院，就只能找乡村的赤脚医生看，便宜是便宜，病终究没有治好，中药、香灰、喊魂等什么都做遍了。她经常趁我睡着了一个人跑出去，要么跑进山里，要么跳进水里，要么一个人在稻田里打滚。这样折腾的日子过了几年，之后在一个月朗星稀的晚上，我的第一个老婆跌落山崖死了。发现时，她静静地躺在山谷里，手里还紧紧地攥着我过年时给她买的木梳子。我当时心酸呀，恨不得一头撞死算了。这些年为了照看第一个老婆，我荒芜了田地，也搞垮了身体，但我不后悔，毕竟她是自己的老婆。

"第二年，别人又给我介绍了一个老婆。第二个老婆比第一个老婆长得更好看，皮肤白皙，头发浓密。可是，不知道怎么回事，这么漂亮的老婆就是不会生孩子。我那时想孩子也是想疯了，幸亏有老水牛陪着，后来也就没有多想了，没有孩子还有漂亮老婆和水牛，日子也算可以，可是没过几年，厄运又找上门来。有一次，我娘和她因为她不能生孩子的事情争吵了几句，老婆从此就非常郁闷，每天都不怎么说话了。后来在我出外干活时，她居然被一个外乡的人贩子拐走了。我当时痛不欲生，放下农活到处找她，最终还是没有找到。

"两个老婆相继离我而去，我心灰意懒了好一段时间。后来一个早春，当我睁开蒙胧的睡眼时，我听到了屋外'咕咕咕'的声音。当我起身打开窗户时，我看到在桃红柳绿间两只斑鸠欢快地叫着，一只斑鸠围着另一只斑鸠欢快地打转。它们是春天的使者，它们在呼唤春天，更呼唤我沉郁的心。”

老人说着说着，眼里溢满了泪水，我分明感到，那不是悲伤。他突然站起身说：“去石板上睡觉了，明天我还要去泰和找老朋友玩呢。”我站在老人身边默默地听着，偷偷用手机给他拍了几张照片。听他说要离开，我赶忙从钱包里抽出五百元递到老人手里，轻轻对他说：“老人家，今晚去住旅馆，以后不要再睡石板了。”老人听后嘴里喃喃着，不住地点头。他眼里闪着泪光，嘴角微扬着，那缺了门牙的嘴一张一合地像个天真的孩子，听话又可爱。突然，我的眼睛也湿润了。

太阳西沉了，远方的那片彩霞慢慢被夜色笼罩，但在遥远的夜空，我看到了一颗星在闪烁……

唯有枫叶管别离

二十岁那年冬天，我因阑尾穿孔住院，和我同病房的是一个六岁的小姑娘。

小姑娘长得清秀瘦小，扎两个小辫子，脸色有些苍白。不过，小姑娘却特别开朗活泼，输液和不输液时都喜欢叽里呱啦地自言自语或者大声唱歌。每每这时，小姑娘的母亲都会说："宝贝，不要吵姐姐休息好不好?"可是她根本不听，继续唱她的歌，说她的话。那时，我因刚做完手术，伤口疼痛，加上每天输液，心情特别不好。小姑娘白天夜晚的折腾，让我本来就不好的心情雪上加霜。看她年龄小，我每次都是强忍着不发脾气，有时睡在病床上气鼓鼓的，常用眼睛瞪她几眼，她却一本正经傻傻地望着我："姐姐，你还痛吗？要不要我给你摸摸伤口?"小姑娘甜美的问候如清泉般沁入我的心脾，我的气立刻消了一半，哪知她话音刚落，歌声又起来了："我爱北京天安门，天安门上太阳升……"有时实在受不了，我就悄悄地对母亲说："妈，那个小姑娘太吵了。"这时母亲总是安慰我不要跟小孩子计较，我也只好作罢。

这样的日子过了几天。母亲为了让我术后休息好，临时决定让我晚上回家睡觉，白天到医院输液。

哪知，我回家才住了一晚，第二天一大早刚回到医院病房，小姑娘就立马跑过来抱住我："姐姐，你昨天晚上去哪里了呀？我一个晚上都没有见到你，我好想你。姐姐，你下次晚上不要离开，陪我好不好?"不知怎的，看着小姑娘稚嫩的小脸蛋和眨巴着的大眼睛，我的气顿时全消了。从那以后，我对小姑娘多了几分好感，许是职业习惯，不输液时我就会给她讲故事，告诉她许多道理，比如要听大人的话，大人在休息的时候不要吵闹之类。小姑娘还真懂事，从那以后果真变得越来越乖巧了，有时我在输液想休息时，她刚想要张嘴唱歌，只要我轻轻用手指放在嘴边"嘘"一声，她马上就停止了。再后来我和小姑娘关系越来越好，每次她有什么好吃的，她都要跟她母亲请求："妈妈，我要你给姐姐一份。"我客气地说不要，她却执意要她母亲给，我只好假装接受，然后又偷偷送回给她母亲。

就在我出院前的第三天，我教会了小姑娘一首古诗《咏鹅》："鹅，鹅，鹅，曲项向天歌。白毛浮绿水，红掌拨清波。"我用心教，她认真听，病房里充满了温馨。那天她特别开心，我先给她讲解了古诗的含义，然后教她一点点背诵，可惜她总是背不出"红掌拨清波"这句。看她着急的可爱样，我就怜爱地对她说："怎么还背不出呀，小傻瓜。背不出就不背啦。"哪知，当她一听到我说她"小傻瓜"和不要背诵了，就"哇"地大声哭泣起来，当时的情形把我吓坏了。

第二天，她一天都睡在床上没有跟我说话，我怎么叫她，她都不理我，还默默地流泪。后来，她母亲告诉我，小姑娘得了重症，过几天就要转院到上海治疗了，此去也是生死未卜，就看造化了。小姑娘的母亲还告诉我，小姑娘得病前非常乖巧好学，还说长大后要考名牌大学。顿时，我的眼泪"唰"地流下来了。我很内疚，觉得自己很幼稚，居然跟一个重病的孩子计较，还自以为是地笑话她。我问小姑娘的母亲："孩子知道自己的病情吗?"小姑娘的母亲说："她知道，是我和丈夫说她的病情时她偷听到的。"小姑娘的母亲说，孩子听到后，不哭也不闹，只是呆呆地立在病床前，之后没事就喜欢自言自语或大声唱歌。只是每当夜深人静时，她就会一脸疑惑地问："我会死吗？马上会死吗？死很可怕吗……"

我收拾好行李出院那天，默默地来到小姑娘病床边，强颜欢笑地对小姑娘说："妞妞，姐姐要出院了，下次姐姐会来看你的。"小姑娘没有回答，只是从床上坐起来，拿起她枕边的那本儿歌书，用小手一页一页地翻，然后，从书中取出一枚枫叶书签，噙着眼泪，郑重地放到我的手上："姐姐，这枚枫叶书签是我自己做的，送给你。"我忍住眼泪，收下了，然后紧紧地抱住了她。

出院后，我再也没有了小姑娘的消息，但我却一直珍藏着那枚枫叶书签。

起风了，指尖弹出春意，微凉晨光里，笑脸很美丽。那枚枫叶飘向远方，带着我的祈祷，捎去我真诚的祝福。

一粒米的旅行

锅巴，是童年最香的零食。小时候，家家户户都有一个烧着柴火的土灶，上面架着一口大铁锅，每次饭熟了之后都要留一点小火接着烧，这样，米饭底部就会形成一层锅巴。每次母亲从锅里铲起煮熟的米饭时，我和姐姐妹妹都会在厨房转悠，等待锅底的那块焦黄酥脆的锅巴。拿在手上直接吃，米香和焦香混合，香香脆脆，绝对是那个年代最好吃的零食。如果喜欢咸味，还可在锅巴起锅前洒一些盐水，那种味道也很美妙。年岁渐长，还时不时怀念那一口味道。

一块锅巴由无数的米粒构成，如果说一粒米饭就像一首歌，那一锅锅巴就是一曲交响乐。每一粒米的生长都有一个漫长的生命历程。稻田里的活既繁重又充满希望，把握节气才不误农时。

每年春季四月农事开始，农民们便会通过观色、看形、摸质感来精选最好的水稻品种，然后用冷水浸泡，放在合适温度的容器里。烦琐的育苗过程中，农民们用心呵护着每一粒种子，给每一粒种子安置一个小家，等待种子破土而出。水稻发芽后，移栽在苗床上，盖上土，浇足水，铺上地膜，用心做好苗床管理，严格掌握苗床的温湿度，等待长苗。农民们充分利用这个时间，整理稻池地，包括翻土、修渠等。

青青秧苗孕育成功，盛大的插秧就开始了。插秧之前，每一块农田都灌满了水，明晃晃、亮晶晶，远远望去就像一面面大镜子平铺在广阔的大地上。田地里，阡陌交通，水渠纵横，清澈的水缓缓地注入每个方稻田里，星星点点的粉色小碎花点缀了水渠，充满了生机与活力。苍穹之下，青山绿水旁，斜风细雨中，翠绿的秧苗一丛丛一簇簇静静地躺在平整的田地里，等待着农民的派遣。田埂上，小路旁，姑娘、小伙子们挽起裤腿，赤脚挑着秧苗呼朋引伴，他们说着俚语，哼着小曲，水田里的倒影美丽又可爱。将秧苗从育苗田里拔出来捆成小捆，再挑到水田边，将那一小捆一小捆的秧苗均匀地抛入水田，然后下田解开捆着的秧苗，开始均匀地插秧。农人们有的披着蓑戴着斗笠；有的戴着斗笠，背上披着一张白色油布；有的任由细雨斜织着飘飞在脸上、头发上、身上。农人们手脚并用，亲手种下了他们的希望。看着农人们弯腰后退的插秧姿势，想到与出家之人离去时的姿势多么相像，从那细致的后退中仿佛看见了每一株秧苗都有佛的存在，“青青秧苗，皆是法身”。房前屋后、山下山谷里刚插上的秧苗青青翠翠，一列列地像姜子牙的布兵阵，远远望去又像绿色的草原。

秧苗吮吸着春天的甘露，沐浴着夏日的阳光，在有花相伴的日子，在农人们日日夜夜悉心呵护下茁壮地生长。穗子抽出来之后，茎部噌噌地拔高，开花后慢慢结出了饱满的谷粒。稻苗长得细细长长的，袅袅婷婷、婀娜多姿。青青的秧苗会随着时间的改变而换上金黄色的新装。阳光下风儿过处，金黄的稻田翩跹起舞，美丽又壮观。鲤鱼、泥鳅、青蛙、田螺在稻田里嬉戏，不知名的小野花在田间盛开。静谧的夜晚在稻田里漫步，淡淡的稻香沁人心脾。稻苗时刻保持站立的姿态，有风拂来的时候才弓一弓身，然后继续挺直腰杆，能屈能伸是稻苗的风骨。稻子的使命并非在于其生长的过程中装扮自然，而在于滋养生命的新生。

稻子一天天走向成熟，空气里弥散着清香。秋收的日子按着节气而至。那一株株饱满的稻穗充满着成熟的喜悦，弯着腰，弓着背，低着头，这是成功者的谦卑，充满了智慧与风范。一股成熟的气息扑面而来，这是阳光与稻香融合在一起的味道，也是大自然用燃烧的色彩精心绘制的油画。收稻子的场面热火朝天，有的收割机在田里收割着，有的运到家门口晒着，有的用车往家里装着……人们把一捧稻谷放上人工打谷机的轴轮，一只脚踏上踏板不停地飞快踩动后装满了铁齿的轴轮高速运转，谷粒便从稻穗上脱落。这是力气活儿，烈日下汗水在田间挥洒，一家人干得热火朝天，从清晨到日暮，累并快乐着。农人们用辛苦收获他们的希望。这是稻子生命历程里幻出的又一道奇丽的风景：这看似轻飘的身体里装载了农民太多沉甸甸的希望，以至于谁也无法忽略它衍生出的那份深秋的喜悦。

要晾晒稻谷了，农人们或把打谷机打完的稻谷倒在很大的晒垫上，或直接倒在马路上，又或者倒在房前屋后以及楼顶阳台的空地上。他们先用耙子将稻谷铺开，然后不时地翻动。光着脚丫踩在稻谷上，有麻麻的小刺痛，一天下来必定被晒得一身黝黑。最后，还要到田里收拾战场，把田地里捆好的稻草挑回家晒干当柴烧，农人们管这儿叫“担秆”。山间慢慢升腾的雾气笼罩着黛青色的远山，黄昏的余晖下，穿梭着一个个挑着担子急匆匆归家的农人。

稻谷反反复复地晒干后，就要送入碾米厂了。稻谷去壳的设备叫稻谷碾米机，还有的叫打米机，是利用电或柴油机驱动机器将稻谷经过剥壳变成糙米，还要再次进机器去皮后变成精米，而去除的稻壳被打碎变成糠，成为重要的动物饲料。在过去艰苦的年月由于没有粮食很多人吃糠，导致肠胃出现很大的问题，而今，糠一般用来喂猪。晒干的稻谷要被送入鼓风机中来分离杂物和稻谷，相对来说是十分辛苦的。

碾米机碾好的精米就可以流入市场，成为家家户户餐桌上最重要的食物。聪明的人们利用自己的智慧做出无数跟米有关的美食，就如童年时的锅巴。

民以食为天，吃一直是每个人的头等大事，而大米又是世界上最主要的主食之一。一碗米饭要农民伯伯从插秧苗开始，经过几个月的辛勤劳动才能收获到稻谷，而要成为晶莹剔透的大米，稻谷还要经过去壳这个重要程序，让稻谷发生蜕变。“锄禾日当午，汗滴禾下土。谁知盘中餐，粒粒皆辛苦”，这是古人悯农的诗句；“今秋圆个黄金梦，留下芳名稻草兄”，这是古人渴望丰收的愿景。在辛苦与希望之间，农人们选择了痛并快乐着，让每一粒米都充满幸福的香气，让稻谷的生命历程周而复始，让人类足以繁衍生息。

舌尖上的小咸鱼

小时候家家户户生活水平都不高，日常饮食以萝卜白菜为主，隔个十天八天来点儿猪肉和小咸鱼打一下牙祭，生活也过得有滋有味。

商店里买回来的小咸鱼极其咸，但大家似乎就爱它这点咸，自古咸来源盐，盐调百味，中国人的饮食以咸鲜著称。所以小咸鱼占据餐桌一席之地也不无道理。

母亲买回的小咸鱼从来不在水里浸泡，清水里稍微一洗，就开始做菜。最常见的吃法是油煎小咸鱼。先把小咸鱼切成一小块一小块装碗备用，然后锅里放少许油，待锅里油热后，放入小咸鱼片，当小咸鱼片煎到鱼香扑鼻、金黄脆酥时起锅装碗，这道油煎小咸鱼就算做好了。每天吃饭，母亲就会从柜子里端出来给每个人分两块，虽只是两块，我感觉它比现在的十块鱼还好下饭。我每次吃饭时，一般先是一口热饭，然后吃一点萝卜白菜之类，最后夹起一块小咸鱼放到嘴里轻轻咬一点咸鱼肉，就一点点，顿时咸味就会在嘴里弥漫，这是一种非常满足的感觉，就这一点咸鱼味就可以让我多吃一碗饭，并且吃得很香。小咸鱼的味道我一直留在唇齿之间。

随着生活条件变得越来越好，后来很多年里我都把小咸鱼安放在记忆的一角，几乎到了快遗忘的地步。不是它味道不好，而是生活物资选择的余地大了，现代人又在乎养生，小咸鱼慢慢被冠以腌制致癌食品，多吃新鲜的活鱼有利于养生。

这年月，太多肥脂肥膏入肚，又缺少运动，一到超市买菜，觉得不知道买什么才爱吃。偶尔有一天看到货架上赫然摆放着各类咸鱼，有足够挑选余地，但我依旧情不自禁地选择了小时候吃的那种小咸鱼。

看着这些似曾相识的小咸鱼，我没有再做小时候那种非常咸的原味的小煎鱼。太咸了，小时候是缺衣少食，而今是生活富足。我做小咸鱼的第一理念是要把小咸鱼放到温水里不断浸泡直到小咸鱼几乎没有咸味后再重新配料。一切如我所愿，小咸鱼早上买回后一直浸泡到下午我才烹饪。我把每条小咸鱼切成和小时候一样的一小块一小块，然后倒入镇江料酒去腥调味，把新鲜的红青辣椒及大蒜和姜切碎备用。油热后我先倒入小咸鱼煎至焦黄，用锅铲铲到锅的一边，再倒入红青辣椒大蒜姜盐，任其在油锅里翻炒，几分钟后，小咸鱼和各种作料混合再翻炒，整个厨房各种香气扑鼻，最后放一点酱油和水翻炒一下闷一分钟就完美起锅。一道香辣可口色香味俱全的小咸鱼炒红青辣椒就做好了。

就餐时，美食在饭桌上转着，红烧鸭子、三杯鸡、清蒸鲈鱼，每个菜都色香味俱全。一上桌，我就迫不及待地吃了几口小咸鱼炒辣椒，怎么回事，居然没有找到小时候的味道。也许是菜太丰盛，大家都没怎么顾及小咸鱼，一餐饭下来，小咸鱼还剩余很多。

我有些郁闷，细想想：同样的小咸鱼，从前之所以那么美味，并不是烹调有什么特别之处，而是时势、地位改变了人的口味！小时候家里贫穷，缺衣少食，鱼肉是难得的佳肴，日常也没有零食，吃东西是不会挑剔的且非常有满足感。现在我的生活富足了，厨房里多了很多精美的食物，自然吃不出小咸鱼的香辣可口了。所以改变的不是小咸鱼，而是我自己。

“余”味无穷

中国人喜欢“余”字，年年有余，富余，只要有余，怎么都好。所以很多人想方设法把房子做大一点，把存款数字提高一点，把工作时间再缩短一点，以为这样就达到内心所想的“余”的概念，事实上远远不够。

当因纽特人在茫茫冰原上寻觅食物时，如果食物耗尽，老人便会主动留在原地，而其他人则抛下老人继续前行。这样的老人看起来命运非常悲惨，一个不能善终的生命体在别人看来没有半点儿幸福可言，但是他们在面对生命、面对死亡时从容和淡然的态度足够让人们为之动容。

生命的幸福不光是金钱物质的余裕，更多的是来自心灵的从容淡然。要想让自己从容淡然，首先要获得空间上的轻松自由。内心需要空间，欲望也好，情感也罢，思绪也好，信仰也罢，一旦填满了内心，没有丝毫挪动的空间，就会有种透不过气的压迫感，而且内心一旦被束缚，人就会丧失活力，也无法与他人进行心灵上的沟通。

怎样才能做到轻松自由呢？首先得学会断舍离。断舍离是斩断物欲，舍弃废物，脱离执念。“清理废弃物”是断舍离的第一步。橱柜里、餐架上或者冰箱中囤积的无用之物，家里随处堆积的废品，还包括精神层面上那些不适宜的观念，都应该统统摒弃。

人们总是舍不得丢弃，总想着：留着吧，也许以后还有用。购物给我们带来了很多快感，也给我们的房子带来了太多杂物；习惯性地暴饮暴食导致肥胖，衍生出很多健康问题。

迫于生计，有的人不得不早出晚归、熬夜工作。因为要委曲求全，有的人习惯了当一个没有个性、丧失自我的老好人。为了达到目的，有的人选择走捷径，甚至铤而走险。为了满足口舌之欲，有的人暴饮暴食，饮食没有节制。生活中，很多人习惯于做加法，在过多的选择中最终迷失了自己。无数次尝试之后，终于走向心灵的落寞。

断舍离同样提醒人们与人交往要把握分寸。人际关系中双方距离无论是走得太近还是太远，接触频率太高或是太低，都会出现问题。距离太近，会觉得烦躁；距离太远，会感到孤单。接触频率太高，会给别人带来麻烦；接触频率太低，则会产生被抛弃感。

徜徉于明月清风中的人，定是一个懂得生活、懂得取舍、懂得与自然万物和谐相处的人。愿人人心中都拥有一轮明月。明月在，心就明朗了。思量人间的善事，心就是天堂；思量人间的邪恶，就化为地狱。心里愚痴，处处是苦海；心生慈悲，处处是菩萨；心生智慧，无处不是乐土。只有祛除妄念，才不会被世事所迷惑。一个人能达到心静的境界，就不会迷茫。心中有余，生活才可能怡然自得。

奶奶、孙女，还有猫

樟树冒出了嫩芽，迎春花、杜鹃花在深情酝酿花海。此时，一辆三轮垃圾车缓缓驶进小区。车上坐着一个老人和一个六七岁的小女孩儿，这是我之前没有见过的。三轮车在五个垃圾桶旁停稳，老人下车，她戴着大口罩，花白的双鬓，个子瘦高，有一点儿佝偻的身材显得很单薄。

垃圾桶里堆满了垃圾，老人戴着一次性手套的双手认真地将垃圾桶里的垃圾一包一包打开，清理出里面可回收的矿泉水瓶子、牛奶盒子之类的物品后又一包一包扎好丢进三轮车里。小女孩儿也跟着老人在地面上找寻着，一张褶皱的小纸片、一片枯黄的树叶、一朵凋零的童子面茶花，弯腰、起身，之后便郑重其事地递进老人的大铲里。她看到不远处有一个矿泉水瓶子，于是飞奔过去，大喊“奶奶，一个矿泉水瓶子”。声音从小女孩儿的口罩里传出来，清脆稚嫩。奶奶点点头说：“乖，快捡回来。”小女孩儿清澈的大眼睛扑闪扑闪着，两个高低不同的朝天小马尾在头上跳跃。

刚才还一脸温和的天空，忽然下起了大雨，豆大的雨点打在老人的脸上，顺着她的脸颊流下来，口罩被雨水打湿，裤腿被溅起的泥水裹住，初春的寒风吹进她的衣襟，她禁不住打了一个寒战。老人只能半闭着眼睛清理垃圾桶旁的垃圾。她左手持大铲，右手挥动扫帚，扫满一铲垃圾后便倒入三轮车里。

垃圾桶旁的纸箱子里传来了几声猫叫，声音有点儿凄惨。老人一怔，赶紧端出小纸箱，打开一看，一只小猫蜷缩在小纸箱里瑟瑟发抖，老人用手轻抚它的头，小猫有气无力地睁大眼睛看了老人一眼。这是一只垂死的猫，毛发黑白相间，乖巧又可爱。老人赶紧解开雨衣把小猫抱进怀里，用身体温暖它。小猫抬起头来望着老人又凄惨地叫了一声，老人越发地抱紧了它。小猫钻进老人的怀里，就像钻进妈妈的怀抱。小女孩儿蹲下身子怜爱地看着小猫，小手轻轻地抚摸着小猫的毛发。“奶奶，我们把猫带回家吧！”奶奶皱着眉头没有应答。疫情中的病猫能带回家吗？可不带回家小猫很可能会死。“奶奶，这只猫没有爸爸妈妈，我们把它带回家吧！”小女孩儿近乎哭泣地求着奶奶。奶奶沉默了一会儿点了点头。

远处走来一个戴着口罩出行的中年男人，他打着伞本想往前走，看到风雨中的老人、小女孩儿和猫，马上走上前去，伞像一个精灵般停在她们的头上。老人一怔后回望，目光在对视后汇集在一起，感恩化着清风飘向远方。垃圾桶旁废弃的折叠木板床和散架的沙发因为有了中年男人的帮助，自然轻而易举地被搬上了三轮车。

之后的一段日子，每天清晨都可以看到老人带着小女孩儿还有那只小猫穿梭在小区里。小猫一改往日的样子，充满了生机和活力，乌黑透亮的眼睛泛着神秘的光，一身黑白相间的毛发在阳光下熠熠生辉。老人救活一只流浪猫的事情也很快在小区传开了。

“老人家，这猫是我家的，请你还给我，行吗？”一个老妇人带着一个小男孩儿站在垃圾桶旁哀求着，眼神里充满了疲惫和焦急。

“不，这是我家的猫！”小女孩儿理直气壮地说。“不是，明明是我家的猫，是我妈给我买的。”小男孩儿和小女孩儿争执起来，小脸蛋涨得通红。小女孩儿紧紧地抱着小猫，丝毫没有要给小男孩儿的意思。小男孩儿急了，拉扯着奶奶的衣襟哭泣着大声喊：“奶奶，我要我的小猫。”

老妇人非常无奈：“老人家，请你把猫还给我们吧。这猫是我家两年前买的，还是很有感情的。这是我的小孙子，年前他的爸爸妈妈去武汉的医院做志愿者了，现在孩子每天和我一起生活，没办法，我老头子走得早。小孙子每天嘟囔着要见爸爸妈妈，幸好有小猫每天陪伴，让他开心很多。那天猫生病了，小孙子同时也咽喉肿痛、流鼻涕，可把我吓坏了，万一孙子被感染了病毒我怎么跟儿子儿媳交代呀，第二天索性就把猫丢了，之后我非常后悔，谢谢你救了猫。前几日，我孙子在阳台上看到了小猫，哭闹着死活要我把猫要回来。唉，我实在拗不过这孩子。”老妇人一边说，一边用衣角擦着眼泪。

收垃圾的老人听后，脸色有点儿凝重，感慨地说：“好的好的，太凑巧了，我的儿子儿媳现在也在武汉。他们之前一直在湖北襄阳打工，原本春节要回家，后来疫情严重，就自愿加入支援武汉方舱医院的施工建设了。”“唉，真是有缘。现在疫情期间，你出来收垃圾千万不要天天把孙女带出来，多危险。”“没办法，原本是我老伴每天来清理垃圾的，不料他感冒发烧，到医院检查后被留院隔离观察。六岁的孙女一个人在家又不安全，我只好每天把她带出来。我跟你说呀，这猫我带它到动物医院看过兽医了，没有大问题，只是轻微的肠胃问题，吃了一点药现在病好了，看看多可爱。”老人随后对小女孩儿说，“妞妞乖，快把猫还给弟弟。”“不！这是我的猫！”小女孩大声哭泣着说。“听话，等你爸爸妈妈从武汉回来，我就给你买一只猫，好不好?”小女孩听后，不情愿地点了点头。

这一刻，在风雨中戴着口罩清理垃圾的老人的背似乎更加佝偻了。不过挺立一旁的迎春花却绚丽地开放着，没错，春天来了……

钢笔的拒绝

儿子放假回家带回一支特别好用的钢笔，他把钢笔连同一瓶暗宝蓝色的墨水都送给了我。我非常喜欢，时不时用它做点儿小笔记，摘抄几句至理名言，或者练习一下自己的个性签名……暗宝蓝色的字迹在大笔记本上像一个个蓝精灵一样跳跃，像蓝天又像深邃的星空，带给我无限的遐想。

写了几天后，我把钢笔里的暗宝蓝墨水全部挤干净，重新注入一贯使用的黑色墨水。我想做一个比较，看看到底哪种颜色更漂亮。黑色笔迹如同挑战者一样出现在一行行暗宝蓝字迹下，依旧稳重大方，但是总感觉缺点儿什么，暗宝蓝字迹似乎略胜一筹。我马上挤出了黑色墨水，重新注入暗宝蓝色墨水。当我再次拿起钢笔写字时，墨水几乎出不来，一行字写下来，没有黑色，蓝也淡得很，看着颜色如此糟糕的字迹，我有些失望，以为钢笔坏了，赶紧把它拿去彻底冲洗干净，再重新注入暗宝蓝色墨水。折腾一翻后，钢笔一如既往地好用，漂亮的暗宝蓝色字迹又重新映入了我的眼帘。

小小钢笔还真有个性，居然也懂得拒绝。当只有纯正的暗宝蓝色墨水时，字迹娟秀又美观。当有黑色墨水混杂其中时，钢笔不惜牺牲自己的形象，字迹变得暗淡而丑陋。古人说的“宁为玉碎不为瓦全”恐怕就是这个道理吧。

看着那一行行钢笔字，我不禁浮想联翩。记得那年一大家子去三亚过年，从小在山里长大的我，一想到能与大海亲密接触做一回弄潮儿真是兴奋。抵达三亚的第三天我们兴致勃勃地来到亚龙湾。亚龙湾是月牙形的海湾，拥有近七千米长的银白色海滩，沙质细腻又柔软。海水洁净透明，不受一点儿污染，远望呈现几种不同的蓝色。阳光、沙滩、海浪、椰子树给予我们太多美的享受，温暖而舒适。

下午四点左右我们穿好泳衣兴致勃勃地准备下海游泳，突然，乌云从海的对面天空直压下来，海天相接在乌云笼罩之间。海风带着阵阵凉意袭来，让我们禁不住打了几个寒战。算了，不游了吧！唉，好不容易来一趟，怎么能不游呢？顾不得那么多，穿着泳衣直接跳进大海。海水很冷，汹涌的海浪荡来荡去，不停地拍打着我，急浪一会儿把我拍回岸边，一会儿用力把我扯向大海。海浪没过我的头顶，我连吃几口海水后脚又因海水太深而不能着地，好不容易才被海浪冲回岸边。海岸救护员看此情形，马上召回海边所有游泳的游客。在冰凉的海水里才浸泡了几分钟，我们就遗憾地撤离了。怀着遗憾上岸后的游客们不停地抱怨表达不满：“好不容易来一趟三亚，好不容易当一回弄潮儿，哪知只喝了几口苦涩的海水就要打道回府，太划不来了，运气真背……”

大海真有个性，用拒绝显示着它的威严。面对无情的大海，人们只能想象：在湛蓝的天空下、雪白的沙滩上，碧蓝的海水在微风中荡漾，潮水时不时冲向岸边，轻柔地带回几个贝壳、几片水草、几只小鱼、几只小螃蟹。暖和的海水裹着你的身体，你可以尽情地摆弄各种姿势：蛙泳、仰泳、潜水、狗刨式……大海就像你的家，任你自由地徜徉与嬉戏，意趣盎然。

的确，生活中的美是需要有个性的，懂得拒绝也是一种成熟的表现。小草因为拒绝被蒙蔽，才能将簇新的绿色展现在大地之上；溪水因为拒绝停滞，才裹挟着一路芬芳把梦想带向远方。这些自然现象仿佛是在教我们要学会拒绝。在现实生活中，人很容易迷失在过多的渴望中，要知道鱼和熊掌不可兼得，我们也应当像大自然一样学会拒绝。

反观历史，多少前人为我们诠释了拒绝的真谛。“天子呼来不上船，自称臣是酒中仙。”满腹诗书的诗仙太白，在那个繁荣昌盛的年代里，本可靠取悦皇权来做高官，但他面对厚禄与权势，坦然地拒绝，留下了高力士为他脱靴、杨贵妃为他磨墨的千古佳话。世俗的枷锁永远羁绊不了他坦荡洒脱的个性，也无法扭曲他高洁自由的灵魂。于是，他注定孤独，与酒为伴，以月为友，用孤傲的心书写属于他自己的人生篇章。也正因为拒绝，才有了后世人眼中那个绝世独立、独一无二的李白，恰如余光中所言：酒入豪肠，七分酿成了月光，余下的三分啸成剑气，袖口一吐，就半个盛唐。

暗宝蓝色的字迹在白纸上恣意挥洒，钢笔因为懂得拒绝，所以值得被拥有。人生何尝又不是如此呢？

舍与不舍

不少人认为只要自己用心地做人做事就一定会收获满满。殊不知，由于天、地、人的变化，往往导致很多事并不遂人愿，于是痛苦与彷徨接踵而来。心也总在舍与不舍间游走。我辈凡夫俗子，终究难逃其纠缠，舍得是人生豁达的表现，而舍不得才是人之常情。

如果世间真有能舍去一切之人，那只能是佛，是圣人，而我们凡人的日常就是由无数的舍不得组成的。舍不得爱人的远行，因为浓浓的爱意；舍不得时光飞逝，因为自己正在老去；舍不得朋友，因为曾经患难与共。许许多多的舍不得，构成了人世间的情和义，成就了生命原本的美，也让我们对生命有了眷恋。

小学时，每年参加学校的运动会，短跑时我都喜欢挽起裤腿，打着一双赤脚勇往直前。尽管跑道上时不时有沙子硌脚，但丝毫不影响我对比赛的热情，喜欢脚板与沙子亲密接触时的那份踏实及快感，好像只有那一刻生命的激情和活力才足够迸发出来。初中时，我们一群小伙伴参加运动会，依旧喜欢一双赤脚驰骋操场。初一那年的校运动会上，急行跳远项目能破县纪录也是我的一双赤脚帮了大忙。赤脚给了我和小伙伴们很多荣耀，但是由于好奇心和虚荣心作祟却让我舍不得放下尝试。初二那年参加县运动会，我看到一个高中女生穿跑鞋参加二百米决赛成绩优秀，于是大胆借了那个女生的跑鞋参加一百米决赛，结果，非但没有跑出好成绩，还把脚扭伤了。之后我非常后悔没有听小伙伴们的劝告，由着自己的性子来，殊不知跑鞋下面有那么长的铁钉，没有几个月体验是适应不了的，舍不得放下自己的任性与倔强，得来的就是深刻的教训。

家乡有一年淫雨霏霏导致河水暴涨，县委领导半夜通告山洪可能暴发，小小村落即将被洪水吞没，乡民立刻做好安全转移。村干部们在村里逐一排查，带领乡亲们往山后林子里逃生。漆黑的夜晚，带给乡亲们无限的恐惧。乡亲们带着简单的行装及便于携带的贵重物品扶老携幼，在泥泞中逃命。当他们逃到山腰时，只听到一声巨响，山洪瞬间把村子冲走了。之后，清点人数，少了一个王老汉。就在大家匆忙逃命时，王老汉记起家中还有五百元现金搁在床板下忘了拿，他赶紧折身回家去取。一个人为了财物舍弃了生命，这种舍不得付出的代价也太大了吧。

世人总喜欢这样形容生活：“生活在左，我在右，所以，我们总被生活左右。”细想，如果我们不够豁达，不能干脆果决地摆脱困境，总是怨天尤人，必然给自己制造不痛快，最终被生活所左右。但其实舍与得之间也许本没有界限，就看你如何定位，就像佛家所说：有舍便是得。

春天来了，桃红柳绿，姹紫嫣红。一场夜雨，娇艳的花儿凋零一地，落花流水春去也。莫悲切，舍不得繁华落尽，就得不来硕果累累。芦苇荡里，一只水鸟飞下，叼走一条鱼。无数只翠鸟看见后，便蜂拥着追逐水鸟。水鸟无处可逃，疲累地飞行，心神涣散时鱼就从嘴里掉下来了。那群翠鸟朝着鱼落下的地方继续追逐。水鸟如释重负，栖息在树枝上。生活中任何事都有两面性，就看你如何取舍。“海纳百川，有容乃大；壁立千仞，无欲则刚。”小舍小得，大舍大得，不舍不得，人心便坦然，这就是智慧。

夏蝉舍外壳，而得以华美转身；壁虎舍断尾，而得以保全性命；雄蜘蛛舍命求爱，而得以繁衍生息。自然界中弱小的生物亦知舍得的智慧，人类的真舍得更是大智慧。

人活一世，草木一秋。看到了生命的短暂，才会倍加珍惜美好时光，努力拼搏，在舍得舍不得中感悟人生的智慧。

红烧肉的秘密

中国人的烹饪文化在世界上独树一帜。在中国，饮食从来不仅仅是美食。中国美食以“五味调和、味道为王”为精髓，这何尝不是人生况味？其中，红烧肉作为中华传统美食，经历了从平凡到典雅的漫长演变过程，所以它从骨子里就兼具平民气质与贵族气质。

早在北宋时，猪肉并不入食客们的法眼，原因是难以烹饪。《宋会要辑稿》记载，宋真宗时期，宫里每年要吃掉羊肉四十三万斤，但猪肉只消耗四千斤。但是苏轼的一首《猪肉颂》，让它从此登上大雅之堂，红烧肉也因此成为中国人餐桌上的经典大菜，也成了平民化的看家美食。

要做好一道红烧肉，食材很重要。肉要挑选新鲜的五花肉，也就是带有弹性的皮的肋条肉。这种肉，五花三层，肥瘦红白相间，瘦肉要粉红，肥肉要洁白，这样的瘦肉易烂不柴，肉肥稍炖即化。这样肥腻的食材在经过一番烹饪之后，要达到香浓的味道，烹饪过程是很有讲究的。

把买回的五花肉细细地拔去残余的猪毛，刮去油垢，用清水洗净后开始切肉。切肉要时时把握肉的大小和肥瘦的比例，将肉切成一寸大小的肥瘦均匀的小方块。中国人自古讲究做人方正不阿，五花肉有了方正的品相后开始一步一步走向属于它的辉煌。

切好的五花肉焯水很关键，一来去除猪肉的杂质、血腥和嘌呤，二来对肉先行加热，可以使肉不散不化，肉块完整。大锅放冷水，将切好的五花肉一起下锅，同时加入适量料酒，待锅中水煮沸几分钟，再把五花肉放清水里洗干净放置漏勺中沥干水备用。

做五花肉的过程就像一个人的成才之路，每一步都很重要，但是重要之中又有最关键的几步。在五花肉沥干水的这段时间，要进行最用心的一步即炒糖色。红烧肉要想有油亮的酱色外观，仅放酱油是不够的，还需要“糖色”的作用。锅中放入适量油，待油烧热后再放入冰糖，冰糖立刻和锅中的油融合在一起变成焦糖颜色，把沥干水的五花肉倒入锅中翻炒，放入少许生抽，这时，五花肉一下就换上了一件焦糖色的外衣。在高温的作用下，五花肉的油脂慢慢溢出，锅里油光透亮，猪皮和肥肉在锅里“叭叭”作响，五花肉似乎很享受这种油与火交融的过程，慢慢瘦身后焦黄可人、肉味渐浓，翻炒六分钟左右再把之前备好的姜、蒜末和香叶、八角倒入锅中继续翻炒。顿时，各种香料和肉味杂糅在一起，香气四溢。翻炒一分钟后加盐和清水，大火烧开改小火炖五十分钟浓缩汤汁，出锅装盘，最后撒上葱花，一盘色香味俱全的红烧肉就做好了。

红烧肉瘦而不柴，肥而不腻，皮韧有味，软糯香甜，老少皆宜。夹一块红烧肉入嘴，它的浓汁在味蕾间翻滚蔓延，真是让人欲罢不能。在那个缺衣少食的年月，逢年过节，母亲都会烧这道菜。每次红烧肉一上桌，姐妹们就抢着夹红烧肉却又舍不得吃。那时的母亲很年轻，扎着两个短短的小辫子，头发乌黑发亮，光洁白皙的小脸上镶嵌着一双美丽有神的大眼睛，宽大的小碎花衣服下藏着母亲苗条的身段。还有那口大土灶，上面放着一口大铁锅，烧得通红还冒着热气。灶膛里晒干的蕨类植物被烧得“啪啪”作响，灶膛里火苗跳跃，映红了坐在灶膛前烧火的姐姐的脸。她一样扎着两个齐肩的小辫子，大大的眼睛目不转睛地盯着灶膛里的火光发呆。还有那个在厨房打转转等待母亲红烧肉一起锅就偷偷用手拈一块迫不及待放进嘴里又被烫得龇牙咧嘴还非常满足的我……小小红烧肉刻满了岁月的痕迹，这是妈妈做出的味道，也是家的味道。

无数个小家组合成中华这个大家体，从而衍生出各地不同的饮食结构和饮食习惯，总体来说“南甜北咸，东辣西酸”，所以红烧肉的烹饪也在此基础上加入了各地风味。

上海的本帮红烧肉最大的特点是放了大量的酱油和糖，真正达到了“汁浓、味厚、色艳、油多、糖重”的效果，成品红润光亮，是红烧肉中“浓油赤酱”类的代表。最初上海的本帮菜是用来在街边招待贩夫走卒的，由于当时这些人肚子里缺油水，所以商家做菜时会多放些油。而且这些人干的都是重活儿，出汗多需要补充盐分，所以商家就想出多放酱油，在颜色和味道上就体现出来了。这就是本帮菜形成之初的特色。江浙的苏派红烧肉走的是“焖”的路子，如杭州的“东坡肉”，口感香甜软糯，入口即化，主要是用绍酒和酱油等调料烧制而成。绍酒是黄酒之冠，它的原产地绍兴是水乡，所以“东坡肉”不光有历史文化名人的气息，也笼罩着水乡神秘浪漫的韵味。江西的红烧肉也有不放辣椒的，但大多数人会放辣椒，不过比起不怕辣、辣不怕的湖南人的辣较次一级。湖南的红烧肉以毛氏红烧肉最具特色，除了放桂皮、八角、姜等作料，还会加入豆豉和朝天椒。歌词“辣妹子从小辣不怕，辣妹子长大不怕辣，辣妹子嫁人怕不辣”就是湖南人喜欢朝天椒的具体表现。另外，毛氏红烧肉上色不用酱油而只用糖色加盐也是特色之一。伟大领袖毛主席可以算得上湖南红烧肉的代言人。四川的红烧肉一般叫“坨坨肉”，制作相对复杂，一般用当地特产豆瓣酱和醪糟、腌菜等食材烹饪，这也体现了四川红烧肉就地取材的特点。徽菜中的红烧肉有古老的烹饪技法，其特点是烹制过程中滴水不加，全靠木炭余热将原料烹制入味儿。此菜源于古时徽州的生活环境。当时为躲避战乱，大量北方移民选择了在大山深处繁衍生息，养成了日出而作、日落而息的生活习惯。早出前，先将黑皮猪肉放入沙煲，生烧后塞入炉膛中，利用炭火灰烬的余热长时间炖焐，使原料本身的味道完全释放，散发出原始的肉香，晚归后即可食用。北派以鲁菜、北京菜、东北菜红烧肉的做法为代表，咸中带甜，汤汁比南派要多一点。

不过，“南甜北咸，东辣西酸”只是个笼统而又相对的说法，我国地大物博饮食习惯差异很大，甚至在局部地区也有许多不同之处，这与各地的经济发展、民族习俗和个人习性也有重要关系。东北依然有“酸菜”，南方的客家菜也以香、咸、肥为主要特点，所以说“南甜北咸，东辣西酸”的饮食文化从地理的角度上来说也是特例了。“北咸”吗？南方也有以味咸为主的菜系，比如鱼露、菜脯、酸咸菜等“潮州三宝”都是“重口味”，客家菜也以香、咸、肥为主要特点。此外，近来还有专家提出广州人吃菜太多油盐，令不少“老广”大吃一惊。

国内如此，海外华人的眼里浓油赤酱的红烧肉似乎与生俱来承载着一种家乡的情怀，缕缕乡愁都浓缩在红烧肉的香味里。最近，一首外国友人创作演唱的《红烧肉之歌》更是火遍全球，红烧肉摇身一变成了世界舞台的新宠，那份荣耀源于红烧肉与生俱来的醇厚的浓香。

一块小小的红烧肉，方正浓汁鲜香，色泽剔透诱人，它折射出中国饮食文化五味调和的博大精深以及饮食文化的相互融合。社会学家费孝通说："美人之美，各美其美，美美与共，天下大同。"这是包容的美学观，同时中国人自古也讲究中庸之道和阴阳相生的安身立命的处世之道。每个人的人生就是一个生命的过程，红烧肉作为很小的一个载体承载着亲情和家国情怀及各地不同的饮食习惯和各地饮食文化的融合相通。红烧肉就像一个使者，穿越古今中外，穿梭在天地之间，见证了历史的变迁，饮食文化的独立并存及本土与全球饮食文化的交融和传承。

红烧肉的香味，随着风散到了四面八方……